유라시아 일주 자전거 편지

29세 열정의 딸, 상하이에서 런던까지
동서양 문명길 달려 사람의 향기 찾다

유채원
글·사진

2019년 1월 26일 토요일 오후 4시,
비 내리는 런던에 도착했어요.
저는 지금 아름다운 국회의사당이랑
빅벤 앞에 있어요.
와, 아무 말도 못 하겠어요.
7개월 24일, 239일 동안
자전거로만 8460km를 달렸어요.
정말 힘들었지만 그럴만한 값어치가 있었어요.
저를 재우고 먹여 주신 14개국의 70명도 넘는
현지인들께 너무 감사해요.
세상에서 받은 게 너무나 많아요.
최선을 다해 사람들에게 돌려주고 도울 거예요.
제 이야기를 사람들에게 전할 거예요.

아침마다 길을 나설 때, 점심 먹고 식당을 떠날 때,
제 앞에 얼마나 힘든 길이 있는지 알 수 없었어요.
오르막길인지, 비포장도로인지, 진흙 길인지.
지금은 해발 2300m로 여행 중 가장 높은 오르막길을
오르고 있어요.

그리스 산골 작은 마을에는
오빠와 두 여동생이 운영하는
가난한 방과후교실이 있어요.
아이들에게 내 여행 이야기를 들려주고
많은 대화를 나누었어요.

카자흐스탄 길옆 숲속에서 잠시
쉬다가 아이들에게 둘러싸여
위구르 가족 집에 초대받았어요.
가족들과 깊은 정을 나누며 닷새나
머물렀어요.

상하이에서 만난 60세 자전거여행자 부부
도미니크와 데이비드(왼쪽)가 프랑스
프로방스의 궁전 같은 저택으로 초대해주어
일생 잊지 못할 크리스마스 이브를 보냈어요.

파리에서는 몇 가지 실수를 했는데 나중에는 마법처럼 그게 다 좋은 일로 변했어요.
그래서 파리의 멋진 아침에 자전거를 타고 늠름한 에펠탑 앞을 지나갈 수 있었어요.

크로아티아 스플리트에서 페리를 타고
이탈리아 안코나 항에 도착하자 경찰관
아줌마 셋이 반갑게 맞이해주시고
'차오 벨라!' 인사까지 해 주셨어요.
그래서 거리를 신나게 달려갈 수 있었어요.

런던 도착 하루 전, 맵스미에서 알려준
지름길을 따라 찻길에서 벗어나 진흙 길로
접어들었어요. 헉헉, 인적은 없고 황량한
바람만 부는 언덕으로 자전거를 끌고
올라갔어요. 마치 에밀리 브론테의
《폭풍의 언덕》에서 히스클리프가 캐서린의
이름을 부르며 포효할 것 같은 그런
언덕이었어요.

차례

제3장 | 밥 먹자 부르고, 자고 가라 붙잡고

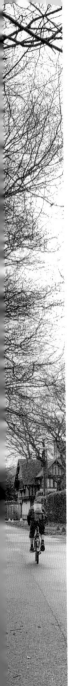

'춤을 추면 전쟁이 사라진다'
춤추는 이란 자전거 여행자

2019년 2월 3일, 중국 난징의 유명한 온라인 영어신문 〈난징어〉에는 다음과 같은 제목의 기사가 실렸다.

'29세 한국 여자, 상하이에서 런던까지 자전거로 8개월을 달리다.'

지난해 6월 2일 상하이에서 출발한 유채원(영어 이름 Eva Yoo)은 1월 26일 런던에 도착하고, 2월 2일에는 한국으로 날아가 인천공항에서 자전거를 타고 55km를 달려 서울 강동구 둔촌동 집으로 돌아갔다.

이 기획 '시크로드(SeekRoad)'는 중국 최대 온라인 IT전문매체 〈테크노드〉의 영문기자로 일했던 유채원의 8개월짜리 프로젝트로, 자전거를 타고 실크로드에 있는 여러 나라를 찾아가 수도나 가장 큰 도시를 방문해 창업가들을 인터뷰하고, 현지 사람들을 모아 자전거 여행의 꿈을 이루기 위해 준비한 과정 이야기를 나누며

어떤 상황에서도 꿈을 잊지 말라는 메시지를 전하는 것이었다.

그녀는 중앙아시아에서는 주로 민박을 하고, 터키와 유럽에서는 '카우치 서핑'과 '웜 샤워'를 이용해 숙식을 해결하면서 동양과 서양을 잇는 세상 사람들의 깊은 인정과 다양한 향기를 체험했다.

"카자흐스탄 황야를 가로지르다 숲속에서 쉬고 있는데, 자동차를 타고 지나가던 위구르 가족에게 둘러싸였어요. 같이 사진만 찍고 떠나는 줄 알았는데 아이들이 귀여운 표정으로 열심히 졸라서 집에 같이 가게 되었어요. 12인 대가족이 사는 집에서 저는 신장 투루판의 벽화 속에서 웃고 있던 위구르 사람들을 진짜로 만났어요. 아이들은 맑고 순수하고, 아빠는 밝고 유쾌하며, 초록 히잡을 쓴 엄마는 유머러스하고 인자했어요. 제가 카자흐어를 모르는 만큼 그들도 영어를 몰랐으나 아무 문제가 되지 않았어요. 엄마와 저는 표정과 몸짓으로 많은 대화를 이어갔고, 마음이 통해 눈빛만으로도 쾌활하게 웃을 수 있었어요. 두 분은 나중에 부모님을 모시고 꼭 다시 오라고 하실 만큼 저를 좋아하셨어요. 닷새나 신세 지고 떠나는 날 가족 모두와 포옹하고 집을 나선 지 몇 시간도 안 되어 엄마가 보낸 왓츠앱에 러시아어로 이렇게 적혀 있었어요. '하느님께서 너를 보호해주실 거야. 길 조심해서 가렴. 우리를 잊지 마라. 모든 게 잘 되기를 빈다.' 구글 번역기로 읽으며 가슴이 뭉클했어요."

유채원은 터키에서 만난 두 이란 자전거여행자에게서 받은 감명도 털어놓았다.

"자전거를 타고 흑해 해변을 달리는데 이란에서 온 두 남자 자전거여행자가 저를 불렀어요. 흑해 옆에 작은 집을 짓고 카우치 서핑을 하는 터키 사람 무랏의 집 앞이었어요. 두 남자는 그들이 찾아가는 도시마다 이란 전통의상을 입고, 이란 전통춤을 추며, 이것을 영상으로 찍는다고 했어요. 그 영상을 보고 감탄하자 그들은 가방에서 메시지가 적힌 천을 꺼냈어요. '춤을 추면 전쟁이 줄어든다(More dance less war).' 이 강렬한 표어는 정말 내 가슴을 때렸어요. 그들은 세계가 이란을 어떻게 보는지 잘 알고 있었어요. 29세와 31세인 두 사람은 꼼꼼하게 카우치 서핑과 웜 샤워를 이용하면서 비용을 아껴 하루 1달러만 쓴다고 했어요."

그리스 산속 작은 마을에서는 한국의 방과후교실과 같은 학교를 찾아갔는데, 정부 도움 없이 순전히 그곳이 고향인 세 남매의 헌신으로 운영하는 것이라고 했다.

"36세 에르미스는 6년 전, 두 여동생과 함께 고향인 파나깃사에 돌아와 '어린이 과수원'이라는 이름의 방과후교실을 시작했대요. 인구 400명인 작은 마을에서 학생들과 함께 씨를 뿌려 농작물을 재배하고, 책을 읽으며 공부한대요. 내가 만난 학생들은 8명이었어요. 그리스가 디폴트 상태라 경제가 좋지 않고 돈이 부족해 모

'춤을 추면 전쟁이
사라진다'
플래카드를 꺼내는
이란 여행자의 열정이
내 가슴을 때려

든 것을 직접 만들어야 했대요. 아이들에게 요리도 가르치고, 함께 곰의 생태도 관찰한대요. 에르미스는 네덜란드에서 대학을 마친 후 인도 음악을 배우고, 영국에 가서 1년간 음악 테라피를 공부했기 때문에 자신이 잘할 수 있는 음악과 나무공방 수업부터 시작했대요. 그러다가 아이들과 함께 수확한 작물을 판 돈으로 아이들과 의논해 현미경을 사서 과학 수업을 시작하는 방식으로 공부 과목을 늘렸대요. 방과후교실에는 정말 현미경이 있었어요."

프랑스의 작은 마을, 중세에 세워진 성안에서 약혼자와 함께 살며 유채원을 초대한 셀모라는 청년을 만난 것도 큰 충격이라고 했다.

"그는 영국에서 석사학위를 받고 요르단에서 분리수거 사업으로 성공했대요. 그 후 이 성으로 돌아와 지구온난화가 우리 삶에 미칠 영향을 걱정해 최대한 자원을 덜 쓰고, 에너지를 절약하는 방법을 찾아 살아가고 있었어요. 생활폐기물을 철저히 분리해 수거하고, 음식물 쓰레기를 거름으로 바꾸고, 퇴비 화장실을 만들고,

전기냉장고 대신 자연 냉장고를 설치해 쓰고, 양봉으로 꿀을 얻고, 밤을 주워 스프레드를 만들고, 손수 기른 닭이 낳은 달걀을 먹고, 자연농법으로 허브와 채소를 재배했어요. 꿀을 담을 때도 재활용 병에 병뚜껑만 새것을 사서 최대한 단순하게 포장했어요. 그의 퇴비 화장실은 우리나라 재래식과 비슷한데 톱밥을 뿌려 냄새를 없앴어요. 난방도 숲에서 모은 죽은 나무 장작불로 난로에 불을 피웠어요. 잘 때는 화롯가에 놓아둔 반질반질한 벽돌을 넣어 이불 속을 따뜻하게 만들어, 전기 장판을 그리워하던 나를 부끄럽게 했어요."

유채원은 처음에 중국 남자와 함께 이 프로젝트를 시작했으나 그는 터키에서 동행을 그만두고 홀연히 떠나버렸다. 이후 혼자 자전거를 타고 여행을 계속해, 그리스에서는 위험한 순간을 만나기도 했다.

"코모티니의 시골길을 가는데 오토바이를 탄 남자가 뒤따라와 제 몸을 만지고 지나갔어요. 저는 너무 놀라 5초 동안 소리를 질렀어요. 남자는 앞서가다가 제게 속도를 맞추었어요. '하와유! 두유 원 섹스?' 저는 강하게 고개를 흔들고 전속력으로 달렸어요. 그러나 그는 쉽게 저를 따라잡았고, 저는 공포에 질려 '안 돼!' 소리 지르며 피하려 했으나 남자는 다시 제 몸을 만지고 지나갔어요. 저는 더 크게 소리를 질렀어요. 남자는 웃으면서 앞에 있는 나무 뒤로 들어가 기다리더라고요. 해가 저무는데 시골길에는 자동차가 1분에 한 대나 지나갈까 할 정도로 인적이 드물었어요. 그대로 가다가는 남자에게 해를 당할 게 틀림없었어요. 저는 무서워서 자전거를 세웠어요. '여기서 벗어나려면 히치하이킹밖에 없다'는 생각에 도로 한 편에 서서 손을 휘저으면서 차를 멈추려 했어요. 마침내 저 멀리 자동차 헤드라이트가 눈에 들어왔어요."

몬테네그로에서는 핸드폰이 고장 나 두 번이나 수리점을 찾았으나 고칠 수 없

방과후교실에는 한쪽에 악기 코너가 있어서
음악도 가르쳐

프랑스 옛 성의 퇴비 화장실 내부가
너무 깨끗해

어서 7일 동안 핸드폰 없이 길거리 표지판에만 의존해 달려야 했다. 이탈리아 밀라노에서는 자전거를 도난당하고 찾지 못해 중고 자전거를 사서 여행을 계속했다. 프랑스 브루고뉴에서는 폭설 속에 산길을 달렸다.

그러나 가는 곳마다 사람들이 도와주었다.

"세상은 정말 따뜻한 사람들로 가득해요. 사람들이 제일 친절한 나라는 터키였어요. 도무지 숙소가 없으면 저는 현지인 민가의 문을 두드렸는데, 중국에서는 하루 10번, 카자흐스탄에서는 5번을 거절당했으나 터키에서는 물어볼 필요도 없었어요. 그들이 먼저 손짓해 밥 먹으라 하고, 밥을 먹으면 자고 가라고 했거든요. 터키 사람들은 저를 가까운 친척처럼 대했어요. 많은 사람이 아주 흔하게 말했어요. '우리 할아버지는 한국전쟁에서 팔을 잃으셨어' 또는 '6.25때 전사하셨지'. 이런 말을 들으면서 이 나라에 대해 강한 책임감을 느꼈어요."

그토록 힘든 여행을 한 이유에 대해 그녀는 설명했다.

"저는 3년도 넘게 세계여행의 꿈을 꾸었어요. 중국에서 기자로 일할 때도 늘 책상 한쪽에 종이를 놓고 구체적으로 어느 나라에서 무엇을 하고 싶은지 적어 내려갔어요. 인도에서 요가 배우기, 아르헨티나에서 탱고 추기……, 하고 싶은 것은 많은데, 이 나라들을 어떻게 이을지는 알 수 없었어요. 그러다가 친구 소개로 우연히 '샘 크루즈'라는 콜롬비아 친구를 만났어요. 그는 상하이에서 미국 뉴욕까지 자전거를 타고 가는 것이 목표였어요. 그 친구의 송별회에 참석하고, 그와 함께 1시간 동안 자전거를 타고 배웅하는데 마치 내가 떠나는 것 같이 가슴이 뛰었어요. 그의 자전거에 실린 묵직한 가방들을 보며 나도 할 수 있다는 생각이 들었어요."

그녀가 자전거를 택한 데에는 또 다른 이유가 있었다.

"저는 그동안 스타트업 전문 기자로서 가장 빠른 업계의 기술과 트렌드를 전하기 위해 비행기로 출장을 다니며 기사를 쓰는 생활을 반복했어요. 그러다 가끔 이것이 부당하다는 생각이 들 때가 있었어요. 비행기를 타고 영화 2~3편을 보며 목적지에 도착하면 문화권이 완전히 달라져 있거든요. 중국인과 영국인은 생김새나 태도에 너무 차이가 커요. 이런 문화적 차이가 벌어지는 데에는 반드시 그만한 물리적 거리가 있기 때문인데 현대에는 빠른 교통수단과 통신기술로 인해 이런 물리적 거리가 너무나 가까워져 버렸어요. 그래서 자전거를 타고 이 먼 물리적 거리를 천천히 이동하면서 문화가 변해가는 과정을 하나하나 경험해보고 싶었어요. 자전거를 통해서 가능하면 느린 속도로 세상을 관찰하고 싶었어요. 아시아와 유럽을 아우르는 유라시아 대륙은 도대체 얼마나 큰 걸까, 그곳에 사는 사람들은 각기 다른 고장에서 어떤 삶을 살며, 어떤 생각을 하고, 어떤 꿈을 꾸고 있을까, 자전거를 타고 가며 최대한 가까이에서 보고 싶었어요."

그녀가 꿈을 이루는 과정에서 첫 번째 발걸음은 그 꿈을 주변에 말하고 다

니는 것이었다. 그러자 사람들이 그
녀의 꿈을 이루어주기 위해 돕기 시
작했고, 그 도움 위에 자신의 최선
을 더하여 꿈 가까이에 닿게 되었다
고 한다.

프랑스 브루고뉴 산속에서는 폭설을 맞고

"안녕하세요! 상하이에서 런던까
지 자전거 여행을 하고 싶은 에바입
니다."

그녀가 3년간 활동하던 '시소 모임'에서도 계획을 발표했다. '시소 모임'은 매달
첫째 화요일 아침 6시 30분, 상하이에서 일하는 한국인 15명 정도가 백범 김구 선
생 초상화 아래 모여, 업계별로 돌아가며 하는 강연을 1시간쯤 듣고 아침을 먹으
며 의견을 나누는 모임이었다.

회원은 다양한 분야의 전문가들로 변호사, 한의사, 교수, 변리사, 건축가, 기
업 대표 등인데, 대부분 40~50대인 모임에서 그녀는 막내였다. 그녀의 계획을 듣
고 여러 회원이 많은 조언을 해주셔서 그 피드백을 바탕으로 최종 계획서를 만들
었다고 한다.

그녀는 혼자 가기가 염려되어 그동안 친하게 지내던 10여 명의 체력 좋은 남녀
친구들에게 제안서를 보내고 함께 가자고 설득했으나 누구도 관심을 보이지 않았
다. 그런데 3월 마지막 주에 홍콩 옆 선전에서 열린 알리바바 클라우드 회의 취재
를 갔다가 전부터 알고 지내던 중국인 친구 리지아난(李嘉楠이가남)을 만나 이 계
획을 이야기했다.

그리고 4월 5일, 스위스 출장을 가느라 러시아 모스크바에서 비행기를 갈아타

상하이 '시소 모임'에서 시크로드 프로젝트를 발표하고

면서 카페에 들어가 와이파이를 연결하자 바로 지아난의 연락이 왔다. 놀랍게도 그녀와 함께 갈 수 있다면서 한 가지 조건을 달았다. 그녀가 여행 비용을 모두 대준다는 조건이었다.

그녀는 4월까지도 스폰서를 찾지 못해 고심하다가 한국의 중국어학원 '차이나탄'에 초청되어 강연한 후 김선우 대표의 후원을 받게 되었고, 5월 초 상하이에서 열린 자전거 박람회에 찾아가 부스들을 돌아다니며 열심히 여행 계획을 설명하고 협찬을 부탁해, 타이완의 자전거회사 오야마의 지원을 얻게 되었다.

그리고 5월 17일, 누군가 그녀의 집 문을 두드려 열어보니 연두색 티셔츠를 입은 지아난이 캐리어를 들고 서 있었다.

그날부터 지아난은 그녀의 집에서 합숙을 시작했다. 서로 이성이라는 감정을 갖지 않았으므로 두 사람은 어떤 긴장감도 없이 한방에서 편안히 잠을 잘 수 있었다. 장시성의 작은 마을 출신인 지아난은 알리엑스프레스에서 온라인 상점을 열어 조금씩 물건을 팔고 있었는데, 그녀가 선전에 출장 갈 때마다 만나 함께 밥을 먹는 친구 사이였다.

앞으로의 계획을 묻자 그녀가 대답했다.

"이 여행을 통해 소비를 지양하고, 우리가 가진 것들을 최대한 공유하며 살아야 한다는 것을 알았어요. 환경문제에도 관심을 두게 되었어요. 유럽의 가정을 방문하면서 에너지를 최대한 줄이며 사는 것이 특히 인상 깊었습니다. 우리의 음식물 쓰레기를 보면 정말 마음이 아파요. 그래서 앞으로 '지속 가능한 삶'에 대해 배우기 위해 유럽에서 공부하고, 일하고 싶다는 생각을 하게 되었어요. 그리고 다음에는 아프리카 종단 자전거 여행을 하고 싶어요."

제1장
중국 변방
모래 먼지 속
작은 개미

우리는 다양한 사람을 만나면서도
자전거를 통해 자신을 섬으로 만든다.
끝없이 펼쳐진 바닷속 외로운 섬처럼,
스스로 자전거에 얹혀 이 세상의
고독한 섬이 된다. -〈6월 8일 일기〉

6월 14일

안후이성 잉상　　너무 다른 한국 여자와
　　　　　　　　　중국 남자의 동행

　　　　　　　　　　사랑하는 친구 정연아, 내 여행의 첫 번째 이야기를 너에게 보내는 이유는 내가 18살 때부터 지켜본 너는 삶의 오르막길과 내리막길을 다 가보았다고 생각되기 때문이야. 그만큼 내 자전거 여행의 도입부는 오르막길과 내리막길뿐이었어.

　　중국 안후이 지방은 지금 한창 개발 중이야. 이미 개발이 끝난 도시를 징검다리처럼 건너가는 우리에게 이런 개발 중인 도시들은 필수적인 통과의례야. 거의 6차선은 될 것 같은데 아직 차로 선이 없는 넓은 도로, 그늘도 없는 아스팔트, 흰 분필 가루와 먼지에 휘말려 나는 숨을 참아야 했어. 이런 열악한 도로보다 더 무서운 것은 태양이었어. 찌는 듯한 열기가 온몸을 휘감았어.

　　하지만 아파하기에는 주변이 너무 열악했어. 트럭 세 대가 정면에서 달려오고, 모래 먼지가 휘날려 물통이 금방 먼지투성이가 되고 말았지. 무릎과 종아리에 힘이 떨어지면 앞발로 페달을 밀었어. 12시가 다가오며 태양의 고도가 점점 직각에 가까워지는 것이 너무 무서워서 나는 열심히 페달을 밟았지. 기어를 2로 놓고 무릎을 잠시 쉴 수도 있었지만 그러기보다 차라리 앞발을 썼어.

　　숙소에 도착하자 내 얼굴은 바람에 날리는 아스팔트 먼지로 검은 자국이 나 있었어. 우리 바지도, 자전거 짐가방인 패니어도 모두 먼지에 덮여있었지. 숙소 현관 소파 위에 있는 영국 국기 쿠션이나 거기 앉은 아줌마가 우리와는 너무도 이질적으로 보였어. 이곳은 서부영화의 먼지투성이 거리 한가운데에 자리한 호텔 같았어.

자전거 여행 떠나기 전 상하이에서 있었던 송별회. 앞쪽 가운데 꽃을 든 필자 왼쪽이 지아난

실제로 내가 어려서 미국 애리조나에서 살 때 보았던 그런 곳.

나와 지아난은 다른 점이 너무 많아. 나는 필요한 물품을 빌려 쓰자는 생각인데, 지아난은 무조건 사서 쓰자는 주의야. 그것도 오랜 시간을 들여 비교하고 물어본 뒤 결정을 내려. 어느 자전거를 협찬받아야 하는지 인터넷에서 자전거회사 여러 곳을 뒤지고, 인터넷 쇼핑 타오바오에서 여러 가지 물품을 사는 것을 보고 나는 놀랐어. 지아난이 물건에 신경을 쓴다면 내 관심은 오로지 콘텐츠에 있어. 지아난은 자기가 볼 때마다 나는 글을 쓰고 있었다고 말했어.

지아난은 아침에 늦게 일어나는데, 나는 아주 일찍 일어나. 지아난은 절대 요리를 하지 않아서 내가 음식을 챙겨주어야 해. 내가 시리얼이나 샐러드 같은 찬 음식을 만들면 아예 먹지 않고 밖에 나가서 사 먹어. 지아난에게는 따뜻한 것만 음식이야.

이때부터 지아난에게 소리를 지르는 일이 생기기 시작했어. 내가 소리를 지르면 그 애는 한동안 말을 제대로 하지 못했어.

지아난에 대한 내 이런 권위적인 의식이 어디서 온 것인지 모르지만 나는 원래 정색하며 언성을 높이는 데에는 타고난 것 같아. 이런 내 모습에 대해 내적 갈등은 그리 많지 않았어. 2012년, 에콰도르에서 1년간 봉사 활동을 하면서 내가 나쁜 사람이라는 것을 이미 알고 있었으니까.

처음에는 잠자코 있던 지아난도 얼마 후에는 똑같이 맞받아쳤어. 그러다 간혹 웃으며 끝이 나는 경우도 있었어. 그럴 때면 싸우는 것 같은 이런 대화가 열성을 다해 묻고 대답하는 언쟁을 통해 답을 찾아내는 '이스라엘식 토론'이라는 생각이 들어 그리 나쁘지 않다는 생각도 했어. 2014년, 이스라엘에서 7개월 연수를 하면서 많이 겪어 보았거든.

내가 지아난을 무시한 이유 중 하나는 중국 카카오톡인 위챗에 나오는 프로필 사진이 수박 캐릭터였기 때문이야. 나는 프로필 사진은 자기의 직업이나 세계가 잘 나타나야 한다고 생각하는데 그가 자신을 바깥에 드러내는 것이 초등학생 같은 수박 캐릭터라니. 그래서 지아난에게 말했어.

"프로필 사진 좀 바꿔! 이제 이 프로젝트의 중요한 일원이 되었으니 사람들이 너를 잘 기억하게 하려면 프로페셔널한 사진으로 바꾸란 말이야!"

"싫어. 너는 내가 이걸 프로필 사진으로 정한 이유도 모르잖아."

"이유가 뭔데?"

"초등학교 때 좋아하던 여자애가 있어. 내가 수박을 제일 좋아하는데, 그 여자애가 이 수박 캐릭터를 보내주었어. 이걸 영원히 프로필 사진으로 쓰라고 했단 말

개발 중인 안후이 지방에서는 곳곳에서 공사 트럭과 굴착기가 가로막아

이야. 나는 그 여자애와 한 약속을 지키고 있는 거야."

지아난은 신념이 무척 강한 사람이야. 내가 말하는데 받아치지 못했을 때는 장문의 편지를 써서 위챗으로 보내곤 했어.

허난성 양처

엄청난 모래 먼지 속,
힘없는 개미 한 마리

정연아, 오늘은 정말 몸이 너무 힘들었어. '이제는 그만!' 외치고 싶어도 아직 목적지에 다다르지 않았으니 굳은 얼굴로 남은 길을 가야 했어. '내가 이걸 왜 하고 있지?' 이런 생각은 들지 않았어. 일부러 사서 고생을 하려고 시작한 것이니까. 내 자전거 브랜드가 우연히 '스파르타'인 걸 알았을 때는 정말 내가 스파르타식 단련을 원하는구나, 생각했어. 그리고 오늘 제대로 그 맛을 보았어.

비포장도로는 정말 폭력적이야. 자전거와 사람이 한 몸이 되기 때문에 모래, 자갈, 바위, 깨진 바닥의 울퉁불퉁함을 하나하나 온몸으로 다 느끼면서 가야 해. 오늘 비포장도로를 너무 많이 지나서, 더욱이 여자는 가슴이라는 게 있어서 매우 힘들었어. 속도를 낼수록 비포장도로가 내 몸에 주는 부담이 가중되어 표정은 점점 굳어졌어. 속도를 늦추면 느린 대로 그 모든 바닥의 굴곡이 느껴졌어.

자동차나 버스로 지나더라도 분명 고통스러웠을 테지만 자전거만큼은 아닐 거야. 숙소에 와서 너무 배가 고파 견과류를 먹는데 턱까지 굳어있었는지 씹는 게 많이 아팠어.

또 한 가지 폭력적인 것은 대형트럭들이었어. 비포장도로에서 대형트럭이 지나갈 때의 굉음은 그렇다 쳐도 지나간 뒤에 일어나는 엄청난 모래 먼지는 정말 끔찍해. 2초간 눈을 감고 그 속을 뚫고 가야 했어. 사방 5m 반경밖에 보이지 않을 정도로 먼지가 심하게 일어서 우리는 힘없는 개미처럼 그저 천천히 그 앞을 지나갈

자전거여행자에게는 너무나 폭력적인 비포장도로

뿐이었어.

우리는 거리에서 완전히 약자야. 아무리 가난한 농부나 허름하게 보이는 사람들도 털털거리는 경운기나 오토바이, 전동차를 타고 가는데, 우리는 정말로 우리 몸을 써서 자전거를 움직여 가야 해. 이렇게 해서 우리는 길에서 현지인을 존중하게 되었어. 그들보다 낮은 자리에 있는 섬으로서만 그들을 바라볼 수 있기 때문이야. 일할 때는 비행기나 고속철도를 탔는데 다시 땅으로 내려온 거야.

자전거 여행은 여행이 아니야. 쉬는 느낌이나 즐거움, 화려함 같은 것은 전혀 없어. 나는 어떤 훈련을 받는 자세로 임하고 있어. 매일 아침 우리가 숙소를 떠날 때, 점심 먹고 식당을 떠날 때, 내 앞에 얼마나 힘든 길이 있는지 알 수 없어. 오르막길인지, 비포장도로인지, 진흙 길인지.

이틀 전에 온 비로 흙탕물이 너무나 많았어. 처음에 흙탕물을 만나서는 얼마나 깊겠어? 그냥 비 오던 날처럼 물을 조금 튀기며 지나가면 되지, 하면서 흙탕물 속으로 자전거를 운전해 들어갔어. 문제는 흙탕물은 깊이를 알 수 없어서 보이지 않는 턱이 있으면 쉽게 넘어진다는 거야. 나는 결국 흙탕물 속의 턱에 걸려 자전거를 오른쪽으로 쓰러뜨리고 말았고, 나 역시 중심을 잃고 손을 흙탕물에 짚어야 했어. 나는 천천히 일어났어. 내 한 발은 완전히 흙탕물에 잠겼고, 나머지 한 발은 신발 끈 바로 옆까지 흙탕물이 들어와 있었어.

그러니 자전거를 타고 흙탕물에 들어가서는 안 돼. 아무리 힘들어도 멀리 돌아서 가야 해. 나는 이것을 배웠어. 오늘 진흙 길이 얼마나 힘든 곳인지도 깨달았어. 우리가 그 길에 접어들 때 어떤 자동차 운전자가 소리쳤어.

"돌아가요. 거기 못 지나가요."

그래도 상황을 보자며 앞으로 나아갔어. 경사가 30도나 되는 둔덕을 내려갔다 다시 올라가야 하는데 진흙 길이 미끄러워 중간에 자전거를 이번에는 왼쪽으로 쓰러뜨리고 말았어. 자전거가 진흙에 빠져 끙끙대고 있을 때 한 아저씨가 내려와 자전거를 뒤에서 밀어주셨어. 나는 수월하게 정상으로 올라왔고, 아저씨는 유유히 사라지셨어.

6월 22일

허난성 양처

엄마 말씀, '빛을 감추고 재주를 숨겨라'

정연아, 지아난의 어머니, 외삼촌, 외숙모와 전화 통화를 했어. 위챗 영상 통화였어. 다들 여행 끝나고 장시성 고향 집에 놀러 오라고 하셨어. 지아난과 나는 단순한 친구 사이일 뿐인데 이렇게 그의 가족들과도 알게 되어 기뻐.

나보다 한 살 아래인 지아난은 반항적인 아이라 엄격한 아버지께 맞으면서 자랐대. 중국 시골에서는 아직도 가부장적으로 아이들을 때리는 집들을 흔히 볼 수 있다는 거야. 아버지는 지방 정부에서 일하는 공산당원이셨고, 어머니 역시 공산당원이셨대. 아버지는 아들도 공산당원이 되기를 바라셨으나 지아난은 충칭에서 대학을 마치고 선전에서 일하면서 점차 생각이 열리게 되었고, 그것을 부모님께 잘 설명해 이제는 부모님도 그를 믿게 되셨대.

지아난은 자기 또래들처럼 외국 문화의 영향을 많이 받았어. 확실히 그는 영어를 잘해. 우리는 줄곧 중국어로 대화했으나 그의 영어 발음이나 표현은 외국인과 대화하기에 손색이 없어. 한 번도 해외에 나가거나 외국인과 대화한 적이 없다는 그의 영어 실력 비결은 미국드라마 〈프렌즈〉래. 핸드폰으로 〈프렌즈〉를 시즌 1에서 9까지 4번째 정주행 중이어서 이제는 듣기만 해도 이해가 간다고 했어.

어머니가 전화하시면 지아난은 그날 있었던 일을 모두 가족에게 말하고, 다들 떠들썩하게 반응해. 그러면 나는 옆에서 잠자코 노트북으로 내 할 일을 해.

우리 엄마와 나의 대화는 늘 3분을 넘지 않아. 엄마는 걱정이 많으시고, 나는 엄마의 걱정을 풀어드리는 것이 전부야. 1990년 6월 4일, 내가 태어났을 때 엄마는 관악구청 공무원이셨고, 아빠는 일본 도쿄대학교에서 공학박사 학위 공부를 하고 계셨어. 아빠가 한국에 돌아오신 것이 94년이기 때문에 그전까지는 엄마가 나의 모든 것이었어. 초등학교 때까지도 아빠가 멀게 느껴졌어. 지금은 물론 아빠와 좋은 술친구가 되었지만.

엄마는 내가 이 세상에서 가장 사랑하고 아끼는 사람이야. 어릴 때 엄마가 5급 공무원 승진시험 준비를 하느라고 밤 10시에 개다리소반에 앉아 책을 펼치면서 오빠와 내게 말씀하셨대.

"얘들아 지금부터 울면 안 돼. 엄마가 공부해야 하거든."

그러면 조그만 애들이 그걸 알아듣고 엄마를 말똥말똥 바라보며 울지 않았다는 거야. 그래서인지 엄마는 무사히 시험을 통과하고 나중에 서울시청의 도시계획과에서 근무하셨어.

초등학교 때 나는 엄마가 참 예쁘다고 생각했어. 아빠는 동그란 얼굴이어서 사람들이 나를 보고 아빠를 닮았다고 했는데, 나는 예쁜 엄마를 닮았다고 하는 것이 더 좋았어. 초등학교 때 등교 시간에 나는 엄마와 500m 정도의 길을 손을 잡고 걸으면서 그 10분가량이 그렇게 좋을 수가 없었어. 내가 지금 이렇게 자유롭게 살 수 있는 것은 엄마의 영향이 커. 엄마는 내게 잔소리를 하신 적이 별로 없어. 대부분 내 결정을 지지하고 응원해주셨어.

엄마는 서울시청에서 청계천 복구공사를 담당하셔서 지금도 청계천에 가면 유공자 명단 중에 엄마 이름도 벽에 새겨져 있어. 엄마는 내게 한자성어를 자주 인용하셨지. '도광양회(韜光養晦)', 자신을 드러내지 않고 때를 기다리며 실력을 기른다는 말로 중국 현대화를 이끈 지도자 덩샤오핑이 좋아한 성어야. 엄마는 언제 어디서나 겸손해야 한다고 말씀하셨어.

아빠는 일본에서 박사 학위를 받고 돌아와 회사에 입사하셔서 얼마 후 미국으로 가셨기 때문에 나는 초등학교 때 1년 5개월을 미국에서 살았어.

6월 24일

산시성 상난

켄타우로스처럼
우리는 바퀴 달린 인간이야

정연아, 오늘도 우리는 짐을 싸고 또 떠날 준비를 해. 나는 1층에 먼저 내려와서 준비운동을 했어.

매일 아침 자전거에 올라야 하는 순간이 되면 나는 조금은 걱정이 돼. 이미 이 여행을 시작한 지 3주가 지났지만, 내 무릎에는 자전거 주행이 날마다 새롭게 다가와. 자전거를 타는 다리의 부담과 내가 지는 짐의 무게와 태양의 뜨거움이 매일 새롭게 다가온다고. 나는 반신반의하면서 내 무릎을 달래어 자전거에 속도를 내기 시작해.

나는 마치 예수님이 앉은뱅이에게 '일어나 걸어라' 하고 걷게 하신 것처럼 하느님이 내게 강철다리를 주신 것으로 믿으려고 생각해. 로봇 다리처럼 무쇠로 된 튼튼한 다리라고 생각해. 지금 내 인간의 다리는 못 미덥지만 그렇게 상상해.

오늘 아침을 순두부와 만두로 먹었어. 나는 순두부를 먹는 게 아니라 단백질을 먹고 있었어. 나는 순두부가 내 무릎의 일부가 되어 내 연골을 부드럽게 감싸주는 상상을 해보았어. 이제는 내 입에 들어가는 모든 음식이 그래. 밥은 탄수화물이고,

고기는 단백질. 어제까지 건강보조식품을 다 먹었기 때문에 칼슘 보충을 위해 스스로 알아서 우유를 사 먹어야 해.

평탄한 길을 갈 때는 오만가지 생각이 다 들어. 잊고 있었던 과거 기억들이 다 떠오르지. 그러다가 정신을 차리고 속도계를 봐. 평탄한 길에서는 무조건 기어를 높이고, 시속 20km 이상으로 달리기로 스스로 약속했어. 기어의 숫자가 클수록 속도가 빨라지고, 무릎에 부담이 더 가.

오늘은 정말 오르막길이 높고 길었어. 나중에는 2700m 높이도 가게 될 테지만, 적어도 지난 23일 중 가장 높은 오르막길을 올라갔어. 오르막길을 오를 때는 정신이 정말 맑아. 목적지를 노려보면서 페달을 밟는 거야. 그러다 너무 힘들면 내가 오르막길을 가면서도 편했던 그 자세를 생각해. 허리를 꼿꼿이 하고, 안장에는 최소한으로 앉고, 앞발로 페달을 미는 거야. 그리고 힘든 기색을 하지 않고 무표정으로 올라가야 해. 정상에 올라가면 숨을 몰아쉬고 그때부터 힘들어서 헉헉거려, 땀이 흐르고.

내리막길을 갈 때는 많은 생각이 나지 않아. 통쾌하고 시원하긴 하지만 속도가 빨라져서 정말 위험해. 나는 늘 내리막길을 갈 때 좀 무서워. 열한 살 때 미국에서 롤러 블레이드를 타다 긴 내리막길에서 넘어져 무릎에 아주 큰 상처가 나서 지금도 흉터로 남아 있거든. 그런데도 그렇게 수고해서 오르막길을 올라온 보상심리로 브레이크를 밟지 않고 내려가고 싶은데, 그러면 속도를 주체하지 못해 위험해져. 이게 너무 아까워. 왜 우리는 힘들게 수고해서 얻은 것을 누릴 때가 되면 그냥 전속력으로 누리지 못하고 브레이크를 밟아야 하는 걸까. 우리는 왜 쾌감을 느끼면서도 그 속에서 본능적인 두려움을 함께 느껴야 하는 걸까.

물론 고도가 높지 않으면 내리막길에서 얻은 속력으로 이어지는 오르막길을 올

아주 높은 오르막길을 오르고도 마음 놓고 기뻐할 수 없어

라갈 수 있고, 이럴 때는 이 가속도가 너무나 귀하지.

정말 힘든 것은 무작정 올라갈 때가 아니야. 중도에 너무 힘들어서 5~10분간 쉬고 다시 오르막길을 올라갈 때야. 그렇게 쉬고 나서 가려고 하면 무릎이 놀라서 무척 아프고, '아악, 멈추고 싶다'하는 생각이 정말 간절해.

특히 태양이 내리쬘 때는 조그맣게 도로에 드리운 나무 그림자 하나하나가 내가 숨을 돌릴 수 있는 곳인데, 그럴 때는 정말 여기서 쉴까 생각하다가도 그대로 도로에 밀어 넣어야 해. 계속 페달을 밟다 보면 괜찮아져.

우리를 묶어두는 것은 무엇일까. 전동차를 타는 사람들은 전기 충전기에, 자동차를 타는 사람들은 휘발유에 묶여 있어. 그들이 우리보다 빠르고 편하긴 하지만,

그들은 어떤 한정된 자원에 묶여 있어. 자전거는 오로지 우리 힘만으로 굴러가고, 우리 스스로 밥을 먹어 동력을 일으키지.

사람들은 우리가 오르막길을 힘겹게 오르는 모습을, 도로변에서 바퀴에 바람을 넣는 모습을 안타깝게 바라보지만 우리는 우리가 선택한 자유의 대가로 이것을 하는 거야. 마치 신이 잠시 우리 다리가 바퀴가 되도록 바꿔주신 것만 같아. 켄타우로스가 반인반마라면 우리는 자전거를 타는 동안은 바퀴 달린 인간이 되는 거야. 그렇게 생각될 만큼 우리는 자전거와 한 몸이 되어서 달려.

오늘 드디어 허난성을 떠났어. 아아, 그렇게 기쁠 수가 없어. 그 모진 길이 주는 고통의 끝이라니. 앞으로 어디서 비포장도로를 만날지는 몰라도 일단은 안녕이야. 허난에서는 길이 너무 험해서 압박붕대를 감은 듯한 스포츠 브라를 쭉 하고 다녔어.

산시성을 알리는 표지판이 나타나자 나는 산시, 산시, 하고 몇 번이나 사랑스럽게 이름을 불렀어. 우리는 명확한 목적지가 있어. 시안, 실크로드가 시작되는 그곳. 마치 방물장수가 큰 저잣거리로 빨려 들어가듯 우리는 그렇게 짐을 지고 가장 큰 도시 시안의 중심지로 들어가고 있어.

7월 25일

시안

처음 혼자 달리며
'아, 나도 할 수 있구나!'

정연아. 6월 하순부터 한 달 동안은 나 혼자 시안에

서 머물렀어. 지아난이 우리가 갈 나라들의 비자를 안 받아 와서, 비행기 타고 다시 상하이로 가서 비자를 받는 동안 나는 시안에서 카우치 서핑을 통해 여러 사람에게 신세를 지며, 커피 학교에서 바리스타 자격증을 얻고 사람들을 만났지.

나는 시안에서 카우치 서핑으로 생활비를 극도로 아끼는데 상하이에 간 지아난은 호스텔에서 잠자고 자기가 좋아하는 것을 먹고 다니며 나보다 세 배나 많은 돈을 썼어. 이 일은 이후에 우리가 자주 다투는 중요한 이유가 되었어.

엊저녁에 지아난과 나눈 대화야.

"우리 내일 몇 킬로 가야 하지?"

"80킬로."

"그럼 새벽 5시에 출발하자."

"5시는 너무 일러. 잠을 제대로 자야지."

"너 잠자는 게 중요해? 내가 또 일사병에 걸리지 않는 게 중요해?"

"점심때 쉬었다 가면 되지."

나는 새벽형 인간이고, 낮에는 일사병의 위험이 커서 아침 일찍 출발하려고 해. 그런데 저녁형 인간인 지아난은 아침에 도저히 못 일어나겠다며 오전 10~11시 사이에 출발하겠다는 거야. 그래도 오늘까지는 지아난의 말에 따라주었어.

"5시에 출발하자."

"6시로 하자."

"그럼 나 혼자 갈 거야."

"그래."

나는 놀랐어. '나 혼자 갈 거야'는 내가 지아난의 뜻을 꺾기 위해 자주 쓰는 말

새벽 일찍 출발해 거리에서 아침을 파는 아줌마와 나누는 대화가 정겨울 때도 있어

이야. 이렇게 말하면 지아난은 고민하는 표정을 짓다가 결국에는 나를 따라와 주었어. 그런데 정말 오늘은 처음으로 나 혼자 출발하게 되었어. 지아난은 숙소 예약 자료와 자기 신분증 화면을 핸드폰으로 보내고, 일사병약 두 봉지를 내미는 것으로 자기 결심을 굳혔어.

나는 아침에 일어나면서도 혼자 갈 생각이 없었어. 지아난을 깨워 같이 갈 생각이었어. 그런데 준비를 마치고 마지막으로 그를 불렀으나 일어나지 않았어. 나는 굳이 흔들어 깨우고 싶지 않아서 혼자 집을 나왔어. 그리고 아파트 앞에서 전병을 사 먹었지. 아줌마는 내 자전거를 보고 멀리 가느냐고 물으셨고, 나는 우루무치를 통해 국경을 나갈 거라고 했어. 아줌마는 국경 근처 마을이 고향이라며 남편이 거기 있다고 하셨어. 나는 아줌마의 위챗 아이디를 추가했어.

아줌마가 물으셨어.

"혼자 가니?"

"아뇨. 친구가 있는데, 아직 안 일어났어요."

나는 네비를 켜고 달리기 시작했어. 어제까지도 이렇게 차와 오토바이가 많을 때는 지아난이 따라오며 한 마디씩 던졌는데 그가 없으니 더 긴장해서 도로 상태를 살펴야 했어.

그런데 지금 일기를 쓰면서 생각해보니 혼자 달리면서도 지아난이 없는 게 그렇게 크게 느껴지지 않은 것 같아. 그저 태양은 뜨겁고 자동차는 많아서 자전거에 집중해 달릴 뿐이었어.

'아, 혼자서도 할 수 있구나.'

혼자라서 편한 점도 있었어. 다리에서 멈추어 강 사진을 찍거나 그늘에서 멈추고 꽃 사진을 찍을 때, 지아난의 핀잔을 안 들어도 되었거든. 어디든 내가 멈추고 싶으면 멈출 수 있었으니까.

12시가 되어 식당을 찾았어. 아직 34km가 남았으니 식당에서 쉬었다 가야 해. 식당에 도착해 지아난에게 내 위치와 사진을 보내고 1시간을 기다려도 오지 않아 파오모를 시켰어. 시안을 대표하는 음식으로 딱딱하고 납작한 빵을 뜯어 그릇에 담고, 소고기와 양고기를 곤 뜨거운 국물을 부어 먹는 거야. 손으로 빵을 뜯으면서 친구나 가족과 정겨운 담소를 나누라는 의미가 담겨 있대.

2시가 되어서야 지아난의 자전거가 식당 앞에 섰어.

7월 27일

간쑤성 동차

민가에서 잠잘 곳 찾다
열 번 거절당해

정연아, 상하이에서 시안으로 보낸 텐트가 도착해서 이틀 전부터 내가 자전거에 메고 가. 어젯밤 지아난과 텐트 때문에 다투었어. 나는 오늘 어디를 가든 호텔에서는 자지 않겠다고 했고, 지아난은 텐트에서는 절대 안 자겠다고 했어. 나는 우리가 호텔에 익숙해지면 안 된다고 생각했어. 같은 코스를 먼저 지나간 도미니크가 그리스는 시골 호텔도 하룻밤에 40유로라고 했을 때 나는 가슴이 아팠어. 이 여행 중 하룻밤에 5만 원이 넘는 돈을 주고 잘 수는 없었어. 일주일에 한 번이라도 텐트에서 자는 것에 익숙해져야 나중에 유럽에 가서 돈을 아낄 수 있을 것 같아서.

저녁 6시, 우리는 간쑤성의 한 마을에 도착했어. 나는 저녁을 먹은 식당 앞에 텐트를 치자고 했고, 지아난은 싫다면서 호텔이 아니면 현지 민가에서 우리 침낭을 펴고 자자고 했어. 텐트에서 자자고 고집을 부린 것은 나니까 내가 민가를 찾기로 했어. 나는 이런 터무니 없는 부탁을 하는 데에는 이미 익숙하거든. 자전거를 협찬받으려고 박람회에 가서 20개가 넘는 부스를 뻔뻔스럽게 찾아다녔으니까.

나는 원하는 것이 명확하고 간절했어. 텐트나 주민 집에서 숙소를 해결하면 그 지역을 더 잘 이해하게 되고, 친구를 사귈 수 있으며, 사람들과 정을 나눌 수 있다는 것을 지아난에게 알려주고 싶었어. 내가 남미와 아시아, 유럽의 40개가 넘는 나라를 여행하면서 가장 기억에 남는 것은 에콰도르의 무전여행이었어. 그것은 현지인의 도움을 최대한으로 받은 여행이었어. 나는 현지인들이 나에게 준 만큼 무엇으로든 그들에게 되돌려줄 수 있다는 확신이 있었어.

처음에 우편물 받는 곳을 찾아갔어.

"안녕하세요, 자전거여행자인데 저희 침낭으로 잘 곳을 찾고 있어요. 돈도 드릴 수 있어요. 그냥 샤워만 하고 안전하게 눈만 붙일 수 있으면 됩니다."

"저쪽 광장에 있는 시청 쪽으로 가보세요."

아줌마는 나를 수상하게 쳐다봤어. 옆집을 들여다보았으나 사람이 없었어. 자전거를 타고 100m를 내려가 치파오 입은 아줌마 둘을 만났어.

"이 길 끝에 인가가 있어요."

다시 자전거를 타고 300m를 가서 마당에서 쉬고 계시는 할아버지를 만났어.

"안 된다. 아, 샤워는 저 강에 가서 하면 되지 않냐?"

강에는 황톳빛 흙탕물이 흘렀어. 옆에 있는 검은색 털에 노랑과 주황색 부리의 앵무새가 내 말을 따라 했어.

다음으로 슈퍼를 찾아가니까 아저씨가 말했어.

"침낭에서 자는 건 괜찮은데 샤워는 안 된다."

다시 피부 관리점 아줌마.

"안돼요."

철물점 아줌마.

"광장에 가면 샤워하게 해주는 데가 있어."

다른 슈퍼 아저씨.

"안 된다. 광장으로 가라."

집에서 나오는 아줌마.

"안돼요."

자전거를 타고 200m를 더 갔어. 내가 말하고 다니는 동안 지아난은 핸드폰을 보고 있었어. 광장에서 아저씨와 아줌마를 만나자 다른 두 아줌마가 호기심을 가지고 끼어들었어. 짧은 머리 아줌마가 핸드폰으로 우리를 생중계했어.

"지금 두 젊은이가 샤워할 곳을 찾고 있어요."

아저씨가 말씀하셨어.

"샤워만 하면 각자 10위안."

"네, 좋아요."

내가 대답했어.

"두 젊은이가 아저씨를 따라가네요."

그 여자는 중계를 끝냈어.

아저씨 가게는 여관이야. 한쪽 벽에 야한 여자의 대형 포스터가 가로로 길게 붙어있었어. 지아난이 얼른 2층 샤워실을 보러 갔다 내려오며 고개를 흔들었어.

"그럼 너는 다른 호텔을 찾아가. 나는 텐트에서 잘 거야."

민가에서 잠잘 곳 찾다 열 번이나 거절당한 동네

그에게 말했어. 나는 텐트로 여행한 많은 여행자의 이야기를 듣고 영상을 보았거든. 그들은 화장실에 호스를 연결하거나 강물로 씻었어. 사실 나는 하루쯤 샤워를 안 해도 돼.

"우리, 자전거 타고 좀 더 가서 시골을 찾아보자. 시골 사람들은 여기보다 인정이 많을 거야."

지아난의 말에 다시 헬멧을 쓰고 도로로 나와, 씁쓸한 마음으로 그곳을 떠났어.

7월 28일

간쑤성 둥차

산속 달리는데 소녀가 불러
맛있는 점심 대접

정연아, 어제는 그렇게 중국 사람들 10명에게 거절을 당했는데, 오늘은 놀랍게도 중국 소녀가 길에서 나를 불러 자기 집으로 데려가 점심을 대접했어.

오늘은 7시에 일어났어. 바로 옆에 있는 경찰서에서 경찰관들이 죽은 멧돼지 4마리와 죽은 개 3마리를 놓고 각기 번호를 매긴 뒤 뭔가 중대하게 의논하고 있었어.

나갈 채비를 하고 지아난을 깨웠어. 그가 내 자전거를 1층에 내려주기로 했거든. 우리 숙소가 2층일 때는 그가 자전거를 올리고 내려주기로 했는데, 내가 혼자 출발한 지 4일 만에 처음으로 일어나 내려준 거야. 아직 잠을 덜 잔 그는 더 자려고 올라가고, 나는 8시에 출발했어. 여관 맞은편 밥집에서 양피와 좁쌀죽, 차예단(찻잎 달걀)으로 아침을 먹었어. 나중에 지아난에게 물으니 그도 10시 30분에 출발하면서 같은 것을 먹었대.

여기는 산속이야. 오르막길이 정말 많아. 오늘 낑낑대며 오르막길을 오르는데 회색 중형차를 탄 남자가 내게 엄지손가락을 치켜들었어. 오후 2시경에도 비슷하게 오토바이를 탄 남자가 내게 엄지손가락을 올려주었어. 그들이 건네던 미소를 잊을 수 없어, 정말 큰 힘이 돼.

도시를 달릴 때는 온갖 소리에 정신이 없지만 이런 산속을 달릴 때는 음악이 큰 도움이 돼. 그런데 지아난이 없어서 블루투스 스피커를 들을 수 없었어. 나는 평소 지나간 일에 대해 생각이 너무 많아서 자전거를 탈 때도 생각을 곱씹는데, 그

집으로 데려가 점심 대접해준 여대생 슈후이   슈후이 엄마가 정성 들여 차려주신 점심

걸 벗어나기 위해 기도를 했어. 묵주기도를 두 단 한 후 중국 여행 음악 방송을 틀자 80~90년대 미국 컨트리 음악이 나와서 산속 풍경과 잘 어울렸지.

나는 비가 내리는 산골짜기 안으로 들어갔어. 퇴적암으로 이루어진 산은 아주 의젓하고 멋있었어. 특히 산의 초록빛 계단식 농지가 아주 멋진 옷처럼 보였어. 자전거 여행을 하면 마치 내가 펜을 들고 계속 선을 그어나가는 느낌이야. 내 바퀴 자국은 아스팔트 위에 남지 않지만 내 발이 밀고 나간 내 몸은 그 선을 기억해.

길가에 쓰촨 후추인 화자오 나무가 많아서 여자들이 열심히 붉은 열매를 따고 있었어. 강을 따라 계속 나아가다 높이 1379라고 쓰인 표지석 앞에서 쉬는데, 아까 길옆에서 광주리에 화자오를 담고 있던 소녀가 뛰어왔어.

"저, 우리 집에서 좀 쉬었다 가실래요?"

"아, 네, 감사합니다!"

소녀의 이름은 슈후이였어. 슈후이를 따라 집에 들어가니 핸드폰 두 개를 충전하게 해주고 차를 내주었어. 나는 감사의 표시로 싣고 가던 케냐 커피를 꺼내 한 컵 따라주었어. 슈후이는 점심까지 먹고 가라면서 밥이 좋은지 면이 좋은지 물었어. 내가 밥이라고 하자 그녀 엄마가 음식을 준비하셨어.

그 집 마당에는 화자오가 그득해 신선하고 상쾌한 향기가 찌릿하게 나를 감쌌어. 나는 화자오 껍질을 벗기고 검은 알맹이를 맛보았어. 중국 훠궈 속에 들어있는 것처럼 알딸딸하고 화끈했어. 슈후이가 음식 재료랑 볶아 먹으라고 한 봉지 싸주었어. 슈후이의 집은 이층집이고, 아버지는 텐수이에서 건축 일을 하신대. 언니는 시안의 병원에서, 오빠는 텐수이에서 일한대. 슈후이 엄마가 너무나 정성스럽게 상을 차려주셔서 아주 맛있게 밥공기를 비웠어. 요리들이 어찌나 푸짐하고 맛있던지, 돼지 귀 무침, 달걀 피망 볶음, 삼겹살 양배추 볶음, 돼지고기볶음.

맛있는 점심으로 충전한 나는 자전거에 올랐어. 슈후이는 길 위에서 처음으로 나를 집에 초대해준 사람이야, 너무 고마웠어. 아주 어리게 보여 소녀인 줄만 알았는데 충칭의 대학교에서 공학을 전공하며, 곧 러시아에 가서 학사와 석사학위 공부를 할 거래. 슈후이는 내가 멀어질 때까지 문 앞에서 쭉 지켜보았어.

7월 29일

간쑤성 텐수이

**자기 도보여행,
콰이쇼우로 전국 생중계하는 아저씨**

정연아, 오늘 60km를 달리자 오후 4시가 되었는데

햇볕이 너무 뜨거워 흥국사라는 절에서 잠깐 쉬었어. 나무 기둥에 앉아 몸을 기대고 명상 앱을 켜고 눈을 감았지. 명상 음성이 나오는 동안 잠을 잤어. 오후에 명상 앱을 켜는 것은 바로 이런 목적이야.

다시 달리다 가게에서 물을 한 병 사는데 숙소를 바꿨다는 지아난의 메시지가 왔어. 지도를 찾아보니 원래 목적지는 18km 앞이었는데 새 목적지는 25.6km로 더 멀어졌어. 오늘 내 평균은 시속 14km이니 뜨거운 태양을 피해 이른 저녁을 먹고 쉬어가야겠다고 생각하고 오이무침과 두부, 밥 한 공기를 시키는데 지아난이 도착했어. 10시간가량을 따로 떨어져 자전거를 탄 거야.

식당에서 일하는 소녀의 눈빛이 총명해 보였어. 나이를 물으니 13살이래. 우리가 저녁을 먹는 동안 소녀는 소련 작가 니꼴라이 오스뜨로프스끼의 소설 《강철은 어떻게 단련되었는가?》를 읽고 있었어. 중국인들에게는 유명한 책이지. 소녀가 마음에 들어서 내 위챗 계정을 알려주고 싶었으나 핸드폰이 없대.

여행 중 처음으로 저녁을 먹고도 자전거를 탔어. 해발 1300m 바이양산을 올라가기 시작했어. 태양을 정면으로 받으며 경사가 가장 높을 때 쓰는 기어를 썼어. 경사가 높은 길이 구불구불 이어져서, 아, 저기가 끝이구나 하면 또 이어지며 사람을 끈질기게 고문했어. 대형트럭과 차들이 지나가면 나는 재빨리 도로변으로 몸을 피해야 했어. 차를 피하려다 자전거를 멈추게 되면 경사가 너무 급해 다시 자전거에 오르기가 어려웠어. 급한 경사에서 균형을 잡지 못하면 자칫 자전거가 뒤로 미끄러질 수 있어서 나는 숨을 몰아쉬었어. 자전거를 경사와 직각으로 세우고 간신히 페달을 밟아 안장 위에 올라갔어.

오늘 일정은 살인적이었어. 하루에 간 거리 중 가장 멀고, 난이도가 제일 컸어. 게다가 나는 3kg이 넘는 텐트까지 싣고 있었어. 홀로 경사를 올라가면서 지아난을

자신의 중국 일주
도보여행을
콰이쇼우로 전국에
생중계하는 아저씨.
끌고 다니는 수레에
짐과 개 한 마리를
싣고 태양열
발전기까지 달아

원망했으나 아무 말도 하지 않았어. 이건 순전히 내 선택이고, 내 욕심 때문이니까.

간신히 정상에 도착하자 지아난은 어떤 아저씨와 한창 대화 중이었어. '도보흑사(徒步黑土)'라는 이 아저씨는 자기 도보여행을 중국판 유튜브 콰이쇼우로 전국에 생중계하고 있었어. 태양열 전기로 핸드폰을 충전하며 종일 시청자와 함께 여행하는 거야. 내가 화면에 나타나자 다들 한국말을 시키고 난리였어.

상당히 촌스럽게 보일 수도 있지만 이런 여행자를 보는 것은 처음이 아니었어. 아저씨는 놀랍게도 개까지 한 마리 데리고 있었어.

이제 급경사 길을 10km나 내려갈 차례야. 급한 경사를 내려가는 것은 전혀 좋은 기분이 아니야. 나는 오늘 여러 번 급한 경사를 내려가면서 브레이크가 고장 나거나 코너에서 잘못 돌아 절벽으로 떨어지는 것은 아닐까, 갑자기 달려오는 차를 피하지 못하는 것은 아닐까 걱정했어. 작년 8월에 처음으로 마운틴 바이크를 탄 이후 첫 기억은 경사에서 브레이크를 밟고 앞으로 굴러 얼굴이 까지고 목을 다

친 거야.

완전히 어두워져서 헤드라이트를 켜고 간신히 톈수이 시내에 들어가자 한 청년이 말을 걸었어. 94년생이라는데 지아난과 대화하다 저녁을 사고 싶다고 했어. 나는 피곤해서 얼른 숙소로 가고 싶었으나 길에서 만난 사람과 친해져 저녁을 초대받은 것은 처음이라 그러자고 했지. 중국 꼬치를 먹으며 장시간 대화를 나누었어. 그리고 11시 30분에야 숙소에 도착해 쓰러지듯 머리를 베개에 떨어뜨렸어. 아마 10초 안에 잠들었을 거야.

7월 30일
간쑤성 톈수이 　태양만 바라보며 해시계에 의존하는 원시의 삶

정연아, 오늘은 쉬는 날이야. 아침이 오고 나는 행복해. 이제 근육이 만들어지는 게 느껴져. 팔 아랫부분과 윗부분에 마치 활시위를 당기는 것과 같은 기분 좋은 당김이 있어. 허벅지는 더해서 일어날 때와 앉을 때 통증이 있는데 나는 그것을 기쁘게 맞이해.

자전거를 타면 이렇게 근육이 생기는지 몰랐어. 생각하지 않은 이 단단함, 나를 떠나지 않고 나와 함께 자라는 이 부산물이 나는 고마워. 굳은살처럼 천천히 나를 채우는 이 근육들이 좋아.

우리는 그동안 정말 열심히 달렸어. 나는 창밖의 새벽과 아침을 붙잡기 위해 눈을 뜨는 즉시 짐을 꾸려 자전거를 타고 나갔어. 새벽과 아침은 내 앞에서 서늘한 바람에 옷자락을 휘날리며 서서히 멀어져갔고, 나는 내 자전거 바퀴로 그들의 옷자락을 밟으려는 듯 쏜살같이 쫓아갔어.

자전거 여행에서 중간 휴식과 식사는 정말 신성한 행위야. 쉬지 않으면 힘을 낼 수 없고, 먹지 않으면 움직일 수 없으니까. 빨간빛으로 충전을 촉구하는 핸드폰과 같아.

그렇게 해서 힘들게 숙소에 도착하면 먼저 글을 쓰면서 업무보고를 하듯 중요한 일부터 나열해. 한 가지만 쓰려다가 사진을 보면 다른 일도 쓰지 않을 수 없어. 힘들고 고통스러웠던 시간을 기억나는 대로 적어두지 않으면 나중에 그저 단순히 '힘들었다'는 말 이외에는 설명한 길이 없게 돼. 모래시계의 모래가 맹렬히 빠져나가듯 기억도 그처럼 빠르게 빠져나가지. 나는 침대에 앉아서 내 기억이라는 모래를 열심히 종이에 쓸어 담아.

사람들이 출근하고, 퇴근하고, 업무를 보는 시간 내내 나는 땡볕에서 헉헉거리며 자전거를 탔어. 네가 창문으로 슬쩍 밖을 내다보았을 때 휙 하고 지나간 무엇, 그것이 바로 나였어.

사람들은 수직으로 무엇인가를 쌓고 깊이를 더하고 있을 때, 나는 수평으로 무언가를 나열하고 있었어. 깊이는 없을지언정 아주 선명하고 분명해.

어제 요일을 보고 깜짝 놀랐어, 일요일이었어. 나는 요일 개념이 없어. 내게 명확한 것은 해가 동쪽에서 떠서 서쪽으로 지는 것, 시간마다 태양의 고도가 어떻게 바뀌며 나를 정면으로 비추는지 아닌지, 이런 아주 단순한 상호작용뿐이야. 해시계밖에 없던 원시시대처럼 우리는 그렇게 살고 있어.

8월 1일

간쑤성 톈수이   **넘어져 팔꿈치 까지고,**
밥도 못 먹고 110km

정연아, 아침에 답답해 슬리브를 벗고 출발했는데 그만 넘어져 타박상을 입었어. 도시를 나와 국도로 들어서면서 오르막길이 시작되었는데, 중심을 잘못 잡아 턱에서 떨어졌고, 턱 옆에 있던 구덩이에 옆으로 넘어졌어. 따끔한 곳을 확인하니 오른쪽 팔꿈치가 크게 까졌어. 소독하는 빨간약과 솜이 지아난에게 있어서 내 상처 사진을 보내고 전화를 했어. 지아난은 내 전화 때문에 잠에서 깼어.

"무슨 일이야?"

"나 넘어졌어."

"골절은?"

"없어. 어떻게 하지?"

"깨끗한 물로 씻어. 그리고 밴드를 붙여."

전화를 끊고 구덩이에서 자전거를 끌어 올리고 떨어진 짐들을 주워 다시 장착했어. 마시는 물을 꺼내 팔에 뿌리고 휴지로 흙을 털어냈어. 그리고 출발. 슬리브를 벗지 않았으면 이렇게 까지지 않았을 텐데.

한참 달리는데 누가 불렀어. 4일 전 바이양산 꼭대기에서 만난 '도보흑사' 아저씨었어. 아저씨의 큰 수레에 무엇이 들어있는지 보게 되었어. 침낭, 텐트, 취사도구, 접는 의자, 배낭 등이었어. 아저씨는 아주 좋은 자리를 찾아 텐트를 치셨다가 떠나려고 자리를 정리하고 계셨어.

12시 2분, 오늘 목표인 70km를 달리고 목적지 궈자쩐에 도착했어. 이 작은 마을은 정말 허름했어. 작은 마을은 대개 아름답지 않으면 깨끗하기라도 한데 둘 다 찾아볼 수 없는 곳이야. 음식점도 딱 하나밖에 없고.

음식점 앞에 자전거를 세우자 노동자 아저씨들 8명이 둘러싸고 뭐라고 하기에 놀라 소리쳤어.

"제 자전거예요. 여기 잠시 세워둘 거예요."

아저씨들은 식당 안으로 따라 들어와 떠들썩하게 여러 가지를 달라고 하고, 음식이 나오기 전에 호들갑스럽게 국물을 마셨어. 나는 이 식당에서 지아난을 기다리려고 했으나 아저씨들이 담배를 피우고, 뒤에 앉은 아저씨는 코미디 프로를 보면서 큰소리로 헤헤헤 계속 웃어댔어. 참을 수가 없어서 차라리 자전거를 타는 게 낫겠다 싶어서 지아난에게 30~40km를 더 달리겠다고 했어.

아, 그런데 너무 힘들었어. 추가로 달린 40km는 정말 죽음이었어. 나는 이제까지처럼 곧 다음 마을이 나타날 줄 알았는데 그게 아니었어. 마을은커녕 구멍가게나 음식점도 없었어. 잠시 쉴 수 있는 의자조차 없었어.

나는 어젯밤 네 시간밖에 자지 못해 너무 피곤했어. 겨우 자전거를 세우고 어느 버스 정거장의 낡고 불편한 벤치에 앉았는데 차가 쉭쉭 지나가는 소리가 너무 시끄럽고 내 자전거를 넘어뜨릴까 걱정되어 눈을 붙일 수 없었어.

계속 이어지는 오르막길에서 나는 무기력해졌어. 이걸 왜 올라가야 하나, 하고 맥이 빠졌어. 내 핸드폰 데이터가 되지 않아 그런지 지아난은 소식도 없었어. 쉴 곳이 전혀 없어 도로 옆 턱에 앉았더니 개미가 몸에 기어 올라왔어. 나는 잠시만이라도 여기서 벗어나고 싶었어. 굉음을 내며 내달리는 차들의 위협, 그리고 가슴을 아프게 하는 도로 위 동물의 사체.

이번 여행에서 처음 보는, 너무 허름하고 지저분한 시골 구멍가게

첫 번째 산을 넘고 내리막길을 내려오면서 나는 먹을 게 간절히 필요했어. 물을 세 병 다 마셨고, 오르막길이 너무 많아 체내의 당이 떨어졌어. 자전거 주행에 익숙해지면서 점점 간식이 필요 없어져서 내 가방에는 화자오밖에 없었어.

처음 만난 구멍가게는 너무 지저분해서 물만 샀어. 이렇게 허름한 가게는 이번 여행에서 처음 보는 거야. 그다음 가게에서 감자 칩을 사서 맛있게 먹었어. 아저씨는 내게 많은 이야기를 하셨는데 사투리가 너무 심해 알아듣지 못했어.

이제는 음식점 찾기를 포기하고 텐트 칠 곳을 찾아야 하나 생각하는데 지아난의 연락이 왔어. 13km 떨어져 있었어. 숙소 주소를 보내며 10km만 더 가라고 했어. 마침내 통웨이 숙소에 도착하자 오늘 110km를 달렸어.

8월 3일

간쑤성 딩시

처음으로 텐트 치고,
볼륨 올려 영화 감상

정연아, 오늘은 텐트를 치기로 지아난과 합의했어. 여행 출발 전 오야마 공장 견학 때 텐트를 쳐본 적이 있어서 10분 안에 텐트가 완성되었어.

물병의 물을 또르르 떨어뜨려 세수를 하고 이를 닦았어. 이곳은 해발고도가 높아서 추워. 지아난은 오야마 긴 팔 긴 바지를 입고, 나는 코오롱 긴 팔에 시크로드 티셔츠, 트리쿠 잠바, 그 위에 코오롱 잠바를 입었어. 지아난에게 두꺼운 침낭을 주고, 내 침낭은 얇아서 가진 옷을 다 껴입었어.

텐트 안에서 야식을 먹고 노트북으로 〈드라이빙 미스 데이지〉라는 영화를 보았어. 텐트 안에서 영화라니 너무 멋졌어. 지아난이 외장 하드를 연결해 영화를 선택하고 자전거에서 블루투스 스피커를 가져왔어. 스피커를 사용하니 확실히 음향이 풍부했어.

영화도 재미있었어. 1950년대 미국의 한 유대인 여성의 삶을 그린 거였어. 가난하게 태어나 선생님을 하면서 돈을 아끼고, 은퇴 후 이층집에서 홀로 살며 친구와 넷이서 중국인처럼 마작 게임을 즐겼어. 70세가 넘어서도 곱게 화장을 하고, 굽이 있는 구두와 예쁜 원피스에 어울리는 챙모자를 쓰고 다녔어. 정말 예쁘고 우아한 할머니였어. 유대인답게 돈 한 푼을 중요시해서 남자 주인공에게 깐깐한 모습을 보이는데, 그 모습이 우리와 아주 비슷했어.

텐트가 좁아서 나는 책상다리를 하고 다리를 폈다 오므리기를 반복했어. 영화가 끝나자 딱 12시였어. 지아난과 나는 등을 돌리고 누워 대략 1시간 넘게 뒤척이다 잠들었어.

8월 10일
란저우

**종업원으로 시작해
식당 세 곳 운영하는 싱 언니**

정연아, 나는 지금 란저우에 있어. 시안의 바오 선생

처음으로 텐트를 치고 안에서 영화 보고 잠을 잤다

이 란저우의 친구 세 분을 소개해 주셨어. 한 사람은 학생인데 고향에 돌아갔고, 다른 분은 육아용품 가게 손 사장, 또 한 분은 싱[形兄] 언니야. 싱 언니 집은 잘살아. 4살짜리 막내아들이 양쪽 손목에 은팔찌를 끼고 있는데 할머니도 같은 은팔찌를 끼셨어. 지아난은 이게 중국의 풍속이라고 했어.

그 집에서 잘 자고 아침에 일어나니 식탁에 싱 언니 남편 펑휘 선생이 직접 요리한 아침 식사가 차려져 있더라. 펑휘 선생은 쓰촨 출신으로 대학에서 호텔경영학을 공부하고 장쑤성에서 요리를 배운 후, 란저우에 와서 식당을 개업 하셨대.

싱 언니는 79년생이고 톈수이 출신이야. 남편과 함께 란저우에서 식당 세 곳을 운영하고 있어. 그녀는 원래 쓰촨 음식점 종업원으로 출발해 매니저가 되었대. 스무 살도 되기 전에 펑휘 선생과 결혼해 함께 식당을 낸 거야. 지금 그녀에게는 자녀가 셋 있어.

오늘 그녀를 따라 식당에 나가 관찰해보니 싱 언니는 식당의 손님맞이와 주문, 주방 음식 체크, 재무관리 등 모든 일을 일일이 확인했어. 싱 언니는 내가 식당 메

음식점 종업원으로
시작해 란저우에서
식당 세 곳 운영하는
싱 언니(맨 오른쪽)의
식당 앞에서

뉴판의 음식 이름을 유심히 읽는 것을 보더니 내가 요리를 좋아하는 것 같다며, 요리를 하나 고르면 주방장을 통해 조리법을 가르쳐주겠다고 했어. 나는 고민하다가 중국식 닭볶음인 궁바오지딩을 골랐어. 유명한 요리인데 내가 먹어봤는지 잘 몰라서 선택한 거야. 이 간단해 보이는 요리가 왜 유명한지 궁금하기도 하고.

싱 언니로 인해 나는 톈수이 출신 여자들에 대해 색다른 인상을 받게 되었어. 톈수이에서 만난 유스호스텔 주인 언니, 우리에게 저녁을 사주신 왕 교수님과 그녀의 친구인 무용 교수, 그리고 싱 언니까지 다들 어쩜 그렇게 예쁘고 친근한지.

8월 14일

둔황   '둔황을 다시 만나다' 공연의
벽화 속 선녀들

정연아, 란저우에서 둔황까지는 기차를 탔어. 간쑤성 사막 가운데 있는 오아시스 도시로 가는 길이 너무 험해서 자전거로는 갈 수 없다는 거야.

둔황의 호스텔에서 아침에 샤워를 마치고 내려오니 지아난이 스쿠터 키를 챙겨 나를 데려다주겠다고 해서, 버스정류장으로 갔으나 버스가 막 출발한 뒤였어.

"저 버스 따라가자, 다음 정거장까지."

지아난은 스쿠터에 속력을 내어 버스 운전사 바로 옆으로 따라갔어.

"아저씨, 어디서 멈추세요?"

아저씨가 버스를 세워주어 나는 스쿠터에서 내려 얼른 버스에 올랐어. 지아난

이 구해준 표로 관람한 공연은 정말 최고였어. 특히 머카오쿠[莫高窟막고굴]를 표현하는 그 장면. 머카오쿠의 선녀들이 살아 움직이는 공연은 너무나 아름답고 인상적이었어. 둔황의 선녀가 남자들 20여 명이 만드는 파도 위에 서는 장면은 정말 대단했어.

특히 압권은 관객이 6개의 방에 나누어 들어가서 보는 연극이야. 유리로 보

머카오쿠의
선녀들이 살아
움직이는 공연

이는 바닥에서 두 여인이 자고 있다가 일어나면 벽화의 여인이 말해.

"나 아름다운가요? 이렇게 곱게 화장하고 차려입었어요. 나 아름다운가요?"

그러면 둔황학 연구가가 대답해.

"그때 벽화를 그릴 때 사용한 물감이 산화되어 모두 검게 되었어요. 당신이 화장한 게 보이지 않아요."

"안 돼요. 나 이렇게 아름다운데, 나를 도와줘요."

벽화가 검게 산화된 것은 검은 천으로 표현했어. 그리고 머리 위에서 뿌려지는 모래와 낮아지는 천장 효과가 놀라워.

나는 이 공연 '둔황을 다시 만나다'가 너무 가슴에 와닿았어. 3년 만에 다시 와보니 둔황은 세계적인 관광도시가 되어 있었어. 2015년 2월, 춥고 허름했던 그 작은 도시가 이런 모습으로 변해 내 앞에 나타난 것을 계속 확인해야 했어.

8월 15일

신장 투루판

시로 가득 찬 여인,
광저우 변호사 장예

정연아, 사람들이 내가 많은 시간과 노력을 들이는 것에는 관심이 없고, 내가 적은 시간과 노력을 들인 것을 중요시하는 이유는 무엇일까.

"하다 보면 맞아떨어질 때가 생기니까 열심히 해봐."

엄마의 긍정적인 한 마디가 내게 큰 힘을 주었어. 내가 스스로 하는 격려는 이 것이야.

"내가 새로운 장르를 탄생시킬 거야. 내 판을 스스로 만들어갈 거야."

누가 어떤 조언을 하더라도 나는 결국 이대로 갈 것 같아. 어리석은 고집인지 몰라도 끝장을 보고 싶어.

지아난이 말했어.

"그게 인생이라고. 요즘 사람들은 힘들게 노동을 하는 것보다 이상한 것, 자극을 주는 것에 돈을 낸다고. 도우인(틱톡), 즈보(온라인 방송), 왕훙(온라인 유명인)이 다 그런 거지. 네가 만드는 콘텐츠도 결국 사람들에게 순간의 즐거움만 줄뿐이라고. 이 여행이 끝나고 시간이 지나면 사람들은 다 잊어버릴 거야."

투루판은 둔황에서 우루무치에 가기 전, 그냥 가볼까 하고 들른 깍두기 반찬 같은 도시였어. 그런데 와보니 너무 매력 있는 도시야. 분명하게 자기 목소리를 내는 도시야. 나는 이 도시에서 둔황만큼이나 큰 존재감을 느껴. 특히 오늘 방문한 자오허구청[交河故城교하고성]은 정말 너무 멋져. 나는 신장 사람들의 자부심을 이 고성에서 보았어. 정말 지혜로운 민족이 살던 나라야.

세상에, 고원 위에 세워진 고대 도시라니! 나는 감탄했어. 자오허는 많이 알려지지 않아 아무런 기대도 하지 않았는데, 내가 머무는 유스호스텔에서 함께 간 장예[張燁장엽]는 큰 기대를 걸고 있었어. 그녀는 내게 시 한 수를 읊어주었어. 이 시로 인해 여기에 오고 싶었다는 거야.

오늘 만나 친해진 여행 멤버. 왼쪽부터 청두 출신 주 씨, 광저우 변호사 장예, 나, 충칭 언니(59년생으로 회갑에 미니스커트를 입고 혼자 한 달씩 여행을 다니다니!), 광둥의 고등학교 물리 선생님 웨이지엔린

낙타무리 가로질러 가듯이

시끌벅적 사람들 소리에 담긴 낙타 방울 소리

여전히 북적거리는 시가지

흐르는 물처럼 차들이, 용처럼 말들이 지나가니

천년의 이별과 슬픔과 만남의 기쁨은

이제 그 흔적을 한 올 찾을 수 없네

산 사람들은 잘들 사시게

대지가 추억을 간직할 거라 기대하지 마시게

—아이칭, '자오허구청의 유적'(번역 : 이정민)

처음 만났을 때 장예는 나를 가리키며 호스텔 주인에게 물었어.

"쟤 남자예요, 여자예요?"

푸핫, 세상에! 이런 경우는 처음이야. 우리는 그 호스텔에서 투어를 가는 단 두 사람인데 말이야. 봉고차에 나란히 앉아 장예는 내 이름의 한자를 듣고는 바로 시 한 구절을 읊어주었어. 내 이름의 뜻이 근원을 찾아가는 것이기에 이 시를 들려주는 것이라면서.

도랑물이 어찌 이렇게 맑은지 물으니
근원이 있어 끊임없이 흐르기 때문이라네

그녀는 광저우에서 변호사로 일한 지 8년, 고향은 푸젠성의 푸저우라고 했어.
우리는 버스를 타고 풍경구를 둘러보았어. 계곡 저편으로 유네스코 지정 문화
재인 고원 위의 도시가 보였어. 2세기에 세워진 자오허! 투루판 분지의 두 강이 주
위를 둘러싼 중심 도시였어. 당나라 때 번영하다 14세기 원나라 말기에 멸망했대.

하늘 위의 옛 도시 자오허구청에서 신장 사람들의 자부심을 보았어

우리는 자오허구청 위에 올라갔어. 태양이 바로 위에서 비추는 가장 더운 6시였어. 처음에는 그냥 동굴로만 보였으나 풍경구에 도착하자 정말로 도시였어. 장예와 함께 고대 도시의 골목을 걸었어. 우리 둘밖에 없었고 아무 소리도 들리지 않았어. 와, 동굴 속 도시라니, 게다가 1000년이나 존속했다니.

마지막으로 버스를 타고 자오허를 나오면서 장예는 아름다운 풍경을 보면서 나와 함께 또 시를 읊었어.

강산의 이같이 아름다운 교태로 인해
무수한 영웅들이 허리 굽혀 몸 바쳤지
– 마오쩌둥의 '눈(雪설)'

아, 정말 장예는 시로 가득 찬 여인이야.

8월 16일

신장 투루판 　　　**결혼해 함께 무명옷 입고,
자연을 사랑하고 싶어**

정연아, 지아난은 하루 70위안을 내고 포도골 안에 있는 호스텔에 묵고 있어. 그러면 포도골 입장료 75위안은 안 내도 된대. 중국인에게만 해당하는 거라 나는 들어가지 못하고 시내 호스텔에서 잤어. 지아난은 다른 관광지는 안 좋아하고 오로지 포도골만 보고 싶다는 거야.

새벽 6시에 일어나 짐을 싸서 호스텔을 나오자 주인이 물었어.

"어디 가니?"

"지아난 찾으러요."

"너 버리고 간 애?"

"네, 그래서 찾으러 가요."

아침으로 납작 복숭아를 하나 먹고, 최소한의 짐을 복대에 넣고 걸어서 길을 나섰어. 포도골까지는 3.9km, 이른 아침의 이 길이 마음에 들었어. 거리는 고요하고 인적이 없었어. 가다가 내가 좋아하는 구운 빵, 낭을 굽고 있는 가게가 있어서 참깨와 양파를 올려 바로 구운 뜨끈뜨끈한 낭을 하나 샀어. 무척 흡족해 그걸 베어 먹으면서 걷기 시작했어. 테두리는 쫄깃하고 안은 바삭했어. 아침의 신선한 맛이야. 천천히 먹으려 했으나 자동차 운전대 크기의 낭은 순식간에 반달이 되어버렸어.

걸으면서 보니 투루판에는 벽보가 많았어. 벽보에는 위구르 사람들이 활짝 웃으며 포도를 재배하고, 악기를 연주하고, 음식을 나누어 먹는데, 거리에서 보는 위구르 사람들은 하나같이 다 무표정이었어. 화가 났다거나 슬픔이 있다거나 하는 것보다도 어떤 응어리가 가슴 속에 들어있는 얼굴이었어. 아, 이 알 수 없는 불만감으로 도시가 꽉 차 보였어.

이윽고 포도골 정문을 지나 다시 하염없이 이어지는 길을 걸었어. 여기는 마당에 침대를 놓고 자는지 길 가까이에 침대가 자주 보였어. 한참 후 예스러운 타일로 장식된 대문이 보이고, 안쪽 마당 옆에 연두색 티셔츠를 입은 청년의 뒷모습이 보였어.

"여기 오려고 7.3km를 걸었다."

지아난과 내가 마루에 앉자 검은 새끼 고양이가 다가왔어.

"산책하고 와. 여기 굉장히 넓어. 이 안에 있는 포도는 다 따먹어도 좋아."

혼자 산책했어. 호스텔의 부지는 넓었어. 산책길 나무 사이로 보랏빛 꽃과 기름 램프가 보이고, 어느 방 앞에서 아버지가 딸의 머리를 땋아주고 있었어. 다리를 건너가 머리 위의 포도 넝쿨에서 포도알을 따 먹었어. 마치 아담과 하와처럼, 혹은 그 옛날 디오니소스를 찬양하던 그리스인들처럼 포도를 씻지도 않고 따먹었어.

마당으로 돌아오자 머리 긴 남자가 고양이에게 먹이를 주고 있었어. 나는 대번에 그가 호스텔 주인임을 알아보았어. 그는 정말 멋졌어. 긴 머리를 하나로 묶고, 금속 목걸이와 팔찌를 하고 붉은 반지를 꼈으며, 빛이 바랜 무명옷을 입고 있었어. 그의 존재감은 매우 컸어. 그의 모습이 자유와 책임 같은, 많은 것을 담고 있어서 작은 일을 하고 있어도 큰 에너지를 내뿜는 것 같았어.

그보다 머리가 더 긴 한 여인이 마른 체구에 베트남 여인처럼 분홍색 무명옷을 입고 있었어. 화장을 전혀 하지 않았으나 햇빛에 그은 얼굴에서 건강하고 소박한 에너지를 내뿜었어. 많은 사람 사이에서 두 사람이 부부라는 것을 금방 알아볼 수 있을 만큼 닮아 있었어.

남자는 허난 출신이래, 부인은 쓰촨 사람이고. 남자가 투루판에서 일하다 여행 온 여자를 만나 사랑에 빠졌고, 둘이 결혼해 이 호스텔을 차린 거래, 4년 전에. 와, 정말 멋지다! 나도 이런 결혼을 하고 싶다. 함께 무명옷 입고 자연을 사랑하면서 한 방향을 바라보며 살고 싶다!

마루로 내려가 만터우와 오이무침, 흰죽, 달걀로 아침을 먹은 후 지아난은 방안에서 낮잠을 청하고, 나는 그의 가방에서 킨들을 꺼내《노르웨이의 숲》챕터 2를 읽기 시작했어. 하루키의 책은 어떤 필연처럼, 내가 선택하기 이전에 내게 주어져서 읽게 돼. 2007년에는 친구 조준희가 극찬한《해변의 카프카》, 2014년에는 샌프란시스코에 출장 오면서 임지현 매니저가 가져온 《여자 없는 남자들》, 그해 한국에 돌아오자 집에 있던 《색채가 없는 다자키 쓰쿠루와 그가 순례를 떠난 해》, 2017년에는 가가가 선택한 독서토론 책 《댄스, 댄스, 댄스》.

나는 마루 끝 나무 받침에 걸터앉아 책을 읽었어. 너무나 고요하고 평화로웠어.

사랑하는 친구 정연아, 이 편지를 너에게 쓰는 또 하나의 이유는 이 자전거 여행의 쓰고도 달달한 맛이 꼭 소주를 닮아서야. 다시 어느 날 밤 10시에 건대 앞에서 한잔할 때까지, 빠염!

8월 21일

이리

중국을 떠나며
중국 친구들에게 쓰는 편지

내일이면 중국을 떠난다니 믿을 수 없어. 이제 중국은 정말 큰 대륙이구나 하는 것을 몸으로 알게 되었어. 대륙이라서 나는 다른 나라로 자전거를 타고 넘어가는구나, 세상에! 나는 자전거를 타고 국경을 넘어본 적이 한 번도 없어.

3년 8개월, 나는 한국을 제외하고 이렇게 한 나라에서 오래 살아본 적이 없어. 미국 1년 9개월, 에콰도르 1년, 이스라엘 7개월, 영국 3개월이었어. 또 이렇게 한 국가의 많은 도시를 다녀본 적이 없어. 출장을 다니고 이 자전거 여행을 하면서 나는 중국의 30개 도시를 방문했어.

중국에서의 생활이 첫해는 우물 안 개구리였고, 둘째 해는 힘들었고, 셋째 해는 정말 재미있었어. 넷째 해는 이제 떠나지 않으면 안 돼, 하고 스스로 채찍질했어.

내가 겉으로는 활발한 아이로 보이지만, 이것은 내가 외국에서 살아남기 위해 쓰는 '후츠파' 정신을 가득 담은 캐릭터야. 후츠파란 히브리어로 '뻔뻔함, 담대함, 저돌성, 무례함' 등을 뜻하는 말인데, 오늘날은 이스라엘인 특유의 도전정신을 뜻하지. 어려서부터 형식과 권위에 얽매이지 않고, 끊임없이 질문하고 도전하며, 때로는 뻔뻔하게 자신의 주장을 당당히 밝히는 정신이야.

이런 캐릭터로 인해 나는 다른 사람이 내게 오려는 것을 차단하기도 했고, 중국인의 치밀하고 섬세한 부분 안에 들어가지 못하기도 했어. 그리하여 상하이에서 살아온 나는 완전히 상하이에서만 사는 내가 되었고, 중국에 사는 내가 아니었어. 나는 중국 친구를 거의 만나지 않았고, 한 달에 한 번 중국 음식을 먹을까 말까 했어. 중국어는 거의 업무적으로만 사용했어. 이렇게 나는 중국의 관찰자였어.

이번에 자전거 여행을 하면서 나는 세 끼를 다 중국 음식으로 먹었어. 아침부터 저녁까지 중국인 한 사람을 관찰하는 생생한 문화인류학 수업을 받는 거야. 우리는 어느 도시에 도착할 때마다 그 도시의 중국인을 만나 대화를 나눠. 나는 중국을 실제로 체험하고 몸에 입고 있어. 이제 잘 차려진 밥상에 숟가락을 올리는 기자의 작은 역할이 아니라 스스로 밥상을 차려가면서 전진하는 거야.

나는 단 하루도 지나난과 나 사이에 거리를 느끼지 않은 날이 없어. 그는 중국인이고 나는 한국인이야. 우리는 어떤 숙소가 외국인을 받아주는지 알아보는 것부터 시작해서 식당에 가서는 사람들로부터 질문 공세를 받아야 했고, 내가 쓰는 틀린 중국어 성조에 이르기까지 늘 차이를 인식했어.

내 스폰서들을 보면 14곳 중 10곳이 한국 기업이고, 2곳이 중국 기업, 2곳이 타이완 기업이야. 중국 기업 두 곳은 로빈 에이트와 트리쿠인데, 결국 로빈 에이트는 글로벌 회사에 가깝고 창업자 미란다는 미국 출신 중국인이니까 내가 기자로서 접촉한 중국 회사는 하나도 없어. 트리쿠는 그룹 방에서 소개해 주어 만나게 되었어. 개인 스폰서가 되어준 중국인 투자자 제이슨 슈, 그에게 정말 고마워.

　나는 중국에 와서 내 정체성을 찾았어. 나는 《삼국지》에 나오는 유비(劉備)의 자손이라는 별 같은 말에 호기심을 가지고 이를 확인하러 중국에 왔는데, 나와 같은 유씨가 너무 많아서 나중에는 재미를 잃었어. 그다음 나는 성이 아니라 이름에 집중했어. 나는 정말로 이름대로 살고 있어. 나는 근원을 찾아 나가며 살고 있어. 그리고 중국인들은 한자를 사용함으로써 나를 엑스레이 찍듯 그렇게 내 모습과 내 이름을 동일화시켜.

　자전거 여행을 하면서 만난 중국은 너무 컸어. 힘든 일도 정말 많았어. 하지만 중국 사람들이 우리를 초대해주고, 밥을 사주고, 멋진 곳에 데려가 준 그 넉넉한 인심은 우리의 힘든 마음을 다 보상하고도 남았어.

스위스의 호수를 닮은 후얼궈스의 싸이리무호수에서

이스라엘에서 겪은 후츠파 정신

나는 2013년, 정부에서 주관한 이스라엘 스타트업 프로그램을 통해 텔아비브대학교에서 2개월간 창업교육을 받고, 4개월간 현지 스타트업 업체에서 인턴십을 수행했다. 이에 병행해 여러 스타트업 업체들을 한 주일에 한 곳씩 찾아가 방문기와 창업가 인터뷰를 진행했다. 후츠파는 7가지 정신과 행동요소를 가지고 있다. 내가 이스라엘에서 7개월간 겪은 경험이다.

1. 형식 타파
이스라엘에서는 직위가 정해져 있기는 하지만 그것이 위계질서를 형성하지는 않는다. 낮은 직위의 사원이 최고경영자에게 서슴없이 자신의 의견을 말하고, 함께 열띠게 논쟁하는 광경을 흔히 볼 수 있다.

2. 당연한 질문의 권리
후츠파 정신 때문에 이스라엘 사람들은 우리 눈에 투박해 보일 수도 있다. 우리가 동방예의지국이라면 이스라엘은 그 반대라 할 수 있기 때문이다. 처음 만나는 사람에게도 무엇이든 다 물어보거나 부탁하기 일쑤다. 수업을 들을 때도 학생들의 질문이 어찌나 많은지 선생님은 도전적으로 바쁘게 손을 드는 학생들에게 모두 질문하게 하고, 일일이 대답해 주셨다. 자기 질문을 기다리지 못하는 참을성 없는 학생들은 그냥 소리 질러 묻곤 했다.

3. 섞임과 어울림
이스라엘 민족은 나라를 잃고 세계 각지에 흩어져 살면서 언제 추방될지 모르는 상황에서 정처 없이 이동해왔기에 새로운 환경에 빠르고 효과적으로 적응하는 것이 체질화되었다. 유대인끼리는 서로 협력하고, 현지인과는 조화를 이루며 정보를 공유해 더 나은 방법을 찾아 나선다.
내가 최초로 카우치 서핑을 사용한 국가는 이스라엘이었다. 내가 예술가인 샬의 프로필에 링크된 디자인 블로그를 보고 메시지를 보내자 이스라엘의 두 여자 샬과 올리가 나를 받아주었다. 처음 이스라엘에 도착한 날 밤, 함께 온 동기 14명이 각자 자기 갈 곳으로 가버려서 나 혼자 샬과 올리 집에 찾아가야 했다. 나는 이스라엘 사람들과 어울려 살고 싶어서 일부러 공용기숙사에 들어가지 않고 스스로 집을 찾겠다고 한 것이다.

3시간 걸려 집을 찾아가자 두 사람은 땀범벅이 되어 35kg의 짐을 메고, 끌고 찾아온 나를 너무도 반갑게 맞이해주었다. 내가 앞으로 살 집을 찾는다고 하자 살은 곧바로 집 찾기에 돌입했다. 페이스북에 히브리어 광고를 올리고, 내가 머무는 6일 동안 날마다 두 시간 남짓 시간을 들여 집을 찾고, 집주인과 연락해주었다.

집을 구한 날은 히브리어 알파벳과 내 이름 쓰는 법, 기본 단어들을 가르쳐 주었다. 그녀가 쓰는 순서를 내가 따로 기록하는 것을 보고는 쓰는 순서와 쉽게 외우는 법을 따로 정리해주기도 했다. 이사 가는 날은 물 한 통과 올리가 빌려준 선글라스, 텔아비브 지도를 선물로 주고, 길까지 나와 자동차에 짐을 실어주었다. 나는 이스라엘의 살과 올리를 마치 인큐베이터처럼 기억한다.

4. 위험 감수 정신

이스라엘 사람들은 어린이에게 독립심을 가르치고 위험을 감수하게 한다. 아이가 열세 살이 되면 '바르 미츠바'라는 성인식을 치르며 축의금으로 5000만 원 정도를 준다. 이 돈에 대한 권한과 책임은 전적으로 주인공에게 있어서 개인의 결정에 따라 예금을 하기도 하고, 주식 매매를 하기도 한다.

내가 아는 한 아버지는 8살짜리 아들을 노르웨이에서 열리는 캠프에 참석시키기 위해 비행기를 두 번 갈아 타야 하는 여정을 혼자 가게 했다. 승무원들이 도와주긴 하겠지만 8살 어린이를 혼자 비행기에 태우는 대담함에 무척이나 놀랐다.

5. 목표 지향 정신

생존을 위해 열악한 환경 속에서도 목표를 수립하고, 지혜와 전략을 철저히 실행해 원하는 목표를 달성하는 정신이다. 이루기 어렵거나 불가능한 것은 없다고 확신하고 목표를 향해 도전한다.

"유대인 사회에서는 상대에게는 작은 일이지만 본인에게는 큰 도움이 되는 일이라면 누구에게나 부탁해도 됩니다."

이스라엘 안내를 해주신 박호균 박사님 말씀인데 나도 실제로 경험했다. 텔아비브에 도착해 살 집을 구하려고 처음 찾아간 곳이 여기자 셰니의 집이었다. 하지만 에어컨값까지 내야 한다는 말에 포기하고 다른 집을 구했다. 그리고 3일 후, 이스라엘에서 첫 스타트업 인터뷰로 '잼스타'의 대표 코비 스탁을 만나게 되었는데, 주소를 받았으나 와이파이가 작동하지 않아 사무실을 찾을 수 없었다. 다른 사람 도움을 받아야 하는데 처음 도착한 나라에서 아는 사람이 어디 있나? 그때 생각난 것이 셰니였다. 오전 10시, 그녀의 집에 가서 문을 두드리자 셰니는 그때 일어났는지 부스스한 머리로 나왔다.

"아주 당황스러운 상황인 것은 알지만요, 당신 도움이 꼭 필요해요. 저의 생애 첫 스타트업 인터뷰인데 동행해주실 수 있겠어요?"

집을 보러 왔던 동양인 아가씨의 아닌 밤중에 홍두깨 같은 부탁에 셰니는 당황할 법도 한데 잠시 생각하더니 동행해주겠다고 했다. 인터뷰하러 가는 길에 보이는 건물들에 대한 설명과 이스라엘의 번지수 찾는 법까지 덤으로 알려주었다. 그리고 인터뷰 내내 내 옆에 있어 주었다. 그녀의 도움으로 부담 없이 첫 인터뷰를 끝내자 셰니가 말했다.

"거봐, 혼자서도 잘 하네. 그렇게 하면 돼."

6. 끈질김의 정신

일단 목표를 설정하면 어떤 난관이나 장애물이 있어도 반드시 돌파해나가는, 일에 대한 집요하고 끈질긴 정신을 말한다.

7. 실패 학습

실패로부터 배우는 교훈과 경험을 말한다. 이스라엘은 청년 개개인이 꿈꾸는 것들을 현실로 이루기 위한 모든 자유와 도전이 허용되는 곳이다. 그러다 넘어질 수도 있겠지만 넘어지고 실패하는 것은 낙오하는 것이 아니라 '끝없는 도전의 훈장'이라고 생각하기에 계속해서 달리고 넘어질 수 있다. 이스라엘 인구는 850만밖에 되지 않는데 현재 1800개의 스타트업 업체가 활동하고 있다고 한다. 그토록 도전정신이 강하고, 실패하더라도 다시 창업하는 사람이 많다는 뜻이다.

제2장
선녀들이
사는 땅
카자흐스탄

"이런 말이 있어. 몸이나 영혼 중
하나는 늘 여행을 해야 한다고.
몸이 여행을 가거나 아니면 영혼이
여행하며 책을 읽거나 해야 한다고.
영화 〈로마의 휴일〉에 나오는 말이야."
"우와, 멋진 말이야. 우린 몸과 영혼이
동시에 여행하고 있네."
-〈8월 28일 일기〉

8월 23일

후얼궈스

'우리와 한국은 좋은 친구'라며 국경 프리 패스

사랑하는 친구 주희야, 내 여행의 두 번째 이야기를 너에게 보내는 이유는 대학 1학년 때 만난 친구 중에서 네가 내 이야기를 가장 재미있게 들어주어서, 나는 유일하게 네 앞에서만 재미있는 사람이 되는 것 같았기 때문이야.

세 번에 걸친 중국 쪽 출국 심사는 정말 까다로웠어. 자전거가 없으면 좀 쉬웠겠지만, 자전거를 확인할 때마다 앞바퀴를 분리해 좁은 버스 밑에 넣고 꺼내는 과정을 반복해 허리가 아플 지경이었어.

어렵게 중국 출국 심사를 마치고 카자흐스탄으로 넘어갔어. 버스에서 자전거를 내리자 카자흐스탄 군인이 독일산 셰퍼드 개를 데리고 다가왔어. 그는 영어 발음이 꽤 좋았고, 내게 관심을 보였어. 내가 입국 심사를 받는데 그 군인이 와서 한국에 관심을 보이며 이것저것 물었어. 그러더니 짐 하나 검사하지 않고 출구로 내보내 주었어. 나보다 앞에 있던 지아난이 놀란 표정으로 쳐다보았어.

"아니, 어떻게 네 짐은 하나도 체크 안 할 수가 있어!"

"나는 한국인이잖아. 나에게 한 마지막 한마디는 카자흐스탄과 한국은 좋은 친구라는 것이었어."

나는 지아난이 '차별'이라는 단어를 쓸 줄 알았는데 다른 말을 했어.

"이건 정당하지 못해."

마치 《노르웨이의 숲》에 나오는 나오코의 말처럼.

"그럴 수도 있는 거지. 앞으로 출입국 심사에 걸릴 만한 것들은 다 나한테 주면 되겠네."

지아난은 꽤 큰 충격을 받은 듯했어. 중국에서는 늘 지아난이 주도권을 쥐었으나 이제부터는 나와 똑같은 외국인이야.

8월 24일

자르켄트

18세 소년 생일파티가
너무나 격식 있고 진지해

주희야, 나는 중국에서 가까운 카자흐스탄 도시 자르켄트에 있어. 오늘 신기한 태양열로 엔진을 돌리는 자전거를 타고 온 모로코인 요셉과 그의 친구를 만났어. 프랑스 리옹에서 출발해 중국 광저우까지 가는데 태양열 발전기로 엔진을 돌려 하루에 200km를 간대. 요셉은 엔지니어라 이 자전거를 직접 만들었대. 그의 친구는 다리가 불편해 지지대에 의지해 걸어야 했어. 11개 나라를 거쳤는데 카자흐스탄 사람들이 가장 친절하다고 했고, 뱀 때문에 바깥에서는 텐트를 안 친다고 했어.

이들에게 먼저 관심을 보인 건 10대 후반의 카자흐스탄 소년들이야. 소년들은 이들에게 질문을 퍼붓다가 우리에게도 물어보기 시작했고, 나중에 카페에서 열리는 생일파티에 우리 외국인 넷을 초대했어. 카자흐스탄에서는 식당을 카페라고 불러.

카자흐스탄 소년의 생일파티에 가서 정말 놀랐어.

첫째. 18세 소년들이 모두 와이셔츠와 면바지에 벨트까지 맞춰 입고, 머리까지 하고 친구 생일파티에 오는 것.

둘째. 소년들이 카페 하나를 대여해 생일파티를 여는 것.

셋째. 여자친구가 왔는데, 붉은 시스루 블라우스를 입었어. 18세에 이런 식으로 교제를 한다는 것.

넷째. 술은 마시지 않고, 아이스티와 콜라가 있다는 것.

나는 이 프로젝트 '시크로드'의 표어가 '꿈을 찾는 것'인 만큼, 소년들에게 꿈이 무엇인지 물었어. 톡타르베는 좋은 직업을 얻어 세상에서 가장 행복한 사람이 되고 싶다고 했고, 우란은 선생님이 되고 싶다고 했어. 산자르는 내년에 미국 워싱턴의 대학에 들어가서 생각해 본다고 했고, 라밀은 군인이 되고 싶다고 했어.

흥미로운 것은 생일을 맞은 친구를 위해 한 사람씩 일어서서 진지하게 축사를 해주는 것이었어. 그런 다음 게임을 했는데, 한 명씩 숟가락에 음식을 올리고 박자

10대 후반 소년의
생일파티에서
진지하게 축사를
하는 친구들

를 맞추다 떨어뜨리는 사람이 그 음식을 다 먹는 거였어. 카자흐스탄 청소년들의
격식을 갖춘 생일파티는 정말 문화적 충격이었어.

8월 26일

알마티 **황야 가로지르다 아이들에 이끌려
위구르 가정에**

주희야, 오늘은 시작부터 힘들었어. 하늘에는 구름
한 점 없고, 9시부터 태양이 이미 노골적이었어. 도시를 벗어나자 드넓은 황야가
나타났고 유난히 오르막 내리막이 많았어. 그늘은 전혀 보이지 않았어. 도로가 울
퉁불퉁해서 맘 놓고 속도를 낼 수도 없었어. 울퉁불퉁한 경사면의 충격으로 물통
이 두 번이나 바닥에 굴렀어.

우리는 게임판 위의 두 말의 닮은 것 같았다.
태양이 이 게임의 진행자였어. 육안으로
이 게임의 끝이 어디인지 알 수 없었어.
114 km 가는 내정한 숫자를 볼 때마다가
오늘 9시간을 달려야 했으며 나는 13 km/h
라는 거음이 속도였어. 84 km 긴 바지를
처음 입었다. 원이 나를 쉼고 싸였고,
자전거가 나를 타고 있었다. 나는 피로것으로
길이 나를 가게 내버려두었다. 이 상태를
잘 알고 있다고 자신한 듯한 태양의 미소는
단호했다. 나는 막막한 가능성을 비웃는
'편한'이 라는 어조였지만, 가능성 많은 듣는게
했다. 더운 태양 아래 가능의 뜻을 반대함으로
편한 안식을 시작하고 싶지 않았다.

해가 지지 않는 이상 그늘 하나 없는 이 넓은
황야를 자전거로 건너는 방법은 없었어

카자흐스탄 황야에서 쓴 일기

"나, 그늘이 필요해. 저기 보이는 숲으로 가자."

도로가 숲을 관통해 황야로 이어졌는데 숲속에 우리가 쉴 수 있는 작은 공터가 있었어. 나는 자전거를 세우고 '금지구역'이라고 쓰인 느슨한 체인이 걸린 곳을 넘어가 아름드리 큰 나무를 발견했어. 나무 밑에 돗자리를 펴고 누워 눈을 감았으나 바람이 차가운데 배를 덮을 담요가 없어서 잠이 오지 않아 멍하니 누워있었어.

그때 길가에 승합차가 한 대 서더니 뚱뚱한 무슬림 여인이 아이 둘을 데리고 다가와 카자흐어로 뭐라고 했어.

"저는 이곳 말을 못 해요."

내가 영어로 말하자 여인은 흠칫 놀라더니 돌아갔어. 그런데 잠시 후 아이들이 뛰어와 나를 둘러싸고, 영어를 조금 할 줄 아는 마리암이라는 여자아이가 말을 걸었어. 그 여자아이의 눈빛이 너무 순수하고 맑아서 말을 나누지 않을 수 없었어. 수수하고 하얀 전통 블라우스를 입은 아이는 동화책의 주인공으로 삽화를 그리고 싶을 만큼 순수한 모습이었어.

한국인을 처음 본다는 아이는 그냥 나하고 사진을 한 장 찍고 싶다고 했어. 지아난을 불러 한바탕 사진 세례를 받고 나서 아이들은 손을 흔들며 멀어졌어. 그런데 5분이나 지났을까, 여자아이가 아이들 여럿을 데리고 다시 돌아왔어. 무슨 할 말이 있는 것 같아 구글 번역기를 켜주었지.

"우리랑 같이 가요! 우리 집에 당신을 초대하고 싶어요."

마리암의 집에서는
손님도 모두 한
가족이 되었어

나는 어리둥절했어.

"우리는 자전거가 있어서 가지 못해요."

그러자 옆의 남자아이가 서툰 영어로 거들었어.

"자전거 하나는 엄마 차, 하나는 아빠 차에 실으면 돼요."

아이들 다섯 명이 나를 둘러싸고 '플리스'를 외치기 시작했어. 순수하고 귀여운 아이들의 눈망울을 거부할 수 있는 사람이 세상에 얼마나 될까. 이윽고 나는 돗자리에서 일어나 운동화를 신었어.

마치 양탄자에 실려 가듯 그들 가족을 따라갔어. 엄마가 오른쪽에서 운전하며 위구르 음악을 틀었어. 엄마는 한 손으로 손가락을 튕기고 어깨춤을 들썩이셨어. 보아하니 여자 차, 남자 차로 나눈듯했어. 나는 하느님께서 내게 이들을 보내주신 것 같다는 생각마저 들었어. 해가 지지 않는 이상 그늘이 없는 이 넓은 황야를 자전거로 건너는 방법은 없었으니까.

나는 신장에서 본, 벽화 속에서 웃고 있는 위구르 사람들을 여기서 진짜로 보

앉아. 아이들은 맑고 순수하고, 아버지는 밝고 유쾌하며, 초록 히잡을 쓴 엄마는 유머러스하고 인자했어.

영어를 하는 여자아이 마리암의 큰언니 유투스는 16세에 결혼해 지금 22세인데 아이가 둘이야. 둘째 언니 쿠르바나는 인스타그램 스타이고, 얼마 전 18세로 결혼했어. 뷰어 수가 2만이 넘는 것도 있대. 대부분 위구르 전통의상을 입고 춤추는 영상이었어.

8월 27일
알마티

아무것도 아니기에
아무것이나 다 될 수 있어

주희야, 나는 지금 위구르 가족 집에서 함께 머물고 있어. 보통 어느 집에 초대를 받으면 초대한 사람이 주인공이 되고, 다른 사람들은 보조자가 되기 마련이잖아. 그런데 마리암의 집에서는 식구 8명이 모두 우리를 초대한 것 같아. 누구든 주인공이 되어 우리에게 잘해주고, 말을 걸고, 우리에게 얻어가고 싶은 것을 얻어갔어. 첫날은 마리암이 주인공이 되어 우리와 대화했지만, 어제는 유투스가 종일 우리와 어울렸어.

그들은 우리에게 주기만 하는 게 아니라 얻어가기도 했어. 음식이든 잠자리든 우리에게 베풀어주기만 하는 집은 항상 어떤 부담감을 주고, 나중에 우리가 그것에 익숙해졌을 때 어떤 짐이 되어버리는데, 이 집에서는 모두 뭔가를 얻어갔어. 가령 유투스를 비롯한 여자아이들은 우리와 같이 찍은 사진을 인스타그램에 올리기에 바빴고, 부모님은 밤이 되면 구글 번역기를 끼고 앉아서 우리와 아주 진지한 대화를 나누셨어.

아이들은 계속 우리 이름을 부르며, 관심을 촉구하고 우리의 작은 행동에도 까르르 웃었어. 가령 이전에 다른 집에서는 '자전거 여행을 하는 두 사람에게 도움을 준다'는 어떤 명분 같은 것을 생각하셨다면, 이 집에서는 한 인간으로서 우리 두 사람을 여러 연령대에서 고루 잘 쓰고 있는 것 같았어.

나를 시스터라 부르며 늘 장난을 거는 개구쟁이 라밀에게 나는 선생님이 되어달라고 했어. 라밀은 마침 카자흐어의 필기체를 연습하고 있었고, 나는 그런 라밀에게 카자흐어 알파벳을 가르쳐달라고 했어. 라밀은 유튜브에서 알파벳 송을 찾아주기도 했어. 나는 이제 그를 선생님이라고 불러. 그들의 언어와 키릴문자를 배우면서 히브리어, 스페인어와 상통하는 부분을 찾을 수 있었어.

우리가 카자흐어를 전혀 모르는 만큼 그들도 영어를 모르지만 서로 언어가 다르다는 것이 전혀 문제 되지 않았어. 엄마와 나는 표정과 몸짓으로 많은 대화를 이어갔고, 성격이 통해 눈빛만으로도 호탕하게 웃을 수 있었어.

유투스는 우리에게 식사를 준비해주고, 우리 찻잔에 차가 비지 않도록 신경을 써주었어. 그러다가 내 사진을 찍는데, 나는 아무 준비도 없이 사진을 찍히게 되면 예쁜 척하지 않고 바보 웃음을 지었어.

위구르 음식인 필라프는 먼저 고기를 볶은 후 채소를 넣고 마지막으로 쌀을 넣어 찌는데, 밥이 조금 기름져. 그래서 소금을 넣은 토마토와 오이 샐러드, 차와 잘 어울려. 세 끼니를 거의 비슷하게 먹는데도 조금도 질리지 않아.

이 집에는 13세짜리 가수가 있는데 바로 마리암의 친척 이쇼트야. 어제 이쇼트가 내게 무슨 악기를 연주할 줄 아느냐고 물어서 우쿨렐레라고 대답하고, 내 영상을 하나 보여주었더니 지아난이 옆에서 말했어.

"와, 너는 진짜 모든 걸 딱 30 프로만 하는구나."

"오, 정확히 짚었어. 정말 그래. 나는 깊이가 없는 게 단점이야."

정말 그래. 나는 모든 것을 딱 30 프로만 해. 중국어도 스페인어도 그렇고, 살사 춤이나 유화 그리기나 우쿨렐레 연주도 그렇고. 정말 나는 업계에서나 사회에서 경계하는 그 '제너럴리스트', 얇은 인간인지도 몰라. 하지만 내가 스스로 달고 사는 표어처럼 지금 스물아홉인 나는 아무것도 아니기에 아무것이나 다 될 수 있다고 믿어. 그리고 이 얇은 인간이 어떻게 이 험난한 세상을 살아갈 수 있는지 지금 실험 중이야.

내가 100 프로에 가깝게 하는 것이 있다면 지금 이 편지를 쓰는 거야. 정말 내 신체의 모든 수도꼭지를 틀어서 나오는 내용을 전부 다 쓰려고 하고 있어. 김민영 선생님 말씀대로 나는 '하이퍼 그라피아', 끝없이 글을 쓰는 정신 질환, 주체할 수 없을 정도로 글이 쓰고 싶어지는 욕망이 있는지도 모르겠어.

오늘은 부모님 두 분과 많은 대화를 했어. 가족과 결혼에 관해서도 이야기했어. 두 분은 나중에 우리 부모님을 여기 모시고 오라고 하실 만큼 우리를 좋아하셨어.

엄마는 정말 대단한 여자야. 이 집의 바닥 공사, 벽의 도배 등을 다 직접 하셨대. 아이들 훈육도 매를 들고 아주 바르게 하시는데 진짜 때리지는 않으셔. 아주 호탕한 그녀는 이제 겨우 40세, 나는 그녀가 정말 마음에 들었어.

"내 첫 손자가 태어났을 때 내 나이 서른일곱이었지."

알마티

'나는 내 인생밖에 못사니까
꿈을 크게 가져야 해'

주희야, 오후에 시내에 나가 사람을 만나고 저녁에 집에 돌아가면서 마리암의 열네 살 생일파티에 늦지 않으려고 택시를 탔어. 택시비는 우리 돈 3000원이 조금 넘었어.

오늘 만난 창업가, 스마트포인트 매니저 알리셰는 아주 맛있는 카자흐스탄 저녁을 사주었어. 그는 큰 풍채와 수염 때문에 30대로 보였는데 실은 25세였어.

"와, 나는 알리셰가 그렇게 젊은지 몰랐네."

내 말에 지아난이 대답했어.

"아, 이 여행을 하면서 내 나이나 나보다 어린 나이에 성공한 사람들을 보니 정말 느끼는 게 많아."

"알리셰 말고 누굴 볼 때 그렇게 느꼈어?"

"우루무치의 마남! 마남의 차, 그가 사는 고층 아파트, 그가 입는 옷. 프랑스에서 3년 공부했다는 것. 또 장 선생은 정말 좋은 집에 살잖아. 물론 우리보다 열두 살이 많긴 한데, 우리 나이일 때도 잘 나가는 사람이었잖아. 슈와 펑 부부는 우리 비슷한 또래인데도 그렇게 좋은 아파트에 살고."

"그래도 나는 늘 내가 만나는 사람들보다 내 삶이 더 낫다고 생각하는데."

"하지만 지난 5년간 내가 살아온 삶은 그렇지 않았어."

"확실히 너는 중국인이어서 더 그렇게 느끼는구나."

"이번 여행을 하면서 꼭 외국에서 공부하고 싶다는 생각이 들었어."

스마트포인트 매니저 알리세가 아주 맛있는 저녁을 사준 식당에서는 카자흐스탄 전통춤도 보여주었어

　　"지아난, 꼭 그렇게 해. 나도 네가 그랬으면 좋겠어. 해외에 나가 살아보는 것은 정말 한 사람의 인생을 송두리째 바꾸는 경험이 될 수 있어. 외국 생활은 정말 내게 큰 영향을 미쳤어. 어떤 낯선 나라가 지아난에게도 그렇게 할 수 있을 거라고 믿어."

　　지아난이 대답했어.

　　"이런 말이 있어. 신체나 영혼 중 하나는 늘 여행 중이어야 한다고. 몸이 여행을 가거나 아니면 영혼이 여행, 즉 책을 읽거나 해야 한다고. 영화 〈로마의 휴일〉에 나오는 말이야."

어두운 밤, 택시는 알마티의 4차선 도로를 신나게 달리고 있었어. 지아난이 앞자리에 앉고 나는 뒷자리에 앉아서 앞 좌석을 어깨 잡듯 잡고 대화를 나누었어.

"우와, 너무 멋진 말이야. 우린 몸과 영혼이 동시에 여행하고 있네."

그즈음 지아난은 저녁에 킨들로 하퍼 리의 《앵무새 죽이기》를 읽고 있었어.

"지아난, 어제 친구의 질문을 받았어. 인생에서 가장 중요한 건 뭐야?"

"후회하지 않는 거지."

"후회하지 않는 게 무언데?"

"원하는 대로 사는 것이지. 미국에서 가장 무서운 말이 뭔지 알아? 바로 '왓 이프(What if)'야."

"왜?"

"만약 '무엇을 하지 않았으면'은 후회하는 거잖아."

"네 인생에 후회하는 게 있니?"

이 질문을 하고 나 역시 내 인생에 후회하는 것을 생각해 보았어. 이스라엘을 생각하고 있는데 지아난이 입을 열었어.

"응, 첫째, 충칭에서 대학을 나온 것. 충칭은 도시로서 정말 멋진 곳이야. 하지만 지금 생각하면 더 낮은 급의 대학이라도 상하이나 선전의 대학에 갔어야 했어. 학교 수준보다 그 노시가 훨씬 더 중요하잖아. 둘째, 대학교 때 너무나 좋아한 여자애 두세 명에게 끝까지 고백하지 못한 것. 아, 나는 한 번도 가슴 아프도록 누군가를 사랑해본 적이 없어."

"지아난, 내가 지금 하는 말은 그냥 흘려들어도 돼."

"뭔데?"

"앞으로 영화를 덜 보고 네 인생을 그냥 영화로 만들어버려. 나는 영화를 적게 봐도 괜찮아. 내 삶이 바로 영화라고 생각하거든. 내가 가는 나라에서 내가 하는 행동이, 내가 만나는 사람이, 내가 던지는 사건들이 하나의 영화를 만들어. 지아난, 솔직히 말하는 건데, 너는 정말 잘생기고 매력 있는 사람이야. 앞으로 많은 여자를 만나도록 해."

나는 마치 금붕어를 바다에 풀어주는 느낌으로 말했어.

"그런 거랑 상관없어. 나는 어차피 영화를 좋아하니까."

우리는 앞으로의 꿈을 이야기했어. 이 여행이 끝난 뒤 무엇을 할 것인지. 내 이야기를 들은 지아난이 대답했어.

"네가 그걸 어떻게 해?"

"지아난, '그걸 어떻게 해?'라는 건 없어. 꿈은 크게 가져야 해. 나는 어차피 내 인생밖에 살지 못해. 그러니까 할 수 있는 한 꿈을 크게 가져야 하는 거야. 이왕이면 내 잠재력이 무궁무진하다고 생각하는 거야. 할 수 있는지 없는지는 해봐야 알지. 내가 내 인생이라는 영화에서 주인공이면, 성공이든 실패든 어차피 다 이야기가 풀려나갈 거야."

집 앞에서 지아난은 마리암의 선물을 감추고 들어가야 하는지, 들고 들어가야 하는지 유투스에게 물어봐야겠다고 했어. 정말이지 지아난은 뭐든 다 확인한 후에 앞에 있는 돌을 하나씩 곡괭이로 파나가는 것 같았어.

보름달이 먼지 날리는 골목길을 비추고 있었어.

8월 29일

알마티

다른 여자에게 사랑을 고백했다는
남자 동행의 실토

주희야, 오늘 알마티에서 있었던 시크로드 모임 '블록체인과 실크로드의 만남' 모임에서 내가 먼저 발표를 한 뒤 마이크를 지아난에게 넘겼어. 지아난의 발표 중 이런 말이 나왔어.

"제가 이 여행을 시작하면서 저희 시크로드 공중계정에 쓴 위챗 기사 중에 사람들의 반응을 가장 많이 끌어낸 것이 있습니다. 여행 중에 17세 소녀를 만났는데, 교환학생으로 두 나라에 가게 되어있었고, 자기가 미래에 뭘 하고 싶은지 아주 잘 알고 있었습니다. 그 소녀를 보면서 아, 나는 젊을 때 무얼 했나, 지난 5년간 나는 무얼 했나, 하는 생각이 들었고, 젊은 날의 나를 앞에 세우고 뺨을 때리고 싶었습니다. 그 날 제가 쓴 이 글에 정말 많은 댓글이 달렸습니다. 만약 무엇을 했더라면 하면서 후회하고, 무엇을 하지 않았더라면 하면서 후회하는 일은 없어야겠다고 생각했습니다. 그래서 어젯밤 오랫동안 좋아해 온 여자에게 사랑을 고백했습니다. 비록 차이긴 했지만 후회하지는 않을 것 같습니다."

지아난의 사진과 영상을 찍던 나는 이 말에 깜짝 놀라 집에 오면서 이 일에 관해 물었어. 지아난은 그 여자가 어떤 사람인지, 그 여자가 어떤 말로 거절했는지, 그 여자를 어떻게 설득하려 했는지 자세히 이야기했어. 지아난은 파충류야.

8월 29일

알마티

버스에서 만난 고려인 가족의
따뜻한 저녁 초대

　　　　　　　주희야, 3일 전 카자흐스탄 알마티주의 주도 알마티 시내에서 버스를 타고 마리암 집에 오는 길에 지도를 보며 지아난과 상의하는데, 한 동양인 청년이 영어로 말을 걸었어.

　"도와드릴까요?"

　나중에 나는 그가 한국인의 후예인 것을 알고 깜짝 놀랐어. 그는 고려인으로 이름이 에드워드였어. 99년생으로 대학생이고 국제관계학과 회계학을 공부한대. 고려인을 만난 것이 너무 신기해서 집에 돌아와 고려인을 검색해 보았어.

　'소련 붕괴 후 구소련 지역에 거주하는 한민족과 그들의 자손. 러시아 블라디보스토크에 이주한 조선인들은 러시아 정교회를 받아들이며 러시아 문화에 잘 적응했다. 그러다가 1937년 9월 중일전쟁이 터지면서 연해주가 여행 금지 지역이 되고, 11월 새벽 고려인들은 시베리아 횡단 열차에 태워졌다. 스탈린의 소수민족 이주 정책으로 연해주와 극동아시아에 거주하는 고려인들을 중앙아시아로 강제 이주시킨 것이다. 고려인은 일본 첩자가 될 수 있다는 염려 때문이었다. 고려인 17만 2481명이 중앙아시아로 강제 이주를 당하고 다음 해까지 4만 명이 사망했다. 고르바초프의 개방 정책 이전까지는 이주에 대해 발언하는 것조차 금지될 정도로 중앙아시아를 벗어날 수 없었다.'

　다음 날 에드워드는 내게 알마티 시내 산 위에 있는 놀이공원 콕토베를 구경시켜주고 기념품으로 냉장고 자석을 하나 사주었어. 케이블카에서 보는 알마티 전경은 정말 예뻤어. 알마티는 카자흐스탄어로 '사과'를 의미하는 알마(Alma)와 '아버지'를 뜻하는 아타(Ata)가 합쳐진 말로 '사과의 아버지'라는 뜻이래.

에드워드는 다음날 우리가 개최한 '실크로드와 블록체인의 만남' 행사에도 와주어 나는 크게 감동했어. 그는 부모님이 내게 꼭 밥을 사주고 싶어 하신다며, 행사가 끝난 후 우리 두 사람을 한식당에 데려갔어.

아저씨는 내가 제일 좋아하는 떡볶이와 김치찌개 외에도 말고기, 소고기, 양고기를 사주셨어. 오랜만에 한식을 맛있게 먹었어. 카자흐스탄의 고려인들은 거의 무역업에 종사한다는데 아저씨는 '갤럭시'라는 무역회사 사장이시래. 한국에서 자수에 쓰는 실을 가져다 카자흐스탄에 파신다고 했어.

고려인은 대개 고려인과 결혼한다며 에드워드도 고려인이나 한국인 신부를 만나기를 바라셨어. 또 고려인은 고려인이나 카자흐인과 잘 어울린다고 하셨어. 고려인들이 여기 처음 왔을 때 카자흐인들이 정말 많이 도와주어서 사이가 좋다는 거야. 두 분은 집에서 한국 음식을 드신다고 했어.

아저씨는 에드워드가 영어를 잘하도록 영국에 보내 5개 도시에 살게 하셨고, 한국어를 배우도록 1년간 한국에 보내 한국어학당에서 공부하게 하셨대. 에드워드는 래퍼인데 한국음악을 정말 많이 알아. 오늘 밤 카자흐 청년들이 K팝 파티를 열어서 거기 간다고 했어.

아저씨는 우리가 이렇게 만나는 것은 하늘의 계획인 것 같다고 하셨어. 아저씨는 불교 신자신데 천주교 신자인 나도 그렇게 생각했어. 알마티에서 에드워드를 만나게 된 것은 정말 우연이고 행운이었어. 아저씨는 차가 막히는 도로에서 50분이나 걸려 우리를 데려다주시고, 두 분 다 차에서 내려 나를 꼭 끌어안아 주셨어.

다음 날 아침, 닷새나 신세를 지고 마리암의 집을 떠날 때 개구쟁이 라밀은 나

알마티 시내버스에서 만난 고려인 에드워드(가운데)의 부모님이
맛있는 한식으로 저녁을 사주셨어

를 쳐다보지도 않고 '바이'라고 한마디 하고는 말없이 돔브라를 연주했어. 우리는
가족과 한 사람씩 포옹하고 집을 나섰어. 익숙해진 곳을 떠나는 것은 내가 가장 잘
하는 일이라 내 표정은 담담했어. 나는 유목민이니까.

　　그동안 나는 아줌마를 엄마, 아저씨를 아빠라고 불렀어. 우리는 두 분과 포옹
하고 돌아섰는데 몇 시간 뒤 엄마가 보낸 왓츠앱에는 러시아어로 이렇게 적혀 있
었어.

　　'하느님께서 너희를 보호해주실 거야. 길 조심해서 가렴. 우리를 잊지 마라. 모
든 게 잘 되기를 빈다.'

　　가슴이 뭉클했어.

케넨

메마른 황야, 혼자 115km 달리고
민가에서 하룻밤

주희야, 어두운 밤중에 정신이 번쩍 들어 일어났어. 시계를 보니 4시 45분, 알람이 4시 30분에 울려야 하는데 울리지 않았어. 긴장한 몸이 나를 깨워주니 정말 다행이야.

지아난이 자고 있어서 어두운 방 안에서 화장실 불에 의지해 짐을 쌌어. 만두 비슷한 쌈싸와 우유로 아침을 먹고 짐을 들고 밖으로 나왔어. 공기가 차가웠어. 밝아오는 여명 속에 자전거를 타면서 많은 동물을 만났어. 도로에서 말과 소를 피해 달려야 할 때도 있어.

느리게 달린다고 해서 꼭 아름다운 것만 보는 것도 아니야. 도로에는 죽은 짐승들이 참 많아. 참새도, 개도, 너무나 귀여운 하얀 너구리도, 갈색 깃털의 매도, 바다색의 귀한 새도 피를 흘리고 있었어. 자전거를 타면서 이런 사체들을 너무 많이 보니까 빨리 익숙해져야 해.

노란 벌판에서 나는 자주 멈추어 사진을 찍었어. 아름다운 풍경이 많았어. 자세히 보니 언덕 위에 공동묘지도 있었어.

30km를 달리면서 처음으로 문을 연 슈퍼를 발견하고 전혀 달지 않은 요구르트를 맛있게 먹었어.

12시에 카페에 도착하니 벌써 91km를 달렸더라고. 원래 나는 12시에는 쉬어야 하는데 왠지 더 달릴 수 있을 것 같았어. 최대한 빨리 목적지에 도달하고 싶어서 태양이 바로 위에서 비추는데도 빠르게 달렸어.

태양도 뜨거운데 강한 맞바람 때문에 나아가기가 더욱 어려운 오르막길

'할 수 있어, 할 수 있어. 9월이 되었고, 바람이 나를 도와주니 할 수 있어.'

30분 후 그늘에서 오이를 먹고 다시 나를 도로에 밀어 넣었어. 그때부터 오르막길이 시작되어 도저히 속도를 낼 수 없었어. 태양도 그렇지만 강한 맞바람이 불어와 나아가기가 어려웠어. 거북이 속도로 오르막길을 올라가 35분 뒤에야 나를 살릴 그늘과 집을 발견했어. 식당 표지판이 있어서 가까이 가보니 폐가였어. 이제 겨우 97km, 열심히 달린 결과가 실망스러웠어.

그늘을 나와 다시 도로에 몸을 맡겼어. 내리막길은 없고 오르막길이 계속 이어지며 끝이 없어 보였어. 태양이 더 뜨거워져 이제 정말 오랫동안 쉴 곳을 찾아야 했어. 주위는 넓은 황야라 나무라고는 없었어. 굳이 그늘을 찾는다면 마른 황야의 작은 덤불 사이에 누워야 할 판이었어.

카자흐스탄의 작은 마을. 여자애들은 머리를 양 갈래로 땋아 풍성한 하얀 천으로 묶어

그렇게 간절하게 그늘을 찾다 마침내 저 멀리 나무가 보이고 그 옆에 컨테이너 박스 같은 게 있었어. 가까이 다가가 보니 식당이었어. 이제 살았다, 하면서 식당 앞에 자전거를 세웠어. 102km.

식당에 들어가 수프 요리와 차를 시키고, 마루 위 양탄자 깐 곳에 누웠어. 머리가 띵했어. 무모한 짓을 한 것 같았어. 내 금기 사항인 12시부터 2시 사이를 계속 달린 거야. 지아난에게는 어떤 문자도 보내지 않았어. 어제 크게 다투고 이제 더는 그가 보고 싶지 않았어.

식당에서 음식을 먹고 휴식을 취한 뒤 5시에 출발했어. 커다란 트럭이 지나갈 때마다 바람과 합쳐 자전거가 휘청거렸어. 큰 트럭과 바람이 힘을 합치자 너무나 위협적이었어.

케넨이라는 마을에 들어섰으나 여관도 없고 사람도 많지 않아 구멍가게에서 머뭇거리자 아이들이 나를 에워쌌어. 어두워지기 전에 민가에서 신세를 져야 할 것 같아 가게아줌마에게 러시아어로 메시지를 써서 보여드렸어.

"여행자인데 잠잘 곳을 찾고 있어요. 3000텡게 드릴 테니 오늘 밤 하루 묵을 수 있을까요?"

아줌마는 머리를 올린 여자에게 메시지를 보여주었고, 여자는 밖에 나가 옆집 아줌마를 불렀어. 거기 있던 아저씨까지 넷이 나를 둘러쌌어. 나는 구글 번역기를 사용했어.

"러시아어 할 수 있니?"

"구글 번역기 사용하면 돼요."

"이 아저씨를 따라가. 하룻밤 묵게 해주실 거야. 안전은 걱정하지 마라. 아저씨는 가족이 있단다."

9월 1일

케넨

부인과 정부가 한집에 사는
카자흐 남자의 집

주희야, 감사 인사를 하고 자전거를 끌고 아저씨를 따라갔어. 150평 정도 되는 대지에 50평 정도의 큰 집인데 안에는 예스러운 꽃무늬 양탄자가 가득했어. 아저씨가 뭐라고 이야기하자 아줌마가 작은 방의 침대를 보여주셨어. 이 집에는 샤워기가 없고 아줌마가 물을 데워주셨어. 나는 큰 대야에 책상다리로 앉아 위에서 물을 부어가며 샤워를 했어.

도시락 라면에 오이와 토마토 샐러드로 저녁을 먹었어. 아줌마가 뒤뜰에서 우유를 짜서 끓여 주셨어. 창문을 통해 보니 바깥은 어두워지고 바람이 세졌어.

그때 아저씨가 번역기를 통해 가게에 누가 와서 나를 찾고 있고, 내가 그곳에 선글라스와 헬멧을 놓고 왔다고 하셨어. 지아난이 여기 올 줄은 몰랐는데 정말 어떻게 찾았지?

"친구예요. 죄송하지만 친구를 여기 데려와도 될까요?"

아저씨가 한마디로 거절하셔서 지아난은 간신히 다른 사람 집을 찾아서 묵었어.

나는 정말 꿀잠을 잤어. 이렇게 편한 마음으로 잠을 잔 적이 오랫동안 없었어. 나는 별 같은 꿈을 꾸고, 꿈 내용을 생각나는 대로 노트에 적었어. 지아난 없이 혼자 있는 게 좋았어. 명상하고 책을 읽었어. 오늘 가야 할 길이 80km든 140km든 나는 마음의 휴식이 필요했어. 내가 세수하는데 아줌마가 아침 준비를 했어.

"도와드릴까요?"

문자를 보여주자 그녀는 고개를 저으며 식탁에 앉으라고 했어. 그녀는 오이와 토마토로 샐러드를 만들고, 어제 할머니 댁에서 가져온 고기 네 가지를 한입 크기로 자르고, 생선튀김을 내놓았어. 거기에 어제 먹던 건포도와 사탕, 빵을 내놓자 진수성찬이 되었어.

어제 짠 우유도 다시 데워 그릇에 담아 주었어. 고기는 차가웠으나 샐러드와 잘 어울렸어. 내가 빵을 우유에 찍어 먹으니 그녀가 빵을 찢어 우유에 넣는 시범을 보였어. 정말 맛있는 아침이었어.

이 집 남자에게는 정부가 있어. 처음에 가게아줌마가 내게 한 말은 구글 번역기로 이것이었어.

"내 여동생이 이 남자의 정부니까 너를 어떻게 하지 않을 거야. 걱정하지 마."

나는 번역기가 잘못된 줄 알았어. 그런데 이 집 거실에 들어서니 17~19세쯤 되어 보이는 여자가 데이트라도 하러 가는지 화장을 하고, 옷을 챙기고 있었어.

아침에 부인 아이가가 차려준 진수성찬

나와 동갑인 아줌마 아이가와 아들

'딸이 이렇게 큰가?'

처음에는 좀 의아했어. 나중에 알았는데 아저씨는 37세이고, 아줌마 아이가는 29세로 나와 동갑이었어. 3살, 5살, 두 아들이 엄마를 쏙 빼닮은 것을 보고는 내가 본 여자가 정부라는 걸 알았어. 부인과 정부가 아무렇지 않게 한집에서 살다니! 가게아줌마처럼 여동생을 이웃 남자에게 정부로 주는 것이 여기서는 아무렇지 않은 일이라니!

내가 떠나는 날 아침, 거실문이 열리며 정부가 들어왔어. 반 묶음 머리를 하고 검은 블라우스를 입고 있었어. 그녀가 아이에게 입을 맞추는 것을 보고 나는 정말 놀랐어.

그런데도 부인 아이가에게는 이 모든 것이 당연한 일이었고, 그녀는 그저 열심히 살아갈 뿐이었어. 그녀의 고향은 집에서 꽤 멀리 떨어진 곳이라고 했어. 어떻게 남편을 만났는지 물었더니 이모에게 소개받았다고 했어.

"비나 눈이 오면 어떡하니?"

아이가 번역기를 통해 물었어.

"그래도 달려야지요."

내 대답에 그녀가 보낸 걱정스러운 눈빛. 나는 그녀에게 더 큰 연민이 있는데. 아니, 카자흐스탄의 모든 여인에게 연민이 있었어. 하지만 그녀를 걱정스러운 눈빛으로 바라보지는 않았어.

나를 재워준 위구르족 엄마, 카자흐족 아내 아이가, 며칠 후 만나게 되는 투르크족 나르기스, 이들은 모두 주부인데 나는 그들에게서 아주 강한 여인상을 보았어. 그들은 아내로서 엄마로서 남편과 자녀를 책임지고, 힘든 집안일을 하면서 강인함을 보여주었어. 나는 그들이 전혀 걱정되지 않았어.

그들에게 행복하냐고 물을 수는 없었어. 그들은 그저 열심히 인생을 살아가고 있을 뿐이니까. 내가 열심히 페달을 밟고 신들린 듯 키보드를 두드리는 것과 마찬가지로 그들은 날마다 열심히 아이를 돌보고, 남편을 뒷바라지하고, 걸레질하고, 음식을 만들고, 설거지하는 것이니까. 나는 그들이 바로 선녀라는 생각이 들었어. 카자흐스탄에는 수많은 선녀가 살고 있다는 생각이 들었어.

9월 2일

케넨 　　　　　**너무 추운 날, 모든 오르막길 올라**
　　　　　　　　세상 중심에 서다

　　　　　　　　주희야, 내가 행인에게 길을 묻고 있을 때 뒤에서 소리가 들리더니 지아난이 자전거를 세웠어.

"오늘은 슈까지 140km를 달려야 해. 처음 20km는 오르막길이야. 그다음에는 내리막길이니 속도를 좀 내기 바래."

나는 아무 말도 하지 않고 자전거에 올라 먼저 길을 떠났어. 지아난은 내 뒤를 대략 10m 간격을 유지하며 따라왔어.

오늘은 너무 추웠어. 추워서 욕이 나오는 그런 추위였어. 내 옷이 너무 얇았어. 정면에서 부는 바람이 너무 강해 내리막길을 내려가는데도 속력이 안 나 힘껏 페달을 밟아야 했어.

9월은 가을을 그냥 냅다 가져왔어. 덥다가 바로 갑자기 너무 매섭게, 우리를 두려움에 빠뜨릴 정도로 추워졌어. 태양을 두려워하던 나는 오늘만큼은 태양이 절실

이 순간만큼은 세상의 중심에 있다는 생각이 들었어

했어. 나는 이 차가운 벌판이 강하게 키운 유목민을 생각했어. 나 역시 이것을 이겨낼 수 있을 것 같았어. 하느님은 내가 견딜 수 있는 시련만을 주시니까.

　오늘 달리는 이 지역은 내가 생각하던 자전거 여행과 완전히 일치하는 곳이야. 여행을 시작하기 전 '아마 이렇겠지' 생각하던 바로 그런 모습. 사방으로 누런 벌판만 펼쳐지고, 도로에는 자동차가 쌩쌩 옆을 지나가고, 4~5시간 동안 60km를 열심히 달려야 매점 하나, 식당 하나 나오는 삭막한 광야. 마을이라고 부를 만한 곳은 100km 넘게 가야 간신히 하나 나오는 곳. 이런 황야를 정말 열심히 달렸어. 시야는 3km 정도의 앞만 보이는 높은 언덕의 연속이었고, 다음 언덕에는 인가가 나오겠지, 식당이 나오겠지, 생각하며 계속 달렸어.

마침내 그 모든 오르막길을 지나 모든 산의 정상인 것 같은 지점에 도달했고, 나는 큰 해방감을 느꼈어. 정말 여기가 꼭대기구나, 차가운 바람이 그것을 말해주었어. 가장 최고봉에서 아래로 수없이 많은 누런 벌판을 내려다보며, 나는 여기가 세상의 중심이 아닐지라도 지금 이 순간만큼은 세상의 중심이라는 생각이 들었어. 세상의 중심은 바로 이런 모습일 것 같았어. 아니, 이런 고생을 해서 오른 정상은 정말 세상의 중심이어야 했어.

세상의 중심에서는 사랑을 외쳐야 할 것만 같아서 나는 '사랑', '사랑', '사랑', 하고 야호 대신 '사랑'을 크게 외쳤어. 내리막길을 신나게 내려오면서도 '사랑'을 외쳤어. 그런 다음 내리막길이 너무나 신바람 나서 서연의 '여름 안에서'를 소리쳐 불렀어.

드디어 밥 먹는 곳이 보이고, 푸짐하고 따뜻한 양고기를 유목민처럼 손에 들고 뜯어 먹었어. 2인분 합쳐 1500텡게, 4500원.

2인분 합쳐
4500원인
푸짐한 양고기

자전거여행자가 황야에서
주민에게 신세 지는 법

주희야, 카자흐스탄의 숙소가 없는 마을에서는 어떻게 해야 할까? 밤 기온이 8도로 텐트를 칠 수 없을 만큼 춥고, 바람이 너무 차가운 날씨라면 어떻게 이 밤을 보낼 수 있을까? 이미 80km를 달렸고 해가 지는데 어떻게 해야 할까? 별수 없어, 처음 보는 현지 주민에게 부탁하는 수밖에는. 제발 당신 집에 하룻밤 묵게 해달라고.

오늘은 우리가 자전거를 탄 날 중 가장 추운데 여기는 아주 작은 마을이고 잘 곳이 없어. 작은 마을치고는 다들 잘 사는지 좋은 집 앞에 굳은 철문과 높은 담을 설치해, 도둑이 들지 않게 잘 단속한다는 인상을 받았어.

처음에는 지아난이 구글맵에 나온 카페에 물어보러 갔으나 안 된다며 바로 돌아왔어. 그의 말에는 '네가 하면 잘 될 것 같아'라는 암시가 들어있어서 내가 직접 나섰어. 나는 선글라스를 벗고 안경을 썼어. 이런 간곡한 부탁을 할 때는 반드시 눈으로 대화해야 해.

가까운 가게로 들어갔어. 가게에 있는 세 아줌마 중에 친절해 보이는 여자에게 러시아어 문자를 보여주었어.

"여행자인데 묵을 곳을 찾고 있어요. 3000텡게 드릴 테니 댁에서 하룻밤 머물 수 없을까요?"

아줌마는 다른 두 아줌마에게 내 말을 전했는데 다들 고개를 저었어. 그다음 고물상으로 가서 두 남자에게 문자를 보여주었더니 50km 떨어진 도시로 가래.

"저는 오늘 이미 80km를 달렸고, 더 갈 수가 없어요."

그들은 고개를 저었어. 나는 자전거를 타고 100m 더 가서 다른 카페를 찾아 젊은 세 여자에게 문자를 보여주었어. 가장 나이 많은 여자가 고개를 저으며 30km 떨어진 도시로 가라고 했어.

이대로 길거리에 텐트를 쳐야 하나? 밤 기온이 8도라 감기에 걸릴지도 모르는데. 코오롱 텐트의 설명서에는 20도 정도일 때 텐트를 치라고 되어있어서 나는 더욱 간절해졌어.

다시 자전거를 타고 민가를 찾아가 맞은 편에서 막 철 대문을 연 할아버지에게 다가갔어. 할아버지는 그때 막 집에 돌아온 딸을 불러 영어로 이야기하라고 했고, 그녀는 20km 떨어진 호텔로 가라고 했어. 나는 다시 집 앞에서 청소하는 할머니에게 다가갔으나 글자를 읽지 못한다고 손을 저으셨어. 장을 보아 집에 돌아가는 아줌마에게도 문자를 보여주었으나 역시 고개를 저었어.

그때 한 젊은 부부가 걸어오는 것을 발견하고 남편에게 문자를 보여주었지. 오늘 물어본 여섯 번째 사람이야. 마른 체구에 짧은 머리, 일자 눈썹에 눈이 깊었어. 문자를 보자 그는 전혀 망설임 없이 안으로 들어오라는 표시를 했고, 돈은 필요 없다며 두 손을 휘저었어.

'아, 하느님! 오늘 밤 머물 수 있는 집을 허락해주셔서 감사합니다.'

자전거를 끌고 집안에 들어가니 젊은 부인이 우리 이름을 물었어. 그녀 이름은 나르기스고 이 집에는 귀여운 한 살짜리 아기가 있었어. 이 집은 투르크 가족이고, 이 지역은 투르크 사람들이 사는 무슬림 동네야.

나르기스는 스무 살인데 둘째를 임신하고 있었어. 그녀의 눈은 정말 선해 보여서 하느님께서 내게 보내신 사마리아 여인이라는 생각이 들 만큼 착한 모습이었

아들이 농사지은 수박을 아버지가 러시아에
수출한다는데 매우 단단하고 달더라고

손자와 노는 할아버지 캅탄은 정말 선장 같은
모습이었어

어. 머리를 틀어 올리고, 분홍빛 머릿수건을 곱게 쓰고, 발목까지 오는 원피스에
긴 회색 카디건을 걸쳤어.

나르기스의 남편 압둘은 수박 농사를 짓고, 시아버지 캅탄이 그 수박을 러시아
에 수출한대. 수박은 정말 단단하고 달았어. 나르기스는 감자와 배추가 들어간 '보
쉬'라는 요리를 해주었는데, 꼭 연한 김치찌개 맛이 났어. 그녀는 음식을 정말 잘
해. 그녀가 만든 보쉬 요리도, 올리브 샐러드도 다 일품이었어. 고추를 담근 요리도
맛있었어. 여기서는 저녁에 이런 음식과 함께 난을 뜯어 먹었어. 우유를 짜서 직접
버터를 만들고 이 버터를 난과 곁들여 먹었어.

그녀의 시아버지 캅탄은 56세인데 진짜 은퇴한 선장 같아 보였어. 멋진 콧수염
과 턱수염을 기르고, 이가 드러나는 미소와 걸걸한 목소리가 영락없는 선장 같았
어. 특히 아무 표정이 없을 때의 근엄한 표정은 정말 선장 그대로였어.

이 지역에서 저녁에 머물 집을 찾을 때는 반드시 남자에게 물어야 한다는 것
을 알았어. 여성은 결정권이 없고 남자들이 모든 결정을 하는 것 같았어. 어제, 오

늘 다 그랬어.

나르기스는 우리에게 수박을 내오고 자신은 부엌에서 수박을 먹었어. 그녀는 말할 때도 큰소리를 내지 않고 소곤소곤 말했어. 나중에 손님이 한 분 오더니 그녀가 탁자 앞 의자에 앉아 있는 것을 보고는 저리 가라고 손짓했어. 그녀가 임신 중인데도 그러는 것을 보고 나는 충격받았어.

여성의 권리는 위구르족이 더 높은 것 같아. 마리암 가족은 여자들이 드센데 교육도 남자들과 똑같이 복싱과 전통무용, 돔브라를 모두 가르친다고 했어. 쿠르바나가 인스타그램 스타가 된 것도 같은 맥락이고.

캅탄은 친구들이 많은가 봐. 처음에는 동양인 같은 남자가 왔고, 다음에는 아주 유머러스한 남자가 왔어. 친구들은 우리와 함께 보드카 한 병을 비웠어.

투르크 가족은 장유유서 의식이 강한 것 같아. 시아버지 친구들이 와서 술자리를 벌이자 며느리와 아들은 조용히 한편에서 기다리고 있을 뿐이었어. 8시 30분이 되어서야 손님들이 돌아가고 압둘은 자리에 앉아 저녁을 먹기 시작했어. 나르기스는 식구들 모두에게 저녁을 나눠준 뒤 10분쯤 늦게 밥을 먹었고.

9월 2일

콕카이나르

꼭 다시 가고 싶은 집, 암소 키우는 투르크 가족

주희야, 나르기스네 집에는 검고 투박한 노키아 핸드폰이 하나 있어서 꼭 필요할 때만 잠깐씩 써. 이 집에서는 틈날 때마다 핸드폰과

어린 아들에 이어 둘째를 임신한 선한 눈빛의 나르기스

노트북을 찾는 우리가 더 이상하게 보일지도 몰라.

이 집에서는 암소 여덟 마리를 키우고, 변소 옆에 개가 한 마리 있으며, 오리가 여러 마리 있어. 변소는 재래식이지만 구멍도 작고 아주 깨끗해. 나르기스는 우리가 먹다 남은 수박을 오리에게 주었어. 나는 그제야 그녀가 몸은 다부지고 호리호리하며 손이 좀 큰 것을 알았어. 그녀는 부지런하게 집 안팎을 쓸고 닦아.

내가 마루로 나오자 나르기스가 사진 더미를 가져왔어. 그녀와 함께 그녀의 결혼사진과 소녀 시절 사진을 보았어. 그녀는 작고 귀여운 소녀였고, 눈에 띄게 아름다운 아가씨로 성장했어. 결혼식 사진 속에서 제일 아름다웠어. 이제 머릿수건을 두르고, 둘째를 임신한 그녀는 자랑스럽게 그 사진들을 보여주었어.

작고 귀여운 소녀였던 나르기스는 결혼식 사진 속에서 제일 아름다웠어

오후 4시에 출발하는데 나르기스와 압둘, 할아버지 캅탄이 배웅해주었어. 어젯밤 캅탄이 내게 물으셨어.

"여기 다시 올 거지?"

"10년 뒤에 올게요."

나는 아이를 안는 시늉을 하며 대답했어.

이 집에는 스마트폰이 없고, 나는 이 집의 어떤 연락처도 갖고 있지 않아. 하지만 나중에 이 집만은 반드시 돌아와야겠다고 생각했어.

9월 7일

콕카이나르

내 여행 기특하다고
점심값 안 받은 식당 아줌마

주희야, 해가 뜨려고 하는 작은 도시의 새벽이야. 각오하고 나왔는데 오늘 새벽은 그렇게 춥지 않았어. 나는 서쪽으로 달리기 시작했어. 달리는 길에 농부가 100여 마리나 되는 양을 데리고 먼지를 일으키며 도로를 건너는 모습을 두 번 맞닥뜨렸어.

카자흐스탄에서 이렇게 혼자 출발하기가 세 번째야. 사실 혼자 출발하는 기분이 그리 나쁘지는 않아. 내 마음 내키는 속도로 갈 수 있거든. 지아난과 같이 가면 내가 앞일 때는 쫓기는 기분으로 달리기 때문에 멈춰서 사진을 찍을 수가 없고, 내가 뒤일 때는 또 쫓아가는 기분으로 달리게 되고.

11시 30분경 마을을 발견해, 점심을 먹고 쉬어가기로 했어. 77km를 달렸어. 카페를 찾아 필라프를 먹었어. 고기도 밥도 너무 불을 많이 써서 좀 딱딱하고 아쉬운 감이 있었어. 내가 차를 마시는데 아줌마 한 분이 내 맞은편에 앉으시더니 이것저것 물으셨어. 그리고는 내가 여자로서 자전거 여행을 다니는 게 기특하다며 점심값을 안 받겠다고 하셨어. 이 식당 주인이냐고 물었더니 여기 관리자래.

점심을 먹고 일기를 쓰다 너무 피곤

여자인 내 자전거 여행이 기특하다면서
점심값을 받지 않고 낮잠도 자게 해주신
식당 아줌마

해서 마루로 가서 잠을 청했어. 방석 위에 꼬부려 새우잠을 자는데 그분이 오셔서 방석을 하나 덮어주시고, 나중에는 베게도 갖다 주셨어. 나는 2시 30분에 일어나 내 기사를 받은 편집장의 요청에 따라 기사 수정 작업을 하고, 3시 40분경 다시 출발했어.

"맛있는 점심 공짜로 주시고 낮잠도 재워주신 식당 아줌마, 감사합니다!"

90km 지점에서 다시 휴식하면서 과일가게에서 신기한 과일을 샀어. 파란 타원형 과일인데 정말 맛있었어. 나중에 알고 보니 자두래. 묵직하게 20개 정도를 담아 100텡게에 샀어. 그때 지아난이 도착했어. 아침 6시에 헤어져 오후 6시에 만난 거지.

9월 11일

타라즈

인간은 아름다움에 끌리고, 사랑하고, 꿈을 꾸잖아

사랑하는 주희야, 3일간 일기를 쓰지 못했어. 갑자기 아주 급한 업무가 생겼어. 여행하는 동안은 그 개인의 사회적 죽음이라는데, 잠시 죽어 있던 내가 다시 사회에 소환되었어.

그 일로 와이파이가 너무나 필요해져서 120km를 달려 타라즈라는 카자흐스탄의 아주 큰 도시에 왔어. 재미있지 않니? 세상과 연결되기 위해 물리적 거리 120km를 종일 달려왔다는 사실이.

타라즈의 호스텔에 묵으면서 아침 8시부터 밤 12시까지 내 워드 파일에 있는 내용을 확인하고, 불분명한 내용을 풀어 설명하는 거야. 나는 오랜만에 '유용한' 일에 빠져있어. 다시 테크 미디어의 기자가 된 것 같아.

바쁘게 일할 때는 물론 행복해, 일 중독자처럼. 아, 내가 이 세상에 쓰임을 받는다는 사실에 감사하고, 시간이 확확 지나가고, 일을 끝내고 나서 지치면, 아, 내가 뭔가에 집중했구나, 스스로 기특하고 그래. 좋은 일이지.

하지만 쓸모없는 글도 써야 해. 남들이 보기에는 아무 쓸모가 없어 보이는 나의 단편적인 생각이나 오늘 있었던 일, 느낀 감정이나 오고 간 대화 같은 것들도 써야 해. 아침을 먹고는 호텔 근처 한 바퀴 돌기 같은 것도 꼭 해야 하고.

우리는 인간이지 인공지능이 아니잖아. 인공지능은 쓸모없는 일을 하지 않고, 아름다움에 감탄하지도 않고, 사랑하지도 않고, 꿈을 꾸지도 않아. 그런데 우리는 쓸모없는 일을 하고, 딴짓하고, 아름다움에 끌리고, 사랑하고, 꿈을 꾸잖아.

글을 쓰는 방법에 관해 문자 작가 나탈리 골드만은 모든 것에 대해, 이 세상의 가장 쓸모없는 것들에 대해서도 자유롭게 쓰라고 말했어. 나는 알고 있어. 언젠가 내가 철이 들면, 혹은 결혼을 하거나 아이가 생기거나 회사의 중요한 직책을 맡게 되면, 그 책임감 때문에 나의 감성 같은 것들은 중요하지 않으니 밀어두고 쓸모있는 것들만 생각하려 할 거야.

하지만 회색 신사들이 생각할 때 쓸모없는 것들, 즉 문학과 영화, 아름다운 풍경에 대한 감상을 노래하고, 처음 듣는 나라의 처음 보는 민족을 만나고, 처음 먹어보는 음식을 먹는 이 순간 나는 이 세상이 보듬어주고, 먹이고, 재워주어야 할 아기일 뿐이야.

세상에 쓸모 있는 인간이 되기 위해 준비해나가면서 이 미숙한 인간은 모든 것에 대해, 이 세상의 가장 쓸모없는 것들에 대해서도 자유롭게 쓰려고 해. 네가 내

블로그를 읽는 일은 없을 테니까. 아무튼, 다음에 만나면 너랑 같이 걸으며 또 쓸모없는 이야기를 잔뜩 해줄게.

오늘은 내 자전거 여행 100일째 되는 날이야.

9월 15일

악타우

카자흐스탄에서 페리 타고
카스피해 넘는 법

주희야, 48시간 기차를 타고 가서 악타우 역에 내렸어. 동양인도, 자전거를 가져온 사람도 우리밖에 없었어. 악타우에서 아제르바이잔 수도 바쿠까지는 페리를 타고 이동해야 해.

기차역에서 자전거를 타고 악타우 시내까지 20km를 달려야 했어. 바람이 강해 몹시 힘들었는데 눈앞에 카스피해가 보이자 나는 매우 감동했어. 우리 루트를 말할 때 늘 '페리를 타고 카스피해를 건너'라고 했는데 정말 카스피해, 상상 속에 그리던 그 바다를 마주하자 가슴이 요동쳤어. 그런데 사실은 호수야. 세계의 어느 쪽으로든 바다에서 가장 먼 도시 우루무치에서 출발해서 한 달 만에 큰 물가에 왔어. 세계에서 대륙에 갇힌 가장 큰 나라, 어느 쪽도 바다와 닿지 않는 카자흐스탄의 가장 넓은 물가에.

기차역에서 악타우 시내로 향하는 길에 우리와 같은 자전거 무리가 있는 것을 보고 지아난에게 말했어.

"쟤네랑 이야기하고 가자."

지아난은 그냥 가자고 했어.

"더 많은 정보를 교환할 수 있잖아. 너, 우리가 배 타고 가는 정보 다 알아?"

"다 알아."

그래서 그 자전거들을 그냥 지나쳤어. 어렵사리 시내에 도착해 호스텔을 찾았어. 둘이 길을 나누어 저렴한 숙소를 찾는데 내가 3200텡게짜리 호스텔을 찾았으나 지아난은 6000텡게짜리 호텔을 찾아 그곳에서 묵자고 했어. 나는 그러자고 했어. 둘 중 더 비싼 호텔을 선택한 것은 처음이야. 나는 마음이 편치 않았지만 지아난을 따르기로 했어.

호텔 방에 들어가 샤워하고 원고 수정 작업을 하는데, 밖에 나갔다 돌아온 지아난이 페리가 3시간 후에 떠난다고 했어. 그런데 시간이 너무 촉박해 포기해야 할 것 같다면서 비자사무소에 전화를 걸어 비자 연장 방법을 물었어. 오늘이 15일인데 지아난은 17일에 비자가 만료되고, 내일과 모레는 배가 없어. 오늘 배를 타지 않으면 지아난은 불법체류자가 될 수밖에 없어.

내가 지금 바로 출발하자고 하자 지아난은 둘이서는 불가능하다면서 혼자 페리를 잡으러 가겠다고 했어. 나는 화를 내고 같이 가겠다면서 한 시간 전에 푼 짐을 도로 쌌어. 체크인 후 한 시간 만에 호텔을 떠나 숙박비를 버린 건 처음이었어.

페리 선착장은 70km나 가야 했어. 내 속도로는 절대 2시간 30분 안에 70km를 달릴 수 없어서 지아난에게 먼저 가라고 했어. 경비 사용을 맡은 지아난은 앞서 가면서 내게 1만 텡게를 주었어.

나는 이 불가능한 일을 가능하게 하는 방법은 히치하이킹밖에 없다고 생각하고 좁은 차도에서 7km를 위험하게 차들 사이를 달린 후 주유소로 들어가는 길에 자전거를 세웠어. 그리고 달리는 차들을 향해 엄지손가락을 세웠지.

1분도 안 되어 '현대' 마크를 단 자동차가 서주어서 아저씨에게 핸드폰을 보여주며 이 선착장으로 가달라고 했어. 아저씨는 거기까지는 안 되고 그곳으로 들어가는 길까지만 태워주겠다고 했어. 차를 타고 2분을 달리자 멀리 지아난이 보였어. 지아난의 속도가 무섭게 빨랐어. 5분 사이에 8~10km를 간 거야.

지아난을 추월하는 기분이 아주 통쾌했으나 그를 버리고 갈 수는 없었어. 아저씨에게 내 친구라고, 저 사람을 태워도 되냐고 물었고, 차를 세우고 자전거 두 대를 차 안에 집어넣는 데에 성공했어. 아저씨는 나를 선착장으로 들어가는 길까지만 데려다주고 돌아가려고 했는데, 졸지에 항구까지 가야 할 처지가 되셨어. 풍채가 좋고, 마음도 좋아 보이는 아저씨에게 1만 텡게 드릴 테니 제발 항구까지 데려다 달라고 부탁했어.

나는 자전거 사이에 어정쩡하게 내 몸을 구겨 넣으려 했으나 아저씨가 경찰에 걸린다고 하셨어. 지아난이 선착장에 도착하는 것이 더 급해 지아난을 먼저 태워 보내고 나는 내려서 다시 히치하이킹을 하기로 했지. 나는 다시 차들을 향해 엄지손가락을 들었는데 차가 적은 곳이라 아까보다 1분이 더 걸렸어. 도요타 자동차가 멈췄고 2000텡게에 흥정이 되었어.

그렇게 해서 우리는 각기 다른 차를 타고 선착장으로 향했어. 알고 보니 선착장은 70km가 아니라, 거기서 30km를 더 가야 나온다는 거야. 만약 우리가 자전거를 타고 가려 했다면 70km를 달리고도 선착장은 못 찾고, 배가 고파 마을에서 식사하고, 그날 배 타는 것을 포기해야 했을 거야. 이 100km 길에는 말 그대로 아무것도 없었어. 사람도, 가게도 없었어. 자전거로 달렸다면 최악의 길이 되었을 거야.

6시 11분에 선착장에 도착하자 이윽고 지아난의 차도 도착했어. 50분 안에 페리가 떠난다니 우리는 무척 급했어. 자동차가 올 수 있는 곳까지 왔고, 우리는 다시 3km 정도를 자전거를 타고 모래와 공사장을 가로질러야 했어. 내가 페리 타는 곳을 찾는 사이 지아난이 자전거 두 대와 짐을 내렸어. 현대자동차는 저 멀리 사라져갔어.

"텐트는?"

지아난이 차에 텐트를 놓고 내렸네, 22만 원짜리를. 그래, 잘 했다, 어차피 우리가 텐트 칠 것 같지는 않으니까. 나는 재빨리 포기했어.

"빨리 이 아저씨더러 저 차 쫓아가 텐트 좀 찾아달라고 해."

지아난이 내가 타고 온 차를 가리켰어.

"안 돼, 포기해. 텐트 찾아오려면 페리가 떠나."

우연히도 페리 선착장에서 반갑게 만난 자전거여행자 친구들

나는 냉정하게 말하고 얼른 자전거를 타고 모래 언덕을 내려가 마침내 페리 개찰구 앞에 다다랐어. 놀랍게도 그곳에는 내가 아는 자전거가 여러 대 서 있었어! 자전거 주인들을 찾아 옆에 있는 대형트럭 뒤로 돌아가다 또 깜짝 놀랐어. 아는 얼굴이 너무 많은 거야! 우리와 같은 기차를 타고 온 말레이시아 사람 에스알, 6월 29일 우리가 시안에서 연 행사에 왔던 파스칼, 그리고 우리와 같은 호스텔에 묵었다가 9월 9일 새벽에 먼저 떠난 사이먼이 있었어. 그들은 웃으면서 음식을 만들고 있다가 사이먼이 금방 만든 파스타를 내밀었어. 페리는 2~3시간 후에 떠난다는 거야.

파스칼은 이안, 제리와 함께 자전거 여행을 하는데, 운 좋게도 길에서 이 대형트럭 아저씨가 태워주어 여기까지 왔다는 거야. 그가 아까 자기 자전거를 보고도 왜 멈추지 않았느냐고 묻자 지아난이 나한테 미안하다고 했어.

이 친구들과 같이 왔으면 호스텔 요금과 히치하이킹 비용 합쳐 1만8000텡게,

고장 난 대형 BMW 오토바이를 끌고 다니느라 고생하는 '백마 탄 왕자' 독일 청년

6만 원 정도를 아낄 수 있었을 거야. 텐트를 잃어버리지도 않았을 거고. 그러나 이걸 알게 된 것도 다 이 친구들을 만났기 때문이니 모든 게 감사할 뿐이야. 히치하이킹에 성공한 것도, 여기서 이 친구들을 만난 것도.

터키인인 대형트럭 운전사는 안테나를 조정해 우리에게 영화를 틀어주었어. 영화를 보고 나서 친구들은 사이먼의 오토바이 걱정을 했어. 사이먼은 황소만큼 크고 멋진 BMW 오토바이를 가

지고 있어. 정말 아름다운 오토바이야.

이 오토바이가 휙 지나가면 행인들은 그냥 멋지다 싶겠지만, 이 오토바이에서 내린 청년이 왕자 같은 외모의 24세 독일인이라는 것을 알게 되면, 그가 독일에서 출발해 싱가포르까지 달려가려고 한 모험심으로 가득 찬 사나이라는 걸 알게 되면 그의 오토바이보다 그가 더욱 빛나 보일 거야. 현대판 '백마 탄 왕자'라 해야지. 게다가 사이먼은 등에 새우 같은 마디가 이어진 검은 보호대를 입고 있는데, 이 모습이 정말 멋져. 오토바이에서 날아가게 될 때 몸을 보호하는 거래. 그는 시속 120km로 하루에 1000km를 달리기도 했대.

이런 멋진 모습에도 불구하고 그는 처량한 신세가 되고 말았어. 오토바이 체인이 끊어져 도무지 탈 수가 없어 끌고 다니는데, 그의 오토바이 체인은 구하기가 매우 어렵다는 거야. 터키에서 보험회사를 불러 오토바이를 이송할 때까지 그는 애물단지가 된 오토바이를 히치하이킹으로 옮겨야 해. 이 황소만 한 오토바이를 태우려면 반드시 트럭이어야만 하고.

9월 16일

카스피해

'그루 교수' 페리호 선장 조수
아이딘

주희야, 파스칼, 매트, 지아난, 제리, 이안, 리처드. 우리는 저녁 6시부터 배가 뜨기를 기다려 7시간 만에 배에 탔어. 자전거여행자는 스스로 약자라고 생각할 때가 많은데 이렇게 많은 사람이 모이니 마치 노동조합이

자전거여행자는 스스로 약자라 생각할 때가 많은데 여러 사람이 모이자
노동조합이라도 된 듯 든든했어

라도 된 것처럼 든든했어.

나는 버릇처럼 아침 6시에 선실에서 눈을 떴는데 파도 때문에 아직도 배가 출발하지 않았어. 아침으로 빵과 달걀, 차이를 먹고 카자흐스탄 출국 심사를 했어. 지아난은 아슬아슬하게 비자 만료 하루 전에 카자흐스탄을 떠나게 되었어.

배의 꼭대기를 천천히 돌며 주위를 살피다 2층으로 내려오니 배 옆면에 '그루교수'라고 쓰여 있었어. 이 배 이름인가? 조종실로 다가갔어.

"여기는 출입금지 구역이니 돌아가시오."

조종실에서 사람이 나와 그렇게 말하면 바로 돌아갈 준비를 하고서 말이야.

증조할아버지 때부터 대대로
바닷사람이었다는 선장 조수 아이딘

그렇게 해서라도 선장이나 선장 조수를 만나서 그들의 위엄을 느끼고 싶었어.

바로 그때 한 남자가 조종실에서 나왔어. 회색 티셔츠에 청바지를 입은 청년이었어.

"이 배 이름이 뭐예요?"

"그루 교수입니다."

"그루 교수가 선장인가요?"

"그루 교수는 아제르바이잔의 가장 저명한 지리학자 이름입니다. 그리고 선장이었지요. 그는 1910년대에 카스피해를 연구했는데, 당시 그가 예측한 것들이 그 후 다 사실이라는 것이 밝혀졌습니다. 카스피해의 가장 깊은 곳의 수심이 125m라든가."

"에게, 정말 얕네요."

나는 스쿠버 다이빙 패디(PADI) 자격증이 있어서 수심 18m까지 다이빙할 수 있어. 내 바로 위의 등급은 40m까지 내려갈 수 있고, 이집트의 아메드라는 다이버는 332m까지 다이빙할 수 있대. 그러니까 125m는 깊다고 할 수 없어.

청년의 이름은 아이딘이었어. 터키 서부에 있는 도시 이름이자 터키어로 '투명함'이라는 뜻이야. 스물세 살인데 옆머리를 짧게 치고 윗머리가 길어서 말하는 내내 머리를 쓸어올렸어. 바닷바람이 불어서 그는 연신 한눈을 감고 다른 눈을 가늘

페리의 내가 머무는 방에서 내다보이는 카스피해는 바다가 아니라 호수야

게 뜨며 말했어. 선장의 제3 조수로, 5년 뒤 선장이 된다고 했어.

"왜 선장이 되려고 하세요?"

"제 증조할아버지도, 할아버지도, 삼촌도 다 바닷사람이었습니다. 모두 조종실에서 최고 엔지니어였죠. 저는 어려서부터 바다와 친했고, 그래서 저 역시 당연히 바닷사람이 되려는 겁니다."

그가 이런 식으로 시대를 거슬러 자신의 정체성을 말하는 것이 참 마음에 들었어.

'우리 할아버지는 양복점을 경영하신 멋쟁이셨어요, 우리 아버지는 글 쓰는 것

을 좋아하는 공학자였고요. 저는 그저 삶의 멋을 좋아하는 글쟁이예요.'

나도 이렇게 말할 수 있을까? 나는 갑자기 우리 증조할아버지가 어떤 분이셨는지 궁금해졌어. 우리는 금세 친해졌어.

"카스피해는 바다가 아니라 호수입니다. 저는 언젠가 꼭 대양에 나가고 싶습니다. 대양을 항해하는 크루즈의 선장이 되고 싶습니다. 어떤 크루즈는 5만 명을 태울 수 있습니다. 믿을 수 있습니까?"

"바다를 왜 좋아하죠?"

"바다에서는 혼자가 될 수 있습니다. 지금 어느 도시를 가든 우리는 모두 군중 속에 섞이지 않습니까."

'바다에서는 혼자가 된다.'

나는 스위스 제네바 호수에서 요트를 타던 기억이 떠올랐어. 그때 알았거든. 바다와 같은 거대한 푸른 물은 한 사람을 고요 속에 잠기게 할 수 있다는 것을.

"하지만 바닷사람이 되면 집에 자주 가지 못합니다. 늘 배의 스케줄에 맞춰야 해서 두 달에 한 번만 집에 갈 수 있습니다. 가족, 친구들이 그립다는 것이 흠이랄까요. 저는 집을 떠난 사람은 모두 배를 탔다고 생각합니다."

'집을 떠난 사람은 모두 배를 탄 것이다.'

나는 내가 탄 배를 생각했어. 한국에 마지막으로 간 것은 올해 4월이었어. 내 배는 1년에 두 번 정도만 집으로 돌아가. 나는 아직 바다에 살면서도 바다가 너무나 그리운 뱃사람이야.

"아제르바이잔 역사를 읽어보니 아르메니아와 전쟁을 했더라고요. 두 나라는 어떤 사이지요?"

"예, 맞습니다. 사이가 좋지 않습니다. 1988년부터 6년간 계속된 나고르노카

아제르바이잔 국기 삼남매

라바흐 전쟁 때 아르메니아가 우리 국민을 많이 죽였습니다. 우리 땅을 내놓으라고 억지를 쓰면서요. 그래서 두 나라는 사이가 안 좋습니다. 하지만 러시아가 두 나라 관계를 결정하기 때문에 우리는 평화 상태를 유지해야 합니다. 구소련 때의 영향이 아직 남아 있어서 러시아 말을 듣지 않으면 안 되거든요."

이번에 카자흐스탄에서 인상 깊었던 사실은 러시아가 아직도 과거 소련연방 국가들에 행사하는 힘이 강력하다는 것이었어. 나는 러시아를 다시 보게 되었어.

우리가 한참 이야기하며 배 위를 걷고 있는데 낯익은 얼굴이 나타났어. 지아난이었어.

"점심 먹어! 내가 이렇게 너를 찾아와 말해줘야 하겠니?"

우리는 1층으로 내려가 점심을 먹었어.

나는 배 위에 걸려있는 아제르바이잔 국기를 좋아하게 되었어. 국기의 세 가지 색이 어쩌다 우리 세 사람 티셔츠 색이랑 똑같아서 우리는 삼남매가 되었지. 사이먼, 에스알, 나.

9월 17일

카스피해

별이 쏟아지는 밤에
완벽한 선상 음악회를

주희야, 처음 이 페리를 탔을 때, 카스피해를 나약하다고 한 말을 취소해야겠어. 유라시아가 몸이라면 카스피해는 마음이야. 내 마음은 호수요, 유라시아의 심장은 여기 있었어.

이날 밤은 정말 9월 중 가장 멋진 하루였어. 사이먼, 에스알이랑 같이 아제르바이잔 국기 삼남매가 노을이 사라지고 하늘이 회색빛으로 물들 때까지 갑판에서 우쿨렐레를 치고 노래를 불렀어. 나는 배의 난간을 잡고 다리 스트레칭도 했어. 정말 상쾌했어.

밤에는 별을 보다가 별똥별을 보았어. 별 아래서 선원들이랑 이야기를 나누었어. 선원들은 마린 아카데미 학생들로 현장실습을 나온 거래. 이름은 오르한, 자하드, 슈가, 비샤르. 가장 어린 선원은 열여덟 살이고 8월부터 일하기 시작했대. 내가 우쿨렐레를 가지고 노는 것을 보고 비샤르가 기타를 가져오고 오르한이 클라리넷을 가져와 즉흥 음악회가 시작되었어. 와, 실력이 장난이 아니었어. 별이 쏟아지는 밤에 완벽한 선상 음악회가 이루어졌어.

나는 엽서를 썼어.

'오 하느님, 이 자리에 있는 게 얼마나 기쁜 일인지 모릅니다. 이들의 음악은 저를 아제르바이잔에 빠지게 하기에 충분합니다. 이보다 멋진 전주곡이 있을까요. 아제르바이잔에 도착하기 전 가장 아름다운 전주곡입니다. 이들의 멋, 이들 민족의 자부심, 이 배 선원들의 음악적 재능에 저는 정말 놀랐습니다. 붉은 반달이 뜬 날입니다. 하늘에서 별이 떨어지는 날, 카스피해 위에 뜬 그루 교수 위에는 음악회가 열렸습니다. 영웅의 서사시를 노래하는 것일까요, 사랑하는 연인을 향한 세레나데일까요. 곡은 정열적이고 듣는 이를 전율케 합니다. 와, 남자들끼리 서로를 보며 동료애를 불태웁니다.'

9월 18일

카스피해

부패 없던 소련 시절 그리워하는
아제르바이잔 청년

주희야, 아침 7시 15분에 눈을 떴어. 바람이 꽤 세어 아이딘은 우리 배가 언제 도착할지 아직 확실히 말해줄 수 없다고 했어.

아침을 먹고 배 위를 산책했어. 에스알을 처음 보았을 때 인도인이라고 생각했는데 말레이시아 출신이고 서른 살이래. 그는 1년 내내 아시아를 히치하이킹하고 있대. 한국을 무척 좋아해서 한국에서 18달러로 1달 반을 살았대. 한국 사람들이 먹이고 재워주었는데, 돈을 벌기 위해 불법으로 며칠간 막노동도 했대. 제주도에서 2주간 몽골인에게 말 타는 법을 배웠고, 몽골에 가서 130달러를 주고 오토바이를 사서 타고 다니다 400달러에 팔았대. 에스알은 정말 돈을 아껴서 살아. 일본에서는 깨끗한 공공화장실에서, 중국에서는 버려진 건물에 들어가서 잠을 잤대. 나는 간절하게 살아가는 이 사람과 좋은 친구가 될 수 있겠다고 생각했어.

에스알에게 여행 전 직업을 물었더니 조금 망설이다 '창문닦이'라고 대답해 나는 조금 놀랐어. 여행자 중에서 직업이 '창문닦이'라고 한 사람은 그가 처음이야. 내가 최근 쓴 기사 중에 창문닦이 로봇이 노동자를 대체하고 있다는 내용이 떠올랐어. 위챗에 그를 추가하며 프로필 사진을 보고 놀랐어. 사진 속에서 그는 건물에 매달려 창을 닦고 있었어. 자기 직업을 솔직하게 드러내는 그는 정말 열심히 자기 인생을 뽀독뽀독 닦고 있다는 생각이 들었어.

페리가 아제르바이잔에 정착한 것은 낮 12시 30분이야. 국경심사대에서 4시간을 기다리느라 배가 마지막 관문을 지난 것은 오후 4시 30분이고.

아이딘이 '소비에트연방'이라고 쓰인 티셔츠를 입고 나타났어.

"왜 그 티셔츠를 입은 거지?"

"러시아에서 선물로 받은 겁니다. 저는 개인적으로 소비에트연방 시절이 그립습니다. 그때는 부패가 없었습니다. 지금은 독립해서 자유를 얻었지만, 부패가 만연한 사회가 되었습니다. 사람들은 이제 해서는 안 되는 것들을 돈을 주고서 되도록 만들기 시작했습니다."

다시금 나는 러시아가 과거 소비에트연방 나라들에 미치는 영향과 힘을 확인했어. 내 러시아 친구들이 예전과 다르게 생각되었어. 러시아는 과거의 영광을 잃은 국가가 아니었어. 마치 내가 에콰도르에 있을 때 국민 중 많은 사람이 아직도 스페인을 침략자가 아니라 동경하는 세계로 바라보듯이, 구 소비에트연방 국민은 러시아가 아직도 발전한 사회였고 그 통치하에서 잘 굴러가던 것들에 대한 향수를 지니고 있었어. 그러나 아이딘은 러시아어를 쓰는 것은 좋아하지 않는다고 했어.

2층에 올라가니 어제는 티셔츠에 슬리퍼를 신었던 선원들이 모두 말쑥하게 차려입고 있었어. 선원들은 수도 바쿠에 간다고 했어. 배에서는 섭씨 55도 찜통 기관실에서 구슬땀을 흘리다가도 시내에 나갈 때는 이렇게 맵시 있게 차려입고 가서 말하겠지.

"나, 카스피해 선원이야."

아이딘은 배를 지키기 위해 남아야 한다고 했어. 우리는 배를 떠나는데 그는 이 배의 선실에서 자야 해. 도착한 지점에서 바로 그 자리에 머물러야 하다니, 항구에 정박한 배에서 머무르다니, 나는 슬퍼졌어.

마침내 국경심사를 받고 사람들과 작별했어. 내가 양손에 패니어를 들고 등에는 배낭을 짊어지고 자전거를 가지러 가자 아이딘이 다가와 패니어를 들어주고, 자전거를 묶은 밧줄을 풀어주었어. 내가 패니어를 장착하는 사이 그는 내 헬멧을 써보았어.

이윽고 사이먼이 오토바이를 끌고 멀어지고, 한 명씩 자기 갈 길을 떠났어. 마지막으로 남은 우리는 아이딘의 핫스팟을 빌려 우리가 갈 바쿠의 카우치 서핑 호스트 아흐메드의 집 위치를 확인했어. 나는 좋은 친구가 된 아이딘과 전화번호를 교환하고 작별 포옹을 했어.

제3장
밥 먹자 부르고
자고 가라
붙잡고

인생에서 가장 가치 있는 화폐는
한 사람이 다른 사람에게 남긴
인상이래. 어떤 사건을 통해 그 사람이
남긴 인상은 절대 지워지지 않는데,
그러므로 우리는 인생을 살면서 비록
손해를 볼지라도 나쁜 인상을 남겨서는
안 돼. 그것이 바로 사람의 향기가
아닐까? -〈9월 27일 엽서〉

아제르바이잔 Azerbaijan

바쿠　　　　　**처음 만나는 거센 맞바람과 싸우는데**
　　　　　　　날은 저물고

　　　　사랑하는 친구 희준아, 초등학교 5학년 때 짝이 되어 중간에 10여 년 연락이 끊겼다가 페이스북으로 서로를 찾아내 얼마나 기뻤는지 몰라. 네 앞에만 서면 이상하게 아이디어가 잘 떠오르고 개그 본능이 생겨, 나를 조이고 있던 나사가 풀리는 것처럼. 지금부터 너에게 아제르바이잔 이야기를 들려줄게.

　　　　월요일에 페리에서 내려 바쿠까지 70km를 달리다 중도에서 바람이 너무 무서워 자전거를 포기하고 히치하이킹을 했어. 이 일을 나는 몹시 부끄럽게 생각했는데, 토요일에 다시 자전거를 타고 그 길을 정직하게 돌아가게 되어 그날의 포기를 용서해주었어.

　　　　월요일 상황은 정말 극한이었어. 70km는 4시간쯤 열심히 달리면 도착하는 거리야. 그런데 바람이 정면에서 너무 거세게 불었어. 이런 바람은 처음이야. 겨울이 오는 것이 무서워졌어. 이 바람이 뒤에서 불면 앞으로 밀어주지만, 앞에서 불면 자전거여행자를 비참하게 만들어.

　　　　나는 단호하게 결정을 내리고 도로에 나가 엄지손가락을 치켜들었어. 차들이 쌩쌩 지나가고 1분 뒤 마침내 큰 버스 한 대가 섰어. 20마나트로 흥정이 되었는데, 버스 승객들이 도와주어 자전거와 짐을 싣자 기사 아저씨는 30마나트를 내라고 했어. 이때 1마나트는 800원 정도였어.

한 승객에게 우리가 가려는 주소를 보여주고 아흐메드에게 전화를 걸었어. 알고 보니 이 버스는 중간에 승객이 모두 내려야 해서 다시 택시를 타야 한대. 나는 돈을 뜯겼다는 사실을 알게 되었어. 전화를 빌려준 현지인도 버스 기사가 우리 돈을 뜯어먹었다며 분개했어.

9월 22일
바쿠

택시 타고 70km 달려온 아이딘, 10분 만에 떠나

희준아, 새벽 2시에 아이딘에게 전화가 와서 잠바를 입고 밖으로 나왔어. 잠시 후 아이딘이 택시에서 내리는데 청 와이셔츠가 너무 멋졌어. 믿을 수가 없었어.

"네가 진짜로 여기 오다니."

"선장이 오기 전에 몰래 나온 거예요. 선장이 알기 전에 다시 들어가야 해요."

아이딘은 내 손을 잡았어. 바로 그때 아이딘에게 전화가 와서 간단히 받더니 그가 말했어.

"지금 돌아가야 해요."

어떻게 그럴 수가!

"선장이 안 것 같아요. 돌아가야겠어요."

그의 손만 잡았던 나는 그의 얼굴을 바라보았어. 그에게 할 말이 생각나지 않앉어. 아이딘이 주머니에서 지갑을 꺼내 보였어.

"당신이 보내준 편지가 이 안에 있어요. 얼마나 많이 읽었는지 몰라요."

"바쿠에서 네 생각이 나서 편지를 썼어."

"그래서 보러 왔어요."

"네가 올 줄은 정말 몰랐어."

5분이 흘렀을까, 우리는 자갈 깔린 길을 걸어 기다리고 있던 택시로 갔어. 나와 함께 사진을 찍고 그는 차에 올랐어. 마지막으로 그는 내 손에 키스하고 자동차 문을 닫았어. 나는 멀어지는 차를 바라보았어.

"계속 편지를 써줘요."

그가 말한 것 같았어.

9월 23일

하지가불 **외국인 처음 보는 동네,
아이들이 "달러" 외쳐**

　　　　　　희준아, 새벽 6시에 눈을 떴어. 7시 30분, 오늘 117km를 가야 해서 잠을 자는 지아난을 뒤로 하고 무조건 일찍 출발했어. 처음 10km는 정말 고생했어. 우리가 머문 곳이 바쿠의 언덕인데 바쿠에는 언덕이 정말 많아.

마침내 고속도로에 들어섰어. 차들은 제한 속도 110km로 위협적으로 달리는데 나는 그들 사이에 낀 유일한 자전거였어. 오늘 경로는 항구에서 바쿠까지 왔던

내 마음을 아리게 한 바쿠 항구. 아이딘은 나를 만나려고 여기서 바쿠까지 70km를 택시를 타고 왔어. 그가 얼마나 먼 거리를 왔다 갔는지 자전거를 타고 가며 실감했어

길을 다시 돌아가 다음 목적지로 향하는 것이었어. 그날 히치하이킹을 한 지점까지 달리는데 좋은 날씨에도 시간이 꽤 걸렸어. 그 지점을 지나 식당이 나오자 미처 말리지 못한 빨래를 자전거에 널고 점심을 먹었어.

식사 후 차를 마시는데 한 이란 남자가 인사를 건네더니 자기 옆에 앉으라는 거야. 간혹 현지인들이 이렇게 말을 거는 경우가 있어서 나는 그의 옆에 앉았어. 그러자 그는 돌연 내 선글라스를 벗기고 내 볼에 키스하려 했어. 나는 너무 놀라 화를 내며 자리를 피했어.

조금 지나자 다른 손님이 또 사진을 찍자며 다가오더니 역시 내 볼에 키스하려

자전거를 탄 현지
소년 다섯 명이
나타나더니 더
많은 아이가 나를
둘러쌌어

했어. 나는 화를 내며 거부했어. 무슬림이 이런 행태를 보일 줄은 정말 생각하지 못
했어. 외국인, 특히 동양인이 이 지역에 적은 것도 한 이유인 것 같았어.

드디어 오늘의 목적지 마을에 도착했으나 너무 조용하고 사람도 적고 숙소는
전혀 보이지 않았어. 지아난이 지정한 기차역까지 가보았으나 아무것도 없었어. 나
는 '헬로' 하고 멀리서 인사하는 남자에게 여기 호텔이 있느냐고 물었어.

"여기는 후진 마을이라 호텔이 없어요."

그가 서툰 영어로 말했어. 나중에 알고 보니 그는 이 마을에서 영어를 할 줄 아
는 유일한 사람이었어. 나는 네거리에 있었고, 거리의 모든 사람 눈이 내게 쏠렸어.
나 같은 외지인의 방문이 큰 화젯거리가 되는 마을이었어. 그 남자가 사팔눈인 다
른 남자를 불러 나를 안내해주라고 부탁했어.

나는 괜찮다고 했으나 부탁받은 남자가 따라오라고 해서 사람들이 많은 곳으
로 갔어. 사람들이 '외국인이다!' 크게 소리치자 순식간에 마을 아이들이 모여들었
어. 자전거에 탄 다섯 명까지는 괜찮았는데 나를 안내하던 남자가 운동장 앞에서

잠시 멈추자 운동장에 있던 아이들이 모두 몰려왔어. 처음으로 많은 현지인에 둘러싸인 나는 무서웠어. 그들은 동양인을 난생처음 보는 것 같았어.

남자아이들 여럿이 나를 둘러싸자 사팔뜨기 남자가 갑자기 내게 달려가 있느냐고 물었어. 몇 번이나 달려, 달려, 하자 아이들까지 모두 달려, 달려, 외치기 시작했어. 나는 무서워서 자전거를 앞으로 끌고 갔어. 키 큰 아이가 내 핸들을 잡으려 했으나 잽싸게 자전거에 올라 열심히 페달을 밟았어. 한참을 달려 카페 앞에 자전거를 세우고, 지아난에게 내 위치와 문자를 보냈어.

'빨리 와. 현지인들에게 둘러싸였어.'

지아난은 5km 뒤에 있다고 했어. 나는 처음으로 이런 외진 동네에서 여자 혼자 다니면 위험할 수 있다는 것을 깨달았어.

이윽고 지아난이 도착해 잘 곳을 상의하는데, 장년의 풍채 좋은 남자 셋이 다가와 호텔을 찾느냐고 묻더니 10km를 가야 한다고 했어. 나는 그들에게 부탁해보자고 생각했어.

'10마나트를 드릴 테니 저희 둘을 아저씨 집에서 묵게 해주세요.'

러시아어로 써서 가까이 있는 아저씨께 보여드렸어. 아저씨는 알겠다며 따라오라는 손짓을 해 보였어. 아저씨의 붉은 자동차를 따라가자 아파트 뒤에 하늘색 대문 집이 나왔어.

'아, 숙소가 없는 동네에서 좋은 점은 이렇게 주민의 도움을 받을 수 있다는 것이구나. 현지인 집에서 자면 그들의 문화를 새롭게 관찰할 수 있고, 느끼는 것도 많아.'

그리고 여자 혼자 다니면 위험하다는 것을 제대로 알았어. 앞으로는 거짓말을 해야겠어, 나 결혼한 여자라고. 혼자 세계여행을 하는 여자가 반드시 알아야 할 것은 결혼했다고 말하는 게 더 안전하다는 사실이야.

9월 25일

우자르

23세 무슬림 의사 준비생이
종교를 버린 이유

희준아, 바쿠에서 묵은 집주인 아흐메드가 캄란의 연락처를 주었어. 아흐메드 남동생 친구인 캄란이 10km 떨어진 자기 집에 우리를 초대했다는 거야. 우리는 60km 더 가는 것을 포기하고 우자르에 있는 캄란의 집에서 묵기로 했어.

캄란네 집에 자전거를 끌고 들어가면서 우리는 이번 여행 동안 가본 집 중에서 그 집이 제일 좋다는 데에 동의했어. 그런데 캄란의 부모님은 영어가 통하지 않았어. 구글 번역기도 안 되어 서로 몸짓으로 이야기했어.

캄란의 아버지는 정원에서 신선한 포도를 따와 포도알이 6개씩 달리도록 가지를 뜯어서 주셨어. 포도는 아주 달았어. 이 집은 정말 우아하고 고상했어. 접시에는 세 여신, 헤라, 아테네, 아프로디테가 그려져 있었고, 차 받침과 꿀에 잰 베리가 담긴 접시, 과일 접시가 다 달랐어.

9시쯤 캄란이 돌아오자 그제야 통역할 사람이 생겨 가족들이 많은 질문을 쏟아냈어. 11시까지 이야기를 나누다 2층 침실로 안내되어 나는 캄란의 어머니와 같이 잤어.

캄란의 아버지는 새벽 6시 30분에 자동차를 운전하고 대형 석유회사 '쏘카'

로 먼저 출근하시고, 러시아 문학 선생님이신 어머니는 아침 7시 30분에 출근하셨어. 카풀을 하는지 학생과 선생님 합쳐 3명이 탄 차에 캄란의 어머니가 타셨어.

아침 9시가 되어도 지아난이 일어나지 않자 캄란은 먼저 아침을 먹자고 했어. 캄란은 23세의 의사 준비생이래. 그의 여자친구가 독일에서 언어학을 공부하고 있어서 그 역시 곧 독일에 가서 의사 공부를 할 예정이래.

"왜 의사가 되고 싶어요?"

"할아버지를 보고요. 할아버지는 우자르의 의사셨어요."

나는 아이딘을 떠올렸어. 아제르바이잔 사람들은 마치 큰 순환고리처럼 사는 것 같아. 윗세대와 다른 점이 있다면 젊은 세대는 해외로 나가려고 하는 거래. 이들은 큰 세계에서 자기 역량을 펼치기를 원한데.

"그런데 왜 독일이에요?"

순전히 몸짓으로
이야기를 나눈
캄란의 부모님

의사 준비생 캄란은 독학으로 배운 서툰 영어로 길게 이야기를 털어놓았어

"터키에서는 의사 실습을 하면서 의사들이 마음에 들지 않았는데 작년 여름 독일에 가보니 정말 마음에 들었어요. 나는 아제르바이잔에서 부모님처럼 틀에 박힌 삶을 살고 싶지 않아요. 아제르바이잔 사람들은 태어나서 일만 하다가 죽어요, 재미없게."

캄란은 독일에서 수련을 받고 의사가 되는 것이 꿈이었어. 그런 다음 스위스나 오스트리아에서 일하고 싶다고 했어.

"스위스는 봉급이 높아요. 그리고 스윙스윗을 할 수 있어요. 나는 익스트림 스포츠가 정말 좋아요."

스윙스윗을 처음 들어보는 내게 영상을 보여주었어. 날다람쥐가 날듯이 사람들이 하늘을 날고 있었어.

"와 정말 새 같아요."

"사실은 새와 같은 원리는 아니에요. 새의 날갯짓을 할 수 없거든요. 독수리와 비슷하지요. 엄청난 훈련을 거쳐야 할 수 있어요. 하지만 이걸 하는 사람들은 이번에 뛰는 게 마지막이라고 생각하고 뛰어요. 죽을 수도 있다고 생각하면서."

겉으로 보기에 캄란은 온실 속에서 자란 화초 같은 말투와 외모와 성품을 지닌 것 같았어. 그의 부유한 집을 보고는 더욱 그런 생각이 들었어. 그런 그가 익스트림 스포츠를 좋아하다니.

"아제르바이잔 사람들은 정말 재미가 없어요. 얼마 전 친구랑 하이킹을 갔는데, 사람들이 우리를 이상한 사람 취급했어요. 2년 전 바쿠에서 하프 마라톤이 열렸는데, 6000명 참석자 대부분이 외국인이었어요. 부유하고 늙은 외국인들 아니면 가난한 학생들. 나는 친구랑 참가했는데 사람들이 역시 이상한 사람으로 봤어요."

내가 물었지.

"캄란이 다른 사람과 달리 행동하는 데에는 분명 어떤 계기가 있을 거예요. 무엇이 계기가 되었어요?"

캄란은 곰곰이 생각했어.

"나는 아주 독실한 이슬람 신도였어요. 정말 신앙이 깊었어요. 3년 전, 스무 살에 학교에서 한 예술가 친구를 만나 함께 시험 준비를 하는데 그 친구가 물었어요. 왜 이슬람을 믿는지, 도대체 어떤 내용을 믿는지 계속 물었어요. 그래서 나는 다시 코란을 읽기 시작했어요. 그걸 읽고 나는 정말 바보 같은 책이라고 생각했어요."

캄란은 정규로 영어 수업을 받은 적이 없대. 지아난처럼 주워들은 영어로 외국인과 말하기 시작한 수준이었어. 캄란이 기본적 어휘를 몰라서 나는 인내심을 가지고 경청해야 했어. 그의 영어가 서툴러서 더욱 경청하게 만들었어.

"코란에서는 인간을 완전하게 만들었다고 하는데, 의학을 공부하면 인간의 척추가 약하게 만들어져 있다는 걸 알게 돼요. 또 코란에서는 도둑이 법정에 갈 때 남자 목격자는 한 사람이면 되는데 여자는 2배수가 있어야 해요."

이외에도 많은 내용을 언급했어. 나는 그것이 당시 이스라엘 지역 문화의 반영이며, 성경 구절을 글자 그대로 보지 말고 그 함의를 알아야 제대로 이해할 수 있다고 말하고 싶었으나 잠자코 듣기만 했어.

9월 28일

토부즈 　　　　　**여행 중 처음으로**
'웜 샤워' 경험

희준아, 나는 지금 서부 아제르바이잔의 아르메니아와 국경 부근 토부즈에 있어. 오늘 큰길에서 자전거를 들고 급경사를 내려오다 옷이 가시덤불에 걸렸어. 한 손으로 핸들을 잡고, 한 손으로 가시덤불을 헤치려다 핸들을 놓쳐 자전거는 아래로 내동댕이쳐지고 나는 가시덤불에 더 엉키고 말았지. 허벅지와 팔, 옆구리가 가시덤불에 걸렸어. 가시덤불을 자세히 보니 그저께 캄란의 어머니가 따주신 열매가 자라고 있었어. 열매를 먹었으니 이제 가시에 찔릴 차례구나.

토부즈에 도착하자 맛있는 점심이 나를 반겼어. 투유그(치킨)와 샐러드로 점심을 먹었어. 여기 사람들도 우리처럼 고추를 그대로 씹어 먹는데 너무 매워서 나는

한국어를 배운 웜 샤워 호스트 레이라는 방탄
소년단에 반해

영국인 자전거여행자 헤일리는 '삼성' 런던
지사에 근무했대

결국 눈물을 뽑았지. 저녁에는 이곳 웜 샤워 호스트 레이라의 엄마가 '한자르'라는 수제비 같은 요리를 만들어주셔서 아주 맛있게 먹었어. 만두피 위에 생 요구르트와 토마토소스를 뿌린 맛인데 그 조화가 상당히 좋았어.

이 집에는 큰 정원이 있어. 레이라의 증조할아버지가 이 집을 짓고 과일나무를 다 심으셨대. 레이라는 영어를 아주 잘 하고, 인터넷으로 한국어를 배워서 쓸 줄도 알고 말도 조금 할 줄 알아. 두 달 전 방탄소년단을 보고 반한 그녀는 드라마 〈달의 연인〉과 〈태양의 후예〉를 보고 한국을 정말 좋아하게 되었대.

이 집에 도착하니 헤일리라는 영국 여자애가 있었어. 그녀는 대학을 나와 '삼성' 런던지사의 마케팅 부문에서 1년간 일하고 지금은 '채널 4'에서 컴퓨터 프로그래머로 일한대. 삼성에 들어갈 때 한국에 대한 기본적인 교육을 받았다면서 명함 주는 법과 한국의 예절, 그리고 한글을 배웠대. 나는 깜짝 놀랐어. 영국 사람들이 한국 예절을 배우다니.

헤일리의 남자친구는 2년 전 혼자 자전거로 미국을 횡단했대. 둘이 같이 가려

여행안내 | **웜 샤워(warm shower)**

웜 샤워란 말 그대로 '따뜻한 샤워'를 제공한다는 의미로, 자전거여행자들이 손님이 되기도 하고 호스트가 되기도 하면서 서로의 집에 묵거나 초대할 수 있는 시스템이에요. 자전거여행자라면 꼭 웜 샤워를 이용해 현지인 집에서 무료로 머물기를 권해요.
https://www.warmshowers.org/
아주 간단해요. 자기 프로필을 성의있게 작성한 뒤 자기가 가는 지역에 호스트가 있나 찾아서 좋은 사람을 택하면 돼요. 지도에 표시된 호스트에게 웹사이트에서 메시지를 보내거나, 전화번호를 등록하고 메시지를 보내면 되고요. 토부즈에서 보이는 두 명의 호스트 중 나는 레이라의 집을 선택했어요. 내가 핸드폰으로 메시지를 보내고 나중에 왓츠앱을 추가했더니 그가 위치를 보내주었어요. 카우치 서핑과 비교하면 호스트들이 자전거여행자들이 필요로 하는 사항을 더 잘 알기에 훨씬 더 협조적이에요. .

고 했으나 그녀가 원하던 직업을 갖게 되어 같이 갈 수 없게 되었대. 나는 소유가 사람들을 한 곳에 묶어두게 한다는 것을 알게 되었어.

헤일리는 자기 블로그를 보여주었어. 빨간 표시는 다시 가고 싶은 곳, 노랑 표시는 좋은 곳, 파란 표시는 가면 안 되는 곳이었어. 한 여자 자전거여행자가 그리스에서 야생 개에게 물려 죽은 지역도 알려주었어.

혼자 다니는 게 무섭지 않으냐, 위험한 상황은 없었느냐 등을 묻자 크로아티아 두브로브니크와 이스탄불 이야기를 해주었어. 기본적으로 남자 혼자나 두 사람이 있는 집은 가지 않으며, 그런 경우에는 차라리 텐트를 친다고 했어. 혹시 남자와 위험한 상황이 되면 아주 강하게 싫다는 표시를 하거나 발로 찬다고 했어. 와, 이번 여행에서 처음으로 여자 혼자인 자전거여행자를 만났어.

그녀는 처음에 다른 여자랑 같이 출발했는데 둘이 다투다가 결국 이탈리아에서부터 각자의 길을 가기로 했대. 그리고 구글을 통해 링크를 복사해서 매일 자기가 있는 곳의 위치를 부모님께 전송한대. 2월 마지막 날 영국을 떠나 여행을 시작했는데, 지난 8월 말 잠시 집에 다녀온 이야기를 하면서 끝내 눈물을 보였어.

"엄마를 보니 집을 떠나 다시 자전거 둔 곳까지 비행기 타고 가기가 너무 힘들더라고. 하지만 마음을 다잡았어. 내가 이 자전거 여행을 얼마나 하고 싶었는데, 하면서."

그녀는 정말 강해. 그녀는 보청기를 쓰고 있고, 아주 높은 소리나 낮은 소리는 듣지 못한대. 그런데도 영국에 있는 여성 라이더 그룹의 웹사이트 개발 담당을 하고 있대. 우리는 내일 조지아로 넘어가.

 조지아 Georgia

9월 30일

티빌리시 **언덕 지나며 너무 힘들어
손 떨리고 눈물 나와**

희준아, 지난 5월 2일에 그리스로부터 메일이 왔어. 누나카테리나라는 사람인데 〈코리아 타임스〉에 나온 내 기사를 읽었다면서 아테네에 오면 커피를 사겠다고 했어. 정말 놀랐어, 기사를 읽고 이렇게 연결이 되는 경우가 있다니. 대체로 내게 이메일을 보내는 사람은 자기 나라에 오면 자기를 인터뷰해달라고 부탁하는 사람들이었어. 그냥 나를 만나고 싶다는 사람은 그녀가 처음이었어.

9월 21일, 누나카테리나에게 내가 지금 바쿠에 있으며 그리스에 가면 연락하겠다고 메일을 보냈어. 그러자 그녀는 '이타카'라는 아름다운 시를 보내주었어.

네가 이타카로 가는 길을 나설 때
기도하라, 그 길이 모험과 배움으로 가득한
오랜 여정이 되기를
라이스트리콘과 키클롭스
포세이돈의 진노를 두려워 마라
언제나 이타카를 마음에 두라

너의 목표는 그곳에 이르는 것이니
그러나 서두르지는 마라
비록 네 갈 길이 오래더라도
늙어서야 그 섬에 이르는 것이 더 나으리
길 위에서 너는 이미 풍요로워졌으니
이타카가 너를 풍요롭게 해 주기를 기대하지 마라
이타카는 아름다운 모험을 선사했고
이타카가 없었다면
네 여정은 시작되지도 않았으리니

자전거여행자 친구들이
이야기하던 그 산은
노란 벌판들이 참으로
예뻤어

이제 이타카는 너에게 줄 것이 하나도 없다

설령 그 땅이 불모지라 해도

이타카는 너를 속인 적이 없고

길 위에서 너는 지혜로운 자가 되었으니

마침내 이타카가 가르친 것을 이해하리라

나는 12~13세 때 그리스·로마 신화에 빠져있었어. 몇 번이고 읽고 또 상상했어. 오디세우스가 고향 이타카에 가기까지의 모험 역시 잘 알고 있어. 도대체 그가 언제 고향에 닿으려나 생각하면서, 그가 정말 이타카에 닿았을 때는 어떤 허무함마저 느꼈어. 나는 지금 조지아에 있고 다음다음이 그리스야. 그리스에 가는 것이 무척 기다려져.

조지아 국경을 넘은 것은 대략 오후 4시 30분이야. 이미 70km를 달렸지만 70km를 더 가야 했어. 배가 고파 풀밭에서 간식을 먹고, 자전거여행자 친구들이 말한 그 산에 들어왔어.

노란 벌판들이 참으로 예뻤어. 이제껏 다른 나라의 풍경은 도로에 묻힌다고 생각했는데, 이 길은 풍경 속에 도로가 그냥 뻗어있을 뿐, 풍경을 침해하지 않았어. 정말 예쁜 길에서 예쁜 노을을 보았어.

당이 떨어져서 캄란네 집에서 얻은 초콜릿을 먹었어. 이 지점에서 내가 한 번 길에서 비틀거렸고, 뒤에 오던 트럭이 너무 놀라 급정차를 했어.

나는 언덕에서 내려다보이는 도시가 조지아의 수도 티빌리시인 줄 알았는데 아니었어. 아직 한참 더 가야 했어. 안경을 끼고 오랜만에 자전거 전조등을 켰어. 남은 물을 이 자리에서 다 마셔버렸어.

아무리 가도 끝이 없었어. 나는 내게 스스로 폭력을 가하는 것 같았어. 이건 너무 심했어. 밤이 되자 운전자들은 그림자가 되고 내게 눈 부신 헤드라이트를 비출 뿐이었어. 나는 다시 도로의 약자가 되어버렸어. 자동차들이 빠르게 달리는 고가도로와 순환도로를 건너야 했어. 자전거를 끌고 도로 중간 턱을 넘어 반대편으로 가다가 앞바퀴가 도로에 미끄러지면서 앞에서 오던 차가 놀라 급브레이크를 밟았어. 분명 운전자가 창을 내리고 욕을 할 줄 알았는데 그러지 않았어.

고가도로를 내려가자 다시 오르막길이 이어지고 터널이 나왔어. 차가 다니는 터널에 나를 집어넣는 기분은 정말 별로야.

"힘들어. 힘들어. 너무 힘들어."

터널을 지나면서 버프에 가려진 입으로 소리쳤어. 자전거도 싫고, 도시도 싫고, 지나가는 차들도 싫었어.

"2km, 2km 남았어!"

터널을 나와 소리치며 손으로 안장을 잡는데, 그 손과 다리가 떨리고 있는 걸 보았어. 안장을 내려다보며 숨을 몰아쉬다 눈물이 나왔어. 계속 눈물이 나오고 버프가 눈물을 받아냈어. 내가 약하다는 것을 알게 되었어. 다시 안장 위에 올라 핸들을 잡고 2km를 훌쩍이며 페달을 밟았어.

10월 4일

티빌리시　　　　　**조지아 '와이피셔' 창업가,**
　　　　　　　　　러시아 혼혈 데이비드

　　　　　　　희준아, 오늘 '와이피셔' 창업가를 인터뷰하러 테크파크에 가는데 버스가 정류장을 지나쳐 미타츠민다 공원으로 오고 말았어. 나는 창업가 데이비드가 메시지를 확인할 때까지 공원을 홀로 산책했어. 산 정상에 자리한 이 놀이공원은 조악해 보이는 상점이나 놀이기구들로 가득했고, 사람들이 없어서 정말 묘한 분위기를 풍겼어. 마치 꿈속에서나 나올 것 같은 그런 공간이었어.

잠시 후 데이비드를 만났어. 그의 BMW 자동차에 타고 그에게 한 첫 질문은 조지아 사람이냐고 묻는 것이었어. 아닌 것 같지만 맞는다면서 그는 웃었어. 그의 외모는 조지아 사람과 다르게 생겼어. 조지아 사람은 고동색 머리와 고동색 눈에 먹고 마시는 것을 좋아해서 몸이 매우 커. 뚱뚱한 남자가 많아. 남자들은 모두 수염이 덥수룩했어. 그런데 데이비드는 마르고 금발 머리에 파란 눈을 한, 아주 예리한 인상이었어. 알고 보니 나와 동갑이래.

10분 뒤 우리는 테크파크에 도착했어. 테크파크가 이런 산 정상 숲속에 있다니, 나는 놀랐어. 데이비드의 이력은 대단해. 이미 4개 이상의 스타트업을 연쇄적으로 창업하고, 지금은 와이퍼셔에만 집중해서 2~3달 전부터 수익을 내고 있대.

데이비드와 그의 팀원들과 함께 점심을 먹었어. 호두가 뿌려진 샐러드와 치킨 수프가 정말 맛있었어. 돼지고기구이나 콩 요리인 로비오, 치즈를 채운 빵 하차푸리도 좋았어.

데이비드는 차로 나를 데려다주겠다고 했어. 데이비드에게 어떤 점이 가장 힘이 드느냐고 묻자 도시에 올라오는 것이 제일 힘들었다고 했어. 그는 가난한 가정에서 자랐는데 엄마는 러시아인에 아빠는 조지아 사람이라서 차별을 많이 당했대. 데이비드는 출생률이 높은 조지아에서 보기 드물게 외동아들이고, 가족들은 그가 좋은 교육을 받게 하려고 노력을 많이 했대. 마침내 도시에 올라와 공부하게 되었고, 창업하기에 이르렀어. 그는 정말 강한 사람이었어.

"직원들에게 물으니, 다들 너를 좋은 상사라고 하던데."

데이비드는 회사가 1주일에 70시간을 일한다고, 토요일에도 일한다고 했어. 9

시에서 9시까지. 나는 그제야 직원들이 왜 잠시 생각한 뒤 '좋은 상사'라고 했는지 알게 되었어. 그들은 정말 많은 시간을 일했어. 여기도 스타트업의 세계는 역시 치열했어. 나는 그를 인터뷰한 것이 내게는 좋은 선택이라고 생각했어. 창업가 인터뷰는 헐렁한 자유에 빠진 내게 좋은 약이 되어주거든.

"직원들에게 어떻게 동기부여를 하지?"

"사람들은 크게 세 가지를 원해. 유명해지거나, 돈을 많이 벌거나, 권력을 쥐는 것. 이 세 가지를 바탕으로 이들에게 동기부여를 하지."

"이 세 가지에 관심이 없는 사람이라면?"

"음, 실은 본인을 게으르다고 생각하는 내 친구 때문에 조금 걱정이야."

"게으름은 자유랑 연결되는 거야. 그에게 단기적인 것보다 장기적인 어떤 혜택을 줄 수 있는 것으로 동기부여를 하면 어떨까?"

나는 곰곰이 생각했어.

10월 7일

티빌리시

**일요일에 티빌리시 가면
크바쉬베티 성당에 가보세요**

희준아, 금요일 저녁 지아난과 다시 크게 다투었어. 그에게 돈을 맡겼는데 어떻게 쓰고 다니는지 전혀 알 수 없었어. 내게 말을 안 하니 의심이 쌓여갔어. 그가 호스텔에 돌아온 시간이 그제는 새벽 2시 30분 이후였고, 어제는 밤 12시 이후였어.

티빌리시의 내가
좋아하는 식당
'와인셀러'에서
홀리(맨 오른쪽)와
소피아(맨 왼쪽)와
저녁을 먹으며

아침에 지아난에게 지출 명세서를 보여달라고 하고, 앞으로는 예산을 짜서 쓰라고 했어.

"뭐? 그런 걸 왜 해?"

지아난은 들으려 하지 않았어.

"회사가 잘 굴러가기 위해서는 미리 지출이 발생할 부분을 명시해야 해. 하루에 얼마를 써도 되는지 너한테 필요한 만큼만 줄 거야."

"내가 언제 돈을 흥청망청 썼는지 말해봐."

토요일 저녁, 티빌리시의 마지막 밤에 내가 제일 좋아하는 조지아 가정식 식당 '와인셀러'에서 좋아하는 사람들과 저녁을 먹기로 했어. '와인셀러'의 주인 지나는 채식주의자인 여배우 홀리를 배려해 완전한 채식 저녁을 준비해주었어. 여기에 더해 각기 다른 종류를 담은 300ml짜리 와인 병 두 개까지 합쳐 35라리를 냈어. 1만2000원.

영국 여자인 홀리와 소피아가 조지아라는 작은 나라에 와서 연극을 한다니 나는 너무나 신기해서 물었어.

"홀리, 조지아의 어떤 점을 보고 사랑에 빠진 거야?"

"우선은 공동체 문화 때문이야. 우리 가족은 유대교여서 내가 14살 때 세계 각국의 유대인들이 모여 함께 노래를 부른 적이 있는데, 나는 그때의 감동을 잊을 수가 없어. 조지아에도 그런 문화가 있어. 식사 모임에서는 건배를 한 뒤 마지막에 다같이 노래를 불러. 자연을 위한 노래를."

소피아가 말을 받았어.

"조지아는 자기네 음악을 정말 잘 보존하고 있어. 세계 유네스코에 등록된 것이 세 가지 있는데, 바로 조지아 문자와 폴리포니 가창, 유럽에서 가장 높은 지대에 있는 우쉬굴리 마을이야. 조지아에서는 2011년부터 자기네 음악을 보존하기 위해 할아버지들이 부르는 음악을 모두 녹음하고, 앙상블 단원들에게 급여를 주고 있어. 원래 비용을 내야 하는 많은 부분이 여기는 무료라고."

홀리가 인스타그램에 올린 사진

소피아는 불가리아 여성 합창단의 음악을 듣고 완전히 반해버렸고, 11월에 불가리아의 수도 소피아로 갈 것이라고 했어. 불가리아의 여성 합창단은 목을 정말 잘 가다듬어야 해서, 창문을 닫고 자야 하고, 더운 날에도 목을 보호하는 천을 둘러야 하며, 찬물을 마시면 안 된대.

한편 조지아의 합창단은 남성 위주이고, 목을 풀지 않아도 언제든 노래 부를 수 있대. 그러니 술을 마신 뒤나 어떤 상황에서도 노래를 부

르는 조지아 남성을 상상해 보라고. 그런데 조지아의 합창에는 불협화음 같은 부분이 있어서 듣는 사람이 스트레스를 받기도 한다고.

홀리가 말했어.

"내일 아침 성당에 가면 조지아 남성 합창을 들을 수 있어."

"정말? 어느 성당에?"

홀리는 내 지도에 두 군데를 표시해주었어.

다음날인 10월 7일은 티빌리시를 떠나는 날이야. 나는 사과 맛 파이 두 개와 다 마시지 못한 와인셀러의 와인과 검은 빵을 다른 사람들 먹으라고 식탁에 남겨두고 호스텔을 떠나 크바쉬베티 성당에 갔어. 자전거 일정은 평소보다 1시간 반쯤 늦게 출발하겠지만 그건 문제가 아니었어. 나는 일기에 이렇게 썼어.

'나는 다짐했다. 주일에는 미사에 가기로. 자전거 주행 출발이 1시간 늦는 게 문제가 아니다. 한 할아버지가 내 머리에 수건을 씌워주셨다. 여자들은 머릿수건을 하고, 무릎을 가리는 치마를 입고, 검은 구두를 신었다. 신자들은 자기 입술에 키스한 손을 성화에 댔다. 이 성당에는 일인용 의자 몇 개뿐이고 모두 서서 미사를 드렸다. 사람들은 초를 밝혀 들고 있는데, 촛농이 떨어지지 않았다. 성호를 그으며 땅에 손을 대는 동작도 있었다. 성당 안에는 전면에 아름다운 프레스코화가 있었다. 내가 출입한 오른쪽 문으로는 열두 제자 중 5명만 보였다. 그리고 내 바로 앞으로 코러스가 8명 서 있었다. 코러스는 정말 아름다웠다. 남자 8명이 제단에서 7m쯤 떨어진 지점에 원형으로 서서 시선을 30도 아래로 하고 코러스를 했다. 스마트폰으로 악보를 보는 사람도 있었다. 사제는 남색 사제복을 입고, 기다란 흰 머리를 하나로 묶었다. 사제가 안에 향이 든 금속 종을 여러 번 울렸다. 대사제로 보이는 신부님은 금색 사제복을 입으셨다. 미사 때는 신자들의 산만한 행동에 대해 이해심이 많았다. 코러스에 한 남자가 들어서자 다른 남자들이 반갑게 인사했다. 맙소사, 이 남자는 1시간이나 늦었는데도 바로 성가대 옷을 입고 노래를 불렀다. 미사 중에도 드나드는 사람이 많아 3분에 한 번씩 문이 열렸다.'

10월 9일

제스타포니

조지아 유일 호스트 기기의
잊지 못할 건배사

희준아, 오늘 118km를 달렸어. 해가 져서 어두운 산 길에 헤드라이트를 켜고 내리막길을 내려가는 것이 무척 위험했어. 계속해서 내가 달리는 반대편 길에만 카페나 상점들이 있었어. 내 쪽으로 어디에 앉을 자리가 보이면 거기서 멈추어 사과 하나를 먹어야겠다고 생각하며 1시간이 지나갔어.

그때 누군가 다급하게 나를 불러세웠어. 우리 목적지 제스타포니에 사는 사람인데 이름은 기기래. 기기는 내 자전거를 차에 싣고 같이 가자고 했고, 나는 친구와 내가 그의 집에 머물러도 되는지 물었어. 그는 흔쾌히 승낙했어.

나는 그의 전화번호와 차 번호를 지아난에게 보냈어. 그것을 보고 기기는 자기 신분증까지 확인시켜주었어. 기기와 함께 그의 친구 우차의 메르세데스에 탔어.

셋이서 마트에서 장을 보고 그의 집에 도착했어. 집이 아주 좋아. 안방을 내주고 그는 요리를 시작했어. 30분 후 지아난이 도착했어. 이제까지의 호스트들은 우리에게 먼저 씻게 해주었는데, 기기는 우리를 먼저 식탁에 앉혔어. 술은 조지아의 화이트 와인, 안주는 튀긴 민물고기와 치즈, 내가 손질한 토마토와 오이였어.

이튿날 아침, 다음 목적지인 삼트레디아로 갈 채비를 갖추는데 기기는 자기들과 같이 바깥에 나가서 치즈와 달걀, 버터를 채운 조지아의 유명한 빵 하차푸리를 먹고 가라고 했어. 지아난은 오전 11시에야 일어났고, 우리는 12시경 점심을 먹으러 떠났어.

이 나라에서 전통적인 수프라(식사 모임)는 오로지 남자들만을 위한 자리이고,

여자들은 부엌을 오고 가며 손님들의 식사가 불편하지 않게 돌보는 일만 하는 것이었어. 초대자인 기기는 자기가 먼저 건배사를 하고 남자 손님인 지아난에게 다음 차례를 넘겼어. 건배사를 길고 의미 깊게 하는 것은 조지아의 중요한 관습이래.

여자인 내게는 건배사를 할 기회를 주지 않았어. 조지아는 아직도 남성이 중심인 사회야. 기기가 지아난에게 물은 질문에 내가 대신 대답하자 기기는 정색을 하며 지아난에게 물은 것이라고 했어. 그래서 나는 입을 다물고 듣기만 했어. 내가 30분 내내 아무 말이 없자 기기는 마침내 내게 자유롭게 말하라고 부추겼어. 남자를 우대하는 이런 분위기는 아제르바이잔에서도 똑같았어. 특히 술자리에서는 그런 분위기가 더욱 두드러지게 나타났어.

기기는 한국에 대해 아는 게 없었어. 조지아와 대한민국은 아직 어떤 외교 관계를 맺지 않은 것 같다고 말했어. 나는 한국의 민주주의를 설명하면서 사회주의 국가인 중국과는 당연히 다르고, 어릴 때부터 총리가 되기 위해 길러지는 일본과도 얼마나 다른지 이야기했어.

"나는 애국자들을 좋아해. 네 말을 들으니 네가 얼마나 네 나라를 사랑하는지 알겠어. 우리의 나라들을 위해 건배하자. 조지아, 한국, 그리고 중국을 위해!"

아, 한국을 위한 건배라니, 내가 한국인인 것이 자랑스러웠어.

"다음으로 우리 마을들을 위해 건배하자. 나는 조지아를 지탱하는 것은 작은 마을들이라고 생각해. 티빌리시가 가장 부유한데 이것 역시 작은 마을들 덕분이라고 생각해. 국가는 그 국가를 구성하는 작은 마을들에 감사해야 해. 이번에 여러 마을을 방문했는데, 모두 할아버지 할머니들뿐이었어. 젊은이들은 다 도시로 나가고 말이야. 물론 너희 국가도 마찬가지겠지. 내가 백만장자가 되면 나는 작은 마을로 다시 돌아갈 거야. 그리고 아들딸과 함께 마을을 일으킬 거야."

내게는 기기의 이 대목이 무척 감동적이었어. 나도 훗날 서울을 떠나 어느 지방 마을에서 사는 나를 상상해 보았어.

"너희 가족들을 위해 건배하자. 조지아 사람들은 가족이 모든 행복의 기본이라고 생각해. 가정이 건강해야 그 사람의 모든 면이 건강하다고 생각하지. 그러니 가족들을 위해 건배!"

아, 가족들, 엄마, 아빠, 오빠! 내 든든한 백, 너무 감사해!

흑해 해변에서 책을 읽는데 개가 다가와

"나는 작은 꿈이 있어. 너희가 나중에 이 여행이 끝나고 조지아를 생각하면서, 아, 거기 기기가 있었지, 그 날 우리 멋진 시간을 보냈어. 이렇게 기억해 준다면 나는 정말 행복할 거야."

기기의 건배사는 이렇게 끝났어. 기기는 우리가 조지아에 온 지 1주일이나 되었는데 오늘 처음으로 수프라에 참석했고, 조지아 사람 집에 초대받았다는 사실을 미안해했어.

그리고 기기는 마침내 내게도 건배사를 할 기회를 주었어.

"저는 사람들이 언제라도 서로 사랑해야 한다고 생각해요. 가족이든, 친구든, 연인이든요. 우리의 사랑을 위해 건배!"

10월 11일

우레키
흑해, 검은 모래 해변에서
오르한 파묵의 책 읽어

희준아, 나는 지금 우레키에 있어. 여기가 완전히 관광도시가 된 것 같아 실망했어. 호텔이 너무 많아. 지아난이 예약한 베카 호텔에 가서 방을 보니 수많은 호텔 중에 왜 하필 여기인가 궁금해서 다른 호텔을 가보고 싶었어. 자전거를 끌고 7개의 호텔을 가보고는 성수기가 아니라 모두 문을 닫은 것을 알았어. 이 마을의 호텔과 상점, 식당이 다 문을 닫은 거야.

신기했어. 계절이나 날씨나 지금은 해변을 즐기기에 최적의 시기인데도 성수기가 아니라는 이유로 사람이 없는 이 관광 마을은 마치 유령마을이 된 것 같아. 사람 없는 호스텔의 철조망 앞을 지날 때는 대낮인데도 으스스했어.

나는 그제야 우리가 예약한 호텔로 돌아와 방에서 잠시 쉬고 오늘 주행한 차림 그대로 흑해 해변으로 나갔어. 4시 40분부터 해가 완전히 진 6시 40분까지 해변에 있었어. 이렇게 오랫동안 해변에 머물렀던 적이 있나 곰곰이 생각해봤어. 아, 있다! 정연이랑 스무 살 때 삼척 해변에서 밤을 새운 적이 있었어.

헤엄을 치고 싶었으나 물이 좀 차가워 해변에서 복근운동 12분짜리를 했어. 모래의 감촉이 좋았어. 해변에서 하는 운동은 언제나 즐거워.

해변에서 선글라스를 끼고 오르한 파묵의 《순수의 박물관》을 읽다가 바닷바람이 참을 수 없을 정도로 차가워져 호텔로 돌아갔어. 가는 길에 석양을 볼 수 있었어. 홍시처럼 붉은 출입문이 점점 작아지다가 마침내 납작해지다가 손톱만 해지다가 사라졌어.

 # 터키 Turkey

10월 14일

호파

조지아에서 터키로 넘어오니
물가가 너무 비싸

희준아, 터키에 도착했어. 그런데 작년 12월 여행 왔을 때와 너무 달라. 조지아가 너무 좋은 곳이어서 그런지 터키에 오니 실망감이 생겨. 우선 물가가 너무 비싸. 어제 조지아에서 머문 호스텔은 한 사람에 3200원 정도였는데 터키로 넘어오니 호텔 방 하나가 2만 원이야. 그런데도 우리가 지금까지 묵은 곳 중 최악이야. 바닥은 청소도 되지 않았고, 물건을 올려놓을 선반도 없어.

터키에 오니 여자들이 다시 히잡을 쓰는데 색감이 침침하고 촌스러워졌어. 조지아의 색감은 정말 예술이었거든, 파스텔 톤, 알록달록, 아기자기. 물론 이렇게 써놓고도 다음 편지에서는 또 터키 칭찬을 침이 마르도록 하겠지만.

소리도 그래. 조지아에서는 차가 빵빵대는 소리를 별로 들은 적이 없는데 여기는 자동차 경적에 고속주행 소리가 호텔 방에서 다 들려.

오늘 지아난에게 텐트를 사자고 하자 단번에 반대했어. 또 앞으로는 예산을 짜서 그 안에서 생활하자고 하자 당장 거부반응을 보였어. 그래서 지아난에게 강하게 말했어.

"하나, 우리는 앞으로 텐트에서 잘 거야. 둘, 앞으로 네 예산을 짜고 너는 그 안에서 소비해야 해. 하루에 30리라, 10일에 300리라."

지아난은 화를 내며 밖으로 나갔어. 지아난과 싸우고 나면 정말 맥이 빠져. 나는 혼자 방에 남아 일기를 쓰고 있어.

주변 환경이 좀 위협적이야. 점점 날씨가 추워지고 있고, 이전 국가들보다 물가가 비싸지고 있어. 이런 것들을 다 챙겨야 하는 나는 신경이 날카로워져.

이란 여행자들과 흑해 해변의 카우치 서핑 호스트 무랏(가운데)

이란 여행자들이 춤을 추었다는 무랏의 집 옆 해변

10월 15일

아르하비

흑해 해변, 카우치 서핑 호스트
무랏의 작은 집

　　희준아, 8시 30분에 혼자 호텔을 나와 자전거 주행을 시작했어. 흑해를 따라가는데 이란 옷을 입은 남자 자전거여행자 둘이 나를 불러세웠어. 흑해 옆에 작은 집을 짓고 카우치 서핑을 하는 터키 사람 무랏의 집 앞이었어. 이 여행자들은 그들이 가는 도시에서 이란 전통의상을 입고, 이란 전통춤을 추며, 이것을 영상으로 찍는다고 했어. 내가 영상을 보고 감탄하자 그들은 메시지가 적힌 천을 꺼냈어.

'춤을 추면 전쟁이 사라진다(More dance less war).'

와, 이 강력한 표어가 정말 대단하다고 생각된 것은 이 두 이란 사람은 세계가 이란을 어떻게 보는지 잘 알고 있고, 이에 대해 자기들의 메시지를 던지는 것이기 때문이야.

두 사람은 여행을 위해 돈을 모으려 했으나 성공하지 못하고 무작정 그냥 출발했대. 그래서 둘이서 하루 1달러만 쓴다는 거야. 아주 꼼꼼하게 카우치 서핑과 웜샤워를 이용해 비용을 아낀대.

두 사람이 떠난 후 무랏은 나를 위해 아침을 차려주었어. 달걀 위에 뿌려진 고춧가루가 정말 신선했어. 올리브 안에도 고추를 넣었는데 아주 매콤한 게 맛이 좋았어. 빵도 오븐에 구워 따뜻하고 바삭해.

이란 여행자 두 사람이 집 옆 해변에 텐트를 치고 거기서 춤을 추었대. 참 명당이야. 거기서 흑해를 바라보며 차이를 마셨어. 무랏의 집 바깥벽에는 각국 사람들이 남긴 한 마디들이 가득해서 나도 한 마디 적었어. 최초의 한글 메시지가 적혀서 기뻐.

나는 해변에 앉아 일기를 썼어.

'여기서 내가 느낀 가장 큰 감정은 안타까움이다. 아, 우리는 어제 여기까지 왔어야 했다. 무랏의 집에 머물며 이란 친구들의 춤을 봤어야 했다. 우리는 어제 그 비좁고 삭막한 호텔에서 싸웠는데, 우리가 이 탁 트인 곳에서 이란 친구들의 전통 춤을 봤더라면, 그들과 함께 저녁을 먹고 한잔 기울였더라면 얼마나 좋았을까. 그랬더라면 우리는 아무 일 없이 계속 달리기만 하면 되는 거였는데. 우리는 도시의 호텔에서만 머물러야 한다는 생각 때문에 그런 기회를 놓치고 만 거다. 우리는 텐트를 사야 한다. 그리고 우직하게 앞만 보고 달려야 한다. 우리가 싸우는 이유는 우리가 막혀있기 때문이다. 우리의 한계는 도시에서만 묵을 수 있다고 생각하는 거다. 우리는 텐트를 가지고 어디서든 잘 수 있는 자유를 찾아야 한다. 여기는 정말 한숨이 나올 정도로 아름다운 곳이다. 아, 이란 친구들을 보면서 나는 부끄러웠다. 그들은 자전거를 타고 다니면서도 자기가 좋아하는 일을 하고 있다. 내가 그들을 만난 시간은 10분에 불과했으나 그들은 내게 아주 강력한 메시지를 주었다. 나는 그들로 인해 이란이라는 나라를 다시 보게 되었다. 이란은 전통이 숨 쉬는 나라이고, 멋진 사람들을 품었다는 것을 알았다. 나는 그렇게 할 수 있을까? 나는 정말 시크로드라는 이름처럼 내 길을 찾고 있는 걸까. 나는 어떤 메시지를 전하면서 다니고 있는 걸까. 내가 한없이 부족하게 느껴진다.'

10월 16일

트라브존

같은 한국 사람끼리
서로 외국인인 줄 알아

희준아, 오늘 만난 사람들이야.

아리 : 병원에서 어시스턴트로 일하며 칼을 좋아하는 이란 사람. 칼과 좋은 카메라, 캠핑 도구를 들고 자연으로 여행을 다닌다. 생선이나 고기를 아주 제대로 손질해 요리한다.

창헌 : 처음 마주했을 때 우리는 서로 외국인인 줄 알았다. 그는 나를 중국인인 줄 알았고, 나는 그가 터키인인 줄 알았다. 둘이 처음 몇 마디 나눌 때도 서로

한국말 좀 하는 외국인인 줄 알았다, 하하. 그런데 한국의 31세 소방관이란다. 동남아, 유럽, 중남미 등 세계여행을 하고, 돈이 부족해 호주에서 하루에 양 700마리씩 도축하고 일주일에 700달러를 벌었단다. 그 일을 하고 나니 양고기가 절대 먹고 싶지 않다고.

모하메드 : 아프가니스탄 카불 사람. 지금은 아프가니스탄이 안전해서 언제든 방문해도 괜찮다고 했다. 지금 트라브존에서 기계공학을 배우는 중이란다. 오사마 빈라덴은 사우디아라비아의 부잣집 출신이라는 점을 강조.

바벨 : 체코 동부 사람. 히치하이킹으로 여행 중. 자기 친구 한 명이 한국에서 8년간 스님 생활을 했단다. 외국인 7명이 사는 절에서 8년을 살고 한국 스님들이 사는 절로 옮겼는데, 그곳 스님들이 그를 진지하게 여기지 않아 상심하고 체코로 돌아왔단다. 그 스님 사진을 보니 절에서 김치 담그는 표정이 아주 평화로워 보였다. 그런데 왜 한국을 떠난 걸까.

10월 18일

마츠카

**산꼭대기 사원은 문을 닫고,
지아난은 연락 없고**

희준아, 오늘 나 혼자 수메르 사원에 갔어. 최종 목적지와 방향이 다른 관광지를 보러 가는 것은 처음이야. 자전거를 타고 수메르 사원 입구에 도착하니 오전 11시였어. 마을에 들어가 사원으로 가는 교통편을 알아보니 버스는 없고 택시만 있었어. 어딘가에 짐을 맡기고 자전거로 가려고 둘러보다 알록달록한 자전거로 가게 앞을 장식한 카페를 발견했어. 아줌마와 할머니가 운영하는 아주 깨끗한 가게였어. 여기에 짐을 맡기고 수메르 사원에 다녀와도 되느냐고 물었더니 지넵이라는 주인아줌마가 흔쾌히 승낙하셨어.

여기서 이른 점심을 먹고 출발했어. 18km를 가야 하는데 자전거는 가벼워졌으나 이미 28km를 달린 피로로 속력이 나지 않았어. 오르막길이 정말 많았어. 수메르 사원은 해발 1200m 위에 있었어. 차들이 쌩쌩 지나쳐 가는 길에서 나는 한 마리 힘없는 거북이가 되었어.

오르막길 경사가 너무 급해서 1시간이나 자전거를 끌고 올라갔는데 도 11km나 남았어. 힘들게 자전거를 끌고 가면서 뒤에 오는 자동차를 돌아보았더니 운전자가 차를 세웠어.

"도움이 필요하니?"

나는 헉헉대며 자전거를 끌고 운전자 앞에 섰어.

"네, 수메르 사원에 가려고 해요."

"자전거를 뒤에 싣자."

아저씨가 내려 자전거를 뒷좌석에 실으셨어. 이렇게 해서 고행길을 벗어나게 되었는데, 마음에 조금 찔리기는 했으나 남은 구간의 어마어마한 비포장 오르막길을 보고는 위로를 받았어. 마지막 4km의 45도 경사는 정말 압권이었어. 터키 동부의 쿠르드족이라는 후세인 아저씨는 1km 남은 지점에서 나를 내려주고 가셨어. 나는 울퉁불퉁한 길을 달려 마침내 수메르 사원 입구에 도착했어.

그런데 이럴 수가! 사원이 문을 닫은 거야. 3년 전에 닫혔고 6개월 후에나 열 것 같대. 너무 허탈했지. 그래도 내가 온전히 자전거로 오지 않은 것에 감사했어. 이유는 모르고 전망대에서 사원을 바라볼 수밖에 없었어.

전망대에서 니콜이라는 말레이시아 여자를 만났어. 싱가포르 남편과 여행 중이라며 진심으로 나를 응원해주었어. 니콜을 만나 기뻤어. 우리는 수메르 사원에 가지 못한 것을 아쉬워하며 그곳을 떠났어.

나는 다시 아주 급한 경사에 도로 몇 곳이 깨진 내리막길을 내려갔어. 정말 위험했어. 브레이크를 놓쳤다가는 바로 급한 경사의 숲속으로 던져질 위험이 있었어. 게다가 반대편에서 계속 차가 올라와 몇 번씩 자전거에서 내려야 했어. 정말로 목숨이 걸린 그런 경사로였어.

마침내 다시 카페에 도착하니 비탈길을 내려오느라 너무 추웠어. 해 발 1200m에서 내리막길을 고속으로 1시간 넘게 내려오면서 역방향 바람을 제대로 맞은 거야. 카페 안쪽 양지바른 곳에 자리 잡고 따뜻한 차이를 마시는데 아줌마가 담요를 가져와 둘러주셨어. 차이를 마시다 담요에 쌓인 채 그대로 잠이 들었지. 너무 피곤했어.

지아난은 이제 정말 다른 길을 가기로 한 것 같아. 어젯밤 크게 싸운 후 그가 내년에 런던에 도착해서 집으로 돌아갈 비행기 삯 3440위안과 영국 비자 비용 1860위안을 달라고 해서 알리페이로 보내주었어. 나는 오늘 머물 곳을 찾았으니 이리로 오라고 했으나 지아난은 자기가 있는 장소도 알려주지 않고, 자기도 오늘 머물 곳을 찾았다고 했어.

'지아난, 네가 오기를 기다리고 있어. 어제 내가 너무 심하게 말한 것 미안해. 우리 둘 다 비슷하게 지출하는 거 인정할게. 네가 내게 해준 게 많다는 걸 알아.'

메시지를 보냈으나 지아난은 읽지도 않았어.

이런 암담한 상황에도 카페 아줌마는 내게 너무 잘해주셨어. 1시간 낮잠을 잔 뒤 깨어나니 4시 30분이라 나는 계속 가야 하나 생각했어. 지도를 확인하니 다음 마을까지 16km야. 또 오르막길이면 2시간 넘게 걸릴 수도 있어. 5시에는 무조건 텐트 자리를 잡아야 하는데 춥고 나가기가 무서워 차이를 한 잔 더 시켰어. 손이 따뜻해진 후, 창밖을 바라보다 일기를 쓰기 시작했지.

5시가 되자 나는 결정을 내리고, 지아난을 기다리지 않고 저녁 식사로 생선 요리를 시켰어. 잠시 후 아줌마는 내가 시키지 않은 음식들까지 내오시고는 선물이라며 자기 가슴에 손을 대셨어. 보통 빵 위에 옥수수빵 하나, 금방 삶아 김이 나는 작은 감자 2개가 예쁘게 잘려있었어. 감동했어. 케일로 싼 밥 같은 요리, 신선한 가정식 요구르트, 절인 완두콩이 나와서 정말 맛있게 먹었어.

저녁을 먹고 다시 글을 쓰는데 아줌마가 내 옆에 앉으시며 오늘 자기 어머니 집에서 자고 가라고 하셨어.

"원래 어디서 자려고 했니?"

"텐트에서요."

아줌마가 내 부모님에 관해 물으셔서 내가 가족사진을 보여드리자 자기 어머니인 세마핫 할머니와 다른 할머니, 그리고 남편에게도 보여주셨어. 역시 가족을 무척 아끼는 나라야.

그날 저녁 나는 세마핫 할머니 집에서 묵기로 하고, 드디어 호론 춤을 보았어. 카페에 온 손님 넷이 갑자기 음악에 맞추어 호론을 추기 시작한 거야! 아, 결혼식에서만 볼 수 있을 줄 알았는데 이렇게 즉석에서 현지인 두 커플이 호론을 추다니. 남녀 모두 어릴 때부터 잘 배웠는지 바로 호흡을 맞추었어. 와, 터키는 정말 춤이 생활에 깊이 녹아 있구나! 나는 터키와 사랑에 빠졌어.

할머니 집에 가서 이멜이라는 며느리를 만났는데 독일 프랑크푸르트에서 태어난 터키인이래. 30세라는데 에미르라는 금발 아들이 있어. 독일 아기처럼 매우 진

힘들게 식당 지역을
지나는 나를 불러
차이를 주신 아저씨

지해. 와, 한 살짜리 아기에게서 그가 어른이 된 모습을 상상할 수 있었어.

10월 19일

토룬

너무 힘들어 아까운 물건들을
길에 내려놓아

　　　　　　　　희준아, 세마핫 할머니는 나를 정말 사랑하고 아껴
주셨어. 할머니는 내 볼과 코를 꼬집고, 나를 몇 번이나 안아주셨어. 할머니의 아
버지는 터키에서 아주 유명한 학자인데 많은 저서를 남기셨대. 이것으로 나는 트라
브존 박물관에서 본 많은 것들을 실제로 경험하게 되었어.

　　할머니는 떠나는 내게 헤이즐넛을 묵직하게 3kg쯤 싸주셨어. 제비꽃이 수 놓

인 손수건과 털양말도 선물로 주셨어. 털양말은 이 지역 특산품이래. 그동안 카페에 가면 다른 식탁에서 먹는 터키식 아침 식사를 보며 꼭 한번 먹고 싶다는 생각을 했어. 냄비에 통째로 치즈가 녹아 있는 퐁듀 같은 음식인데 오늘 아침 세마핫 할머니가 만들어주셨어. 막대 모양의 치즈도.

카페의 지넵 아줌마는 '살렘'이라고 인사하면서 나를 꼭 안아주셨어. 그리고 내가 짐을 싸는 동안 너무 예쁘게 터키식 커피와 애플파이를 준비해주셨어.

이번 여행에서 지금까지 제일 힘들었던 날 순위를 든다면 오늘이 두 번째일 거야. 아, 오르막길이 끝날 줄을 몰랐어. 게다가 태양이 너무 강렬했어. 내 속도는 시속 6km, 정말 느렸어. 이 경사에서 자전거를 끌고 가는 내 걸음은 시속 4km. 할머니가 싸주신 헤이즐넛이 너무 무거웠어. 원래는 이 헤이즐넛을 오늘 잠잘 숙소 주인에게 주려고 했는데, 도저히 안 될 것 같아 도로변에 놓고 말았어. 이걸 빼고 나니 훨씬 나았는데 터널을 두 개 지나도록 경사는 잔인하게 계속되었어. 나는 버프 안에서 입을 벌리고 헉헉거리며 숨을 거칠게 내뿜었어. 나는 경사길이 아무리 힘들어도 이렇게 입을 벌리고 숨을 내쉬지는 않았거든.

식당이 많은 지역을 지나는데 한 식당 아저씨가 나를 부르셨어. 때는 12시, 아저씨는 차이와 '수틀라치'라는 쌀 푸딩을 주셨어. 이름이 우스탈린이라는 아저씨는 이 식당 셰프인데 내가 돈을 내려고 하자 아니라고, 선물이라고 하셨어. 나는 감사드리고 바로 다시 햇볕으로 나왔어. 오래 쉬면 더 힘들거든. 버프를 쓰는 내 머리카락이 땀에 젖어서 정말 놀랐어. 나는 땀이 나는 체질이 아니야.

경사길을 오르는데 또 금방 숨이 차고 땀이 났어. 수염 난 아저씨가 식당에서 또 차이를 마시라고 부르셔서 식당 앞에 자전거를 댔어. 숨이 차서 한참 동안 허리를 구부린 채 숨을 고르는데 식당 종업원이 차이를 내밀었어. 나는 자꾸만 쉬

고지대 허름한 가게에서도 차이를 주시고

는 내게 채찍질하느라 빨리 차이를 마시고 5분 만에 일어나 감사 인사를 하고는 바로 떠났어.

무릎이 아파 왔어. 새로 산 텐트까지 합쳐 내 자전거 무게는 36kg이었고, 속도는 아무리 빨라야 시속 6km를 넘지 못했어. 나는 도저히 안 되겠다 싶어서 무릎을 살리기 위해 물건들을 버리기로 했어. 자전거를 타고 4개월 2주를 넘어가면서 이렇게 길거리에 물건을 버리고 갈 만큼 힘든 적은 없었어.

2015년 3월 상하이에서 산 아디다스 운동화, 3년 7개월 동안 나와 함께 걸어 주어 정말 고마운 그 운동화, 코오롱 스포츠 흰색 저지, 4월에 영월 여행 휴게소에서 산 물고기 버프, 구멍 난 꽃 양말, 무릎에 뿌리는 스프레이, 자전거 체인에 뿌리

는 스프레이, 한 번도 안 입은 비트 윈 반바지를 길거리에 내려놓았어. 가벼운 것
들이지만 그래도 버렸어.

　다시 경사를 올라가는데 갑자기 자전거가 움직이지 않아 뒷바퀴를 보니 익스펜
더가 톱니에 휘감겨 있었어. 자전거를 세우고 모든 짐을 내린 뒤, 톱니바퀴에서 익
스펜더를 빼냈어. 3바퀴 이상 휘감겨 있어서 바퀴살 사이로 조심스레 꺼냈어. 가방
에서 다른 익스펜더를 꺼내 끼우고 다시 짐을 하나씩 올렸어.

　이 힘든 작업 뒤에 태양이 무섭게 쪼아댔고, 나는 자포자기하여 히치하이킹의
유혹에 사로잡혔어. 자전거를 끌고 걸어가며 애처로운 눈길로 지나가는 자동차들
을 바라보았으나 모두 나를 무시하고 지나갔어. 15대쯤 보내고 나니 오기가 생겼어.
까짓거 10km, 오르막길을 이틀이나 올라왔으니 마저 내 힘으로 오르자.

　"두려워하지 마! 넌 할 수 있어!"

　바보 같지만 정말 그렇게 말하면서 올라갔어. 그렇게 하지 않으면 올라갈 수
가 없었거든. 오후 3시, 그렇게 태양과 싸우며 오르막길을 올라가는데 공터에서

한 아저씨가 나를 부르셨어. 대형트럭 운전사인 그는 자전거를 싣고 가겠느냐고 물으셨고, 나는 고민 없이 대답했어.

이날 출간된 나와
김희종 대표의 공저

"소룬데일, 굴레굴레(문제없어요, 안녕히 가세요)."

여기까지 왔으니 금방 최고지점에 오를 수 있을 것 같았어. 자, 가자, 저 표지판까지! 아, 식당이 보이네, 저 식당까지! 다음엔 식당이 쉬나 보네, 굴뚝에 연기 나는 저 다음 식당까지! 하면서 4시에야 식당에 도착했어.

정말 고지대에 자리한 식당인데 내가 자전거 타고 오는 모습을 보고 4명 정도가 나를 에워쌌어. 식당에서 15리라를 내고 미트볼 같은 쾨프테를 먹고 해가 지기 전에 반드시 최고지점에 올라야 해서, 쉴 틈도 없이 다시 자전거에 올랐어. 4시가 넘자 바람이 차가워졌으나 오르막길에서 다시 몸이 더워졌어. 금방 최고지점에 오를 것이라 기대하고 코너를 돌면, 다시 잔인하게 이어지는 오르막길! 아, 하느님이 내 한계를 시험하시는 것만 같았어.

앞을 보면 좌절하고 실망하게 되니까 오로지 땅만 보며 가기로 했어. 페달을 100번 밟기로 하고 내 무릎만 보며 하나, 둘, 셋, 넷, 페달 밟는 횟수를 세었어. 100번 밟고 나서 앞을 봐도 오르막길, 나는 다시 무릎을 보며 페달 밟는 횟수를 세었어. 그렇게 500번인지 600번을 밟자 드디어 앞에 가는 자동차의 바퀴가 보이지 않는 지점, 바로 내리막길이 시작되는 시점을 눈으로 확인했어. 아아, 너무 행복하고 감사했어.

한참 하강하니 토룬 마을이 나오고, 눈앞에 나타나는 주유소에서 멈추었어. 자전거여행자는 주유소에 텐트를 치면 좋다는 말을 들었거든.

나는 주유소의 가장 높은 사람, 야하센에게 주유소에서 텐트를 치고 자도 되는지, 혹은 사무실 안에서 자도 되는지 물었어. 처음에는 안 된다고 하다가 나중에는 허락하셨어. 15분 안에 땅거미가 지고 바람이 너무나 거세졌어.

야하센이 차이를 내주며 배고프냐고 물어서 내가 싸온 사과와 달걀을 먹으면 된다고 했는데도 주유소에 딸린 편의점에서 샌드 과자와 크래커 한 봉지, 말린 과일이 박힌 빵 두 개를 가져다주셨어. 나는 그것들을 배낭에 넣고 저녁으로 달걀흰자만 먹었어.

처음으로 주유소에서 자게 된 오늘 김희종 대표님과 함께 쓴 내 책이 출판되었어. 나는 주유소 사무실에서 이 소식을 위챗과 페이스북, 인스타그램에 올렸어. 오늘은 묘한 날이야. 현지인 할머니 집에서 자고 일어나 두 번째로 힘들었던 날, 처음으로 주유소에서 잔 날, 그리고 내 책이 출판된 날, 10월 18일.

10월 20일
차물룩

비 맞고, 무지개 보고,
터키 엄마 딸이 되고

희준아, 어젯밤 11시 30분까지 일기를 쓴 후 돗자리 위에 침낭을 펴고, 세마핫 할머니가 주신 빨간 털양말을 신고, 코오롱 집업을 입고 침낭 깊숙이 들어가 번데기처럼 잠을 청했어. 그런데 타일 바닥이 너무 차가웠어. 돗자리를 깔았는데도 차가움이 올라와 잠을 이룰 수 없었어. 잠깐 잠들었다 아침이 와서 차가운 바닥에서 일어나며 기쁜 생각마저 들었어.

이 닦고 세수하고 트라브존의 호텔에서 챙겨온 이틀 지난 빵을 주방에 있는 압박식 토스터에 구워 꿀에 찍어 먹으니 괜찮았어. 어제 야하센이 준 초코 과자랑 오렌지 맛 커스터드를 차이랑 같이 먹었어.

오늘 주행은 장미꽃 가시만큼이나 뾰족한 산을 하나 넘어야 했어. 짐을 챙겨 직원들과 작별의 포옹을 하고 주유소를 떠났어. 오늘의 목적지 시바스로 가는 길은 어제와 완전히 다른 풍광이었어. 어제는 숲의 어머니인 양 침엽수가 가득한 초록빛 산들이 이어졌는데 오늘은 남성적인 골격의 바위산들이 가득했어.

1시경 레스토랑을 찾으려고 버스 터미널 앞에서 자전거를 끌고 가다 그만 오른발을 하수구 구멍에 빠뜨리고 말았어. 내가 먼저 넘어지고 짐과 함께 30kg 무게의 자전거가 내 위로 쓰러지면서 나는 무릎을 바닥에 찧고, 정강이를 철책에 박고 말았어. 나는 너무 아파 앞으로 고꾸라지며 외마디 소리를 질렀어. 근처에서 이

나를 일으켜 주신 말 못 하는 할머니

자전거 타는 나에게 달려온 개 두 마리

모습을 본 할머니가 달려와 한 남자와 함께 자전거를 일으켜 세우고 나를 일으켜 주셨어. 나는 가까스로 돌 위에 앉아 흙에 더러워진 무릎과 아픈 정강이를 끌어 안고 놓지 못했어. 마치 공이 되려는 것처럼 몸을 웅크리는데 감사하게도 할머니가 물을 갖다 주셨어.

"테셰쿨레데름(고맙습니다)."

나는 고통 속에서 인사를 했어. 할머니는 걱정스러운 표정으로 나를 지켜보시다가 다른 여자 한 분을 부르셨어. 세상은 참 좋은 곳이야. 낯선 사람이 다쳤는데 이렇게 현지인들이 몰려들다니.

"상처를 보여줘요."

그 여자가 내 구글 번역기로 말했고, 나는 통증이 심한 오른쪽 다리의 바지를 걷었어. 정강이에 멍이 들고 무릎이 까졌어. 왼쪽 무릎은 좀 더 많이 까지고 피가 났어.

"의사 선생님을 보러 가요."

하늘에는 먹구름이 몰려오는데 소들이 길을 막아

"괜찮아요. 좀 쉬면 다시 걸을 수 있어요."

나는 정말 조금만 있으면 다시 걸을 수 있을 것 같았어.

"이 할머니는 말을 못 하세요. 당신이 넘어진 것을 보고 너무 놀라 달려오셨 대요."

나를 일으키고 물을 건넨 그 상냥한 할머니가 말을 못 하는 분이라니. 두 분은 수화로 대화하셨어. 할머니는 내가 넘어진 구멍의 철책을 좁혀 작게 하려고 하셨 으나 잘되지 않았어. 할머니를 보며 정말 바르고 선하다고 생각했어. 잠시 후 나는 천천히 자전거에 올라 두 분께 감사를 표하고 시바스를 향해 떠났어.

시바스로 가는 길에는 먹구름이 엄청났어. 추워서 잠바를 꺼내 입고 달리기 시작해 왼쪽으로 코너를 도는데 개 두 마리가 따라왔어. 비가 올 것 같은 날씨에 따라오는 개 두 마리가 유난히 무서웠어. '터키의 낯선 마을에서 야생 개에게 물린 한국 여자'라는 기사 한 토막을 떠올리며 나는 정신이 바짝 들었어. 덩치가 큰 개 들이 정말 물 것 같아서 독일 남자의 조언대로 자전거를 멈추었다 다시 출발하자

나를 먹이고, 재워주고, 딸로 삼으신 피단 엄마가 차려주신 아침상

한 마리는 따라오지 않았어.

그런데 이제는 아, 비가 내리기 시작했어. 빗속에서 올라가는 오르막은 정말이지 처량해. 지금 가는 길에는 집이 한 채도 보이지 않았어. 빗속에서 나는 하느님을 생각했어, 하느님은 내가 견딜 수 있는 만큼의 시련만 주신다는 것을.

한참을 달리다 비가 그쳐 먹구름을 벗어난 댐 근처에서 뒤를 돌아보니 아, 하늘에 아름다운 무지개가 떠 있었어. 무지개를 보고 정말 놀랐어. 처음에 비를 맞으며 무지개를 생각했거든.

오늘 지나는 도로는 인적이 드물어 외지인이 없고 식당도 안 보였어. 오늘은 한 끼도 제대로 먹지 못하고 12시부터 5시까지 계속 달리기만 했어. 높은 언덕을 지나자 민가 몇 채가 나타났어. 밭에서 일하는 여자와 눈이 마주쳐, 메르하바! 내가 먼저 인사했어. 그러자 옆에 있던 여자들이 들떠서 수다를 떨며 여러 사람이 인사했고, 나도 다시 인사를 했어. 여기 머물까 하다가 계속 갔어.

100m 앞에서 유기농 채소를 판다는 간판이 나타났어. 토마토와 오이, 호박 그림이 그려져 있었어. 나는 오늘 텐트를 치게 되면 오이와 토마토가 필요할 것 같아서 사기로 했어. 채소가게 앞 커다란 호박들을 올려놓은 가판대에 자전거를 대자 집 앞에서 차를 마시던 부부와 눈이 마주쳤어.

"차이, 차이!"

아줌마가 나를 불러 그들이 앉은 식탁으로 다가갔어. 아줌마는 나를 보자마자 차를 내오고, 포크를 가져왔어.

"너무 늦었다. 지금 길을 가면 위험하니 우리 집에서 밥을 먹고 자고 가라."

내 구글 번역기로 말씀하시는 아줌마께 감사 인사를 하고 자리에 앉았어. 식탁에는 내가 바라던 음식이 푸짐하게 차려져 있었어. 소고기와 소시지, 토마토와 오이, 가지와 미니양파, 구운 고추, 그리고 에크메이(빵). 나는 부부와 함께 맛있게 음식을 먹었어. 고기와 소시지는 좀 차갑고 딱딱했으나 오늘 한 끼도 제대로 먹지 못한 내게는 너무 맛있었고, 아줌마는 잘 먹는 나를 보고 무척 기뻐하셨어.

아줌마는 나를 보내주신 알라신께 감사하다며 하늘을 향해 손을 벌리고 다시 식사하셨어. 낙엽이 식탁 위에 떨어지고, 가을이 깊어지고 있었어. 해가 지자 나는 방에 들어가 뜨거운 물로 샤워를 했어. 무릎이 까지고 정강이의 멍든 부분이 쓰라렸으나 어제 주유소에서 샤워를 못 해 나는 오래오래 더운물을 맞았어. 샤워 후에 그동안 밀린 빨래를 세탁기에 돌리니 어찌나 홀가분한지.

아줌마는 이름이 피단이래. 나를 안방으로 데려가 베이지색 스웨터와 분홍색 카디건을 입히고, 검은 고무줄 털바지에 빨간 면바지, 장미 무늬 양말을 주시고, 마지막으로 장미와 데이지가 그려진 청록색 머릿수건을 삼각형으로 접어 내 머리를 가려주셨어. 확실히 터키의 무슬림 여자들은 이렇게 집안에서도 머리를 가리는 모양이야. 바깥에는 빗소리가 아주 제대로 들리기 시작했어.

저녁에 아줌마는 나를 데리고 한 노부부 집을 방문해 1시간 동안 대화를 나누셨어. 터키 가정의 방안은 난로가 무척 따뜻해. 할아버지는 콧수염을 기르고 조끼를 입으셨어. 할머니는 손수건을 머리에 쓰셨는데 귀고리가 보여. 마치 애니메이션 영화 〈하울〉에 나오는 소피의 할머니 모습 같았어. 게다가 똑같은 군청색 상의를 입으셨어. 여기서도 인사할 때 양 볼을 맞대고 뽀뽀를 해. 처음 보는 내게도 그렇게 하셨어. 터키 엄마들은 손님을 마치 손자, 손녀처럼 뽀뽀하고 안아주셔서 나는 마치 터키라는 거대한 어머니 품에 안겨 있는 듯했어.

집으로 돌아가자 아저씨는 TV로 터키 드라마를 보시고, 아줌마는 흰 천을 머리에 덮고 카펫 위에서 절을 하며 기도를 하셨어. 정말 간절하게 30여 분 동안, 아

자동차 스피커에서 나오는 노래에 흥겨워하며
피크닉을 즐기다 나를 불러
구운 고기를 잔뜩 먹여준 아저씨들

마도 메카 쪽을 향해 기도하는 것 같았어. 그런 다음 딸과 전화하시더니 나 보고
가지 말고 자기 넷째 딸을 하지 않겠느냐고 물으셨어. 나는 영광이라고 했고, 피단
엄마는 무척 좋아하셨어. 나는 엄마가 주신 웃옷 세 겹, 바지 두 겹, 따뜻한 양말
을 신고 침대에서 잠이 들었어.

10월 22일

알트코이   **빗속에 넘어지고, 길 잘못 들고,
피크닉에 초대 받아**

희준아, 하루에도 벌어지는 일들이 너무 많아서 건
조하게 써야 할 것 같아. 내가 소젖을 짰어. 우유가 플라스틱 통에 담기는 소리, 소
젖을 짠 내 손에 남은 치즈 냄새, 부드러운 소의 젖통. 나는 토머스 하디의 〈테스〉
에서 테스가 소젖 짜는 모습을 상상했어.

아줌마는 소젖으로 치즈를 만들고 남은 우유는 부엌에 가져와 데워서 마시라

살인적인 오르막길을 오르다 넘어지자 지나가던 동네 아저씨가 내 자전거를 끌고 올라가셨다

고 나에게 주셨어. 우유를 마신 뒤 나는 피단 아줌마 집을 떠났어. 출발하자 바로 비가 내려 아줌마가 빨아주신 옷이 다 젖었어.

그리고 살인적인 경사. 계속 넘어져 결국 자전거를 끌고 올라가기 시작했어. 지나가던 동네 아저씨들이 나를 도와주셨어. 자동차로 8km 정도 경사를 올라가 정상에 내려주셨어. 나는 내리막길을 내려가 알트코이에 도착했어.

이틀 연속으로 좁디좁은 시골길을 달렸는데 이제 4차선 큰 고속도로야. 맞바람이 불어서 힘들게 달리는데 한 아저씨가 나를 불러 다가가니 야외의 카펫 위에 앉아 자동차 트렁크 스피커에서 나오는 노래에 흥겨워하며 세 남자가 피크닉을 즐기고 있었어. 나도 자리에 앉아 막 구운 따뜻한 고기를 먹었어. 특히 콩팥이 기막혔어. 아주 예쁘게 자른 과일, 바나나와 키위, 사과, 배, 포도를 나는 아주 맛있게 먹었어. 구글 번역기를 안 써도 대충 짐작으로 그들의 질문에 대답했어.

잘 먹고 일어나니 아저씨가 귤 두 개, 사과 하나를 싸주셨어. 다시 도로로 나가자 비가 그쳤고, 나는 마을 몇 개를 지나쳤어. 고기를 잘 먹어서 힘이 났어. 하지만 맞바람이 너무 심해 내리막길인데도 속도가 시속 9km밖에 안 돼.

10월 24일

카이세리   추위 이겨내고 터키 커피로
                    족집게 점치기

희준아, 오늘은 정말 추워졌어, 섭씨 9도. 아침으로 토마토와 참깨가 박힌 빵을 사 먹었어. 내 뒤에 있는 자전거를 보더니 한 아저씨가

빵이랑 같이 먹으라며 차이를 사주셨어.

잠시 몸을 녹인 뒤 다시 출발하자 태양은 마치 지구라는 땅을 발로 차고 뛰어 오른 듯, 평소보다 훨씬 멀리 떠 있었어. 차가운 공기에 내 입김으로 안경이 뿌옇게 되고, 핸드폰에 음성 메시지를 남기면 입김으로 물기가 생겼어. 이렇게 추운데도 나는 아주 얇은 라이드나우 저지 위에 여름 잠바를 입고 자전거를 탔어. 내 겨울 잠바는 여행 출발 때 이스탄불로 보내 놓아서 2주 후 이스탄불에 도착해 잠바를 찾을 때까지는 이렇게 춥게 지낼 수밖에 없어.

그래도 더위와 비교하면 추위는 그런대로 입고 살 수 있어. 더위는 망치로 딱딱한 사물을 계속 둔탁하게 부수는 느낌으로 내게 다가오는데, 추위는 그냥 계속 머물러 있는 거야. 그래서 추위를 그냥 느끼기만 하면서 스트레스를 받지 않으면 추위를 입고 있는 것이 돼. 그냥 익숙해지는 거지.

이건 정말 웃기는 말이야. 물론 나는 추위가 싫어. 하지만 어차피 이스탄불에서 겨울옷을 찾게 될 텐데 미리 사서 짐을 무겁게 하고 싶지 않아. 그래서 그냥 추위를 입고 있는 거야. 추위로 손가락 감각이 없어지면 핸드폰을 만지면서 다시 움직이게 해.

오늘 119km를 달려 5시 30분에 카이세리대학교 근처, 카우치 서핑 호스트 세반의 아파트에 도착했어. 세반은 리뷰가 67개나 달릴 만큼 호스트로서 인기가 대단해. 어떤 매뉴얼 같은 게 있는 것 같았어. 내가 만난 사람 중 처음으로 집과 음식, 가구 등 어떤 사진도 찍지 말아 달라고 부탁했어.

저녁을 먹은 뒤 세반과 잠시 히브리어로 이야기했어. 그는 이스탄불 출신인데 2015년에 2주간 이스라엘 여행을 다녀오고, 그 후 카이세리대학교에서 히브리어를 배운대. 세반은 미리 질문을 준비하고 볼펜과 수첩을 들고 인터뷰하듯 진지하게 물어서 영양가 있는 대화가 될 수 있었어. 그는 내가 여행하면서 블로그나 '시크로드'를 하지 않는다면 '이기적인' 여행이 될 것이라고 했어. 사실 모든 여행은 이기적인 것이 아닐까? 이타적인 여행은 어떤 여행일까?

세반은 터키 커피를 마시고 남은 찌꺼기로 내 운세를 봐주었어. 마치 〈해리포터〉의 트릴로니 교수 수업 같아서 무척 재미있었어.

"이건 말[馬마]이야, 긴 여행을 뜻해. 바닥이 검은데 이건 좋지 않은 거야. 당신은 다른 한 사람 때문에 별로 행복하지 않아. 눈사태가 보여. 문제가 생기고 당신은 눈에 뒤덮여. 순간적이지만 위험해."

컵 받침으로는 내 가족 상황을 알 수 있다고 했어. 자기는 돌팔이처럼 아무렇게나 말하는 것이라며 그냥 재미로 들으라고 했는데, 그의 말이 잘 들어맞아서 좀 놀랐어. 컵 받침이 전체적으로 깨끗하듯 우리 집에는 불화가 없는 편이고, 커피가 아직 물방울로 움직이고 있는 것을 보고는 우리 가족이 곧 이사 갈 것이라고 했어. 실제로 엄마는 내년 4월에 이사 가는 것을 생각하고 계셨어.

세반이 〈아일라(Ayla)〉라는 영화의 영어자막을 다운 받아주어서 볼 수 있었어. 1950년 한국전쟁에 파병된 터키 군인 슐레이만은 칠흑 같은 어둠 속에 홀로 남겨진 5살 먹은 한국 소녀를 발견하는데, 부모를 잃은 전쟁의 충격에 말을 잃은 소녀였다. 슐레이만은 소녀에게 터키어로 '달'이라는 뜻의 '아일라'라는 이름을 지어주고 함께 부대로 향했다. 서로에게 무엇과도 바꿀 수 없는 가장 소중한 존재가 되었지만 슐레이만은 종전과 함께 고국으로 돌아가라는 명령을 받게 되고, 아일라를 지키기 위해 위험한 선택을 감행하게 되었다.

한국 사람들이 터키를 방문할 때 꼭 봤으면 하는 영화야. 영화를 보고 나서 이런 메모를 했어.

'영화를 본 기분이 정말 이상하다. 터키가 내게 보여주고 싶은 모습이 무엇인지 알 것 같다. 지금 이곳 카페 주인의 할아버지도 한국전쟁에서 전사하셨단다. 주인공 두 사람의 재회가 아름다운 건 아주 단순하게 슐레이만과 아일라가 살아서 만나 약속을 지켰기 때문이다. 터키에서 나는 아일라가 되어야겠다고 생각했다, 터키 사람들에게 감사하고 그들의 이야기에 귀를 기울이면서. 그들이 1950년 아일라에게 보내준 큰 사랑, 그리고 〈아일라〉 영화를 보며 눈물을 흘렸다는 터키 친구 라마잔, 엠몰르, 세반. 이제 더는 받기만 해서는 안 되겠다. 이제 내가 은혜를 갚는 것도 생각해야겠다.'

저 멀리 태양이 비추는 지점까지 열심히 달리자

마침내 처음에
목표로 했던
카파도키아에 도착

동굴 안에 지어진 오머의 신기한 집

맛있게 먹은 채소 피데

10월 25일

카파도키아

'너는 할 수 있어!'
소리소리 지르며 추위 뚫기

희준아, 오늘 너무 추웠어. 3도였어. 산에 눈이 쌓여 있었어. 이거 안 되겠다 싶어서 사이클링 바지 위에 레깅스를 입었어. 밤새 내린 비로 도로는 젖어 있었어. 높은 경사로를 올라가야 했고, 내 입김으로 버프가 젖었어. 머리카락도 땀으로 젖었어.

하늘에는 먹구름이 가득했어. 겨우 첫 번째 언덕을 지났는데 비가 내려 슬퍼졌어. 오늘 가야 할 거리는 78km, 열심히 달렸는데 겨우 32km 온 것을 확인하고 나는 너무 슬펐어. 너무 추워서 히치하이킹의 유혹에 사로잡혔어. 산 중턱에 있을 때는 정말 추워서 내게 소리쳤어.

"너는 할 수 있다! 너는 용감해! 너는 강해! 괜찮아! 무서워하지 마!"

고래고래 소리 질렀어. 아, 이런 말들이 정말 필요했어. 몸이 얼 것 같이 추우면 가슴 속에 공기를 가득 채우거나 몸을 새우처럼 움츠렸어. 영화 〈리멤버 타이탄〉의 주제가를 소리 높여 불렀어.

"아무리 높아도 넘지 못할 산은 없고, 아무리 깊어도 건너지 못할 골짜기는 없다."

오늘은 나를 응원해주는 운전자도 없었어. 평소에는 운전자들이 손을 흔들거나 말을 건네거나 해주었는데. 여기는 고속도로이고 차들은 빠른 속도로 지나갈 뿐이었어.

여름에는 그렇게 피하고 싶던 태양이 이제는 너무 간절해졌어. 오늘 구름이 많

카파도키아에서 이틀 연속 일출을 보다.

아서 태양이 나를 비춰주는 것은 잠시뿐이었고, 나는 저 멀리 태양이 비추는 지점까지 열심히 달렸어. 태양이 비추는 곳에서는 내 몸이 녹았어.

그렇게 해서 마침내 아바노스에 도착했어. 아아, 아바노스에 도착하던 그 순간, 태양이 빨간 2층 빌라 지붕들을 비추고, 모든 게 태양에 씻긴 듯 깨끗하고 쾌적해 보였어. 나는 이제 괴레메에 가까워졌다는 사실에 기뻐했어.

괴레메를 4km 앞두고 너무 배가 고팠어. 3시까지 먹은 게 바나나랑 초콜릿 5칸뿐이어서 점심을 먹고 가기로 했어. 나는 채소 피데를 시켜 아주 맛있게 먹었어. 주인아저씨가 차이 한 잔을 공짜로 주셨어.

거기서 왓츠앱을 확인하니 호텔 주인 소네르가 실수로 카우치 서핑 손님을 위해 하나 남겨둔 방을 다른 사람에게 주었다며 미안하다고, 다른 데 알아보라고 했어. 목적지까지 3km 남은 지점에서 숙소가 변경되다니, 그것도 이렇게 열심히 왔는데.

나는 침낭에서 자도 좋으니 제발 거기서 묵게 해달라고 했고, 소네르는 일단 오라고 했어. 소네르의 호텔에 도착하자 친구 오머에게 연락하고 나를 차에 태워 데려다주었어. 덕분에 나는 아주 멋진 카파도키아 중심거리를 살펴볼 수 있었어. 오머의 집은 신기했어. 정말로 동굴 안에 지어진 집이었어. 방문의 다이아몬드 여닫이가 아주 마음에 들었고, 동굴 안에 만들어진 침실, 작은 부엌, 화장실…… 아, 정말 오래 살아보고 싶은 그런 집이었어. 이렇게 해서 나는 마침내 여행을 계획하면서 처음에 목표로 했던 카파도키아에 도착하게 되었어.

10월 30일

포라트르　　　**웜 샤워 가족과**
　　　　　　　　따뜻한 저녁 식사

　　희준아, 오늘은 터키 농업에 관한 이야기를 들었어. 농업이라면 강동구청 도시농업과에서 오래 일하신 엄마와 교토의 내 친구 히카루 쇼다가 생각나. 2013년 이스라엘에서 4개월간 히브리어 수업을 같이 들은 친구야. 그는 이스라엘의 농업 기술을 배워 일본의 농업을 선진화하고 싶다고 했어.

　　포라트르로 향하며 태양이 뜨거워 기력이 떨어지고 오르막길이 힘들어 휴게실에서 아이란을 사 먹었어. 아이란은 물이랑 요구르트를 섞은 건데 내가 정말 좋아해! 가다가 길에서 시트로엥 운전자가 내게 초코과자 두 개를 내밀었어.

　　오늘 드디어 5000km를 달성했어! 나는 나에게 약속했지.

　　"포라트르에 도착하면 점심을 주마."

　　그리고 75km를 달려 마침내 2시 30분경 앙카라 옆에 있는 작은 도시 포라트르에 도착했어. 나는 20리라(4000원)를 내고 그때까지 내가 먹은 것 중에 가성비가 가장 좋은 아다나 쾨프테를 사 먹었어.

　　차이를 마시고 다음 도시로 떠나려고 메시지를 확인하니 바로 3분 전에 포라트르의 한 호스트가 지금 어디냐고, 나를 자기 집에 초대한다고 문자를 보냈어. 그의 이름은 하키. 나는 어제 그에게 '웜 샤워'로 메시지를 보내고 하루 전 부탁은 대개 받아주지 않는다는 걸 알기에 포기하고 있었는데 승낙해준 게 너무 고마웠어. 터키에서 3번째 웜 샤워에 성공했어.

　　하키는 내 위치가 자기 아내 귤순이 농업 엔지니어로 일하는 연구소와 가깝다며 전화번호를 주었어. 20분 후 찾아가 만난 귤순은 터키에서 처음 만난 전문직 여성인데 친절하게 자기 일을 설명해주었어. 그녀의 동료 메멧이 드론으로 찍은 밀밭 영상을 보여주는데, 영상 속에서 귤순은 하얀 가운을 입고 밭에서 무언가를 채집했어. 밀에 붙어사는 슈네라는 작은 벌레인데, 1밀리의 알을 14개 낳는 모습과 그 알을 깨고 나오는 모습이 찍혀 있었어.

"우리는 생산성이 좋은 밀을 연구하기 위해 가장 중요한 해충인 슈네를 관찰하는 거야. 우리가 적을 알면 더 잘 싸울 수 있잖아."

4시 40분에 귤순은 퇴근해 시트로엥 SUV를 몰고 동료를 집 앞에 내려주고, 아들인 살렘과 오눌을 픽업했어. 나는 함께 집에 돌아가 귤순의 저녁준비를 도우려 했으나 아무 도움도 되지 못하고 그저 좋은 말동무가 되어주기 위해 애썼지.

보기 좋았던 것은 11세인 오눌이 엄마를 도와 당근을 갈고, 프라이팬에 치킨 너겟을 굽고, 빵을 먹기 좋게 자르는 모습이었어. 남편인 하키 역시 옆에서 사탕무를 갈고, 보라색 양배추를 썰고, 참깨를 넣어 달달한 소스를 만들었어. 가족이 다 같이 저녁준비를 하는 모습이 아름다워 보였어. 그리고 보니 아제르바이잔의 캄란 가족도 이렇게 했어. 두 여자 다 전문직이었지.

이렇게 해서 나는 따뜻한 진수성찬을 마주하게 되었어. 터키에서 17일을 지내는 동안 가족과 모여 앉아 따뜻한 식사를 하는 것은 처음이었어.

하키의 할아버지는 100년 전 불가리아에서 룰레부르가즈로 이사 오셨대. 할아버지는 세계 1차대전 때 갈리폴리 전투에서 돌아가셨고, 가족들은 끝내 그의 시신을 찾지 못했대. 그래서 하키는 둘째 아들을 할아버지의 이름인 살렘으로 지었다고 해. 귤순의 할아버지는 70년 전 불가리아에서 룰레부르가즈로 이사 오셨고.

하키와 귤순은 룰레부르가즈에서 만나서 거기서 살다가 하키가 포라트르로 발

아들과 아버지가 함께 엄마를 도와주는 웜 샤워 호스트 집의 따뜻한 저녁 식사

령을 받으면서 여기로 온 지 2년이 되었대. 하키는 룰레부르가즈가 바로 아일라의
아버지가 살았던 곳이며, 그가 사격부대에 있었다고 했어. 그리고 자기가 지금 사
격 교관으로 있는 부대가 바로 한국에 파견되었던 부대래. 그는 군에서 일한 지 30
년이 되어 내년이면 은퇴할 것 같다고 했어.

저녁을 먹고 커피를 마시면서 귤순은 지난주 터키 커피로 점쳤더니 이런 점괘
가 나왔다고 했어.

'아주 먼 곳에서 손님이 온다.'

그 손님이 바로 나라는 거야. 정말 신기한 인연이야. 또 지아난에 대한 이야기
를 듣고 하키는 이렇게 말했어.

"한 사람을 알려면 그에게 돈을 주고 어떻게 쓰는지 보라. 혹은 그 사람과 아
주 긴 여행을 떠나라."

우리는 커피를 마신 뒤 내 커피 점괘를 보기로 했어. 나는 다 마신 커피잔을 받
침 위에 올려놓고, 세 번 돌린 뒤 안으로 뒤집고 소원을 빌었어. 그런 다음 커피잔
이 차가워질 때까지 5분가량 기다렸어. 귤순이 내 커피잔 안에 남은 문양을 여러

각도로 사진을 찍어 앱에 올렸고, 대략 30분 후 결과가 나왔어.

'요즘 네 머릿속에 의문이 많구나. 지나간 일과 앞으로 다가올 일에 스트레스를 받지 않고 행복하게 살도록 노력하라. 많은 실수와 후회가 있다. 이것은 때로는 교훈도 되고, 경고도 된다. 가장 중요한 것은 이런 일들이 되풀이되지 않게 하는 것이다. 너는 잘 하고 있다. 계속 나아가라. 눈물은 네게 태양을 보내줄 것이다.'

오눌은 농구와 그림 그리기를 좋아해. 오눌이 9살 때 그린 그림을 보았어. 아타튀르크가 흑해를 건너 삼순에 도착하는 모습을 그린 거야. 터키 국기와 웅장한 배의 모습, 아타튀르크의 초상화까지 정말 마음에 들어.

"오눌은 꿈이 뭐야?"

"달에 가는 거요."

하키는 옆에서 터키 속담에 빵 40개를 먹어야 한다는 말이 있다고 했어. 그만큼 열심히 노력해야 한다고.

11월 2일

이네골   **프랑스 자전거여행자 부부와**
                시골 카페에서

희준아, 프랑스 커플 자전거여행자를 만났어. 아르하비에서 자전거여행자 4명을 만난 게 10월 14일이니 2주 만에 처음 만나는 자전거여행자라 나는 너무 반가워 자전거를 세웠어. 59세의 마리와 58세의 고론 부부. 마리는 김나지움에서 다큐멘터리를 가르치다 얼마 전 은퇴했대. 고론은 컬리지에서 기

술을 가르치며, 1년 휴가를 내고 아
내와 함께 자전거 여행을 하는 거래.
나는 이 부부의 나이는 놀랍지 않았
어. 상하이에서 나를 도와준 도미니
크와 데이비드 부부 역시 59세였거
든. 마리는 이제껏 가본 곳 중 몬테
네그로, 알바니아, 터키가 정말 유럽

60세 가까운 프랑스 자전거여행자 부부

같지 않고 특별하다고 말했어.

　보통 이렇게 자전거여행자를 만나면 기껏해야 10분 정도 대화한 뒤 각자 갈 길
을 가는데 우리는 같은 방향이라, 부부가 카페를 찾아 같이 차를 마시자고 했어.
부인 마리는 등이 조금 굽은 것 같았어.

　우리는 아주 작은 마을에 들어갔어. 비포장 자갈길과 흙길을 지나고, 언덕의
경사가 가팔라 기어 2-2를 써서 겨우 올라갔어. 부모님과 동갑인 두 분에 뒤처지
지 않으려고 나는 안간힘을 써서 속도를 유지하며 올라갔어. 혼자 올라갔다면 내
려서 자전거를 끌고 갔을 그런 언덕이었어.

　숨을 몰아쉬며 마을에 도착은 했는데 이 작은 마을에 과연 카페가 있을지 의
심스러웠어. 그런데 부부는 모스크 주변에서 아주 작은 카페를 찾아냈어. 주유소
에 딸린 레스토랑이 아니라 이렇게 작은 마을에 일부러 힘들여 들어가서 카페를
찾아내는 모습이 매우 인상적이었어.

　해가 잘 드는 자리에 앉아 차이를 마시고, 마리가 꺼낸 견과류가 촘촘히 박
힌 초코쿠키를 먹으며 서로의 루트를 확인했어. 부부는 7월에 프랑스 집에서 출발
해 그리스로 가서 페리를 타고 여기까지 왔고, 5000km를 달렸대. 유럽을 도는데

5000km가 나왔다는 사실에 나는 좀 놀랐어. 부부는 불가리아를 지나 루마니아에서 기차를 타고 독일 친구 집에 가서 자전거를 놓고는 12월에 프랑스 집에 돌아가 겨울을 지낼 것이라고 했어. 날씨가 너무 추워지는 만큼 불가리아를 마지막으로 사이클링을 쉬기로 한 거래. 내년 3월에 다시 독일에서 자전거를 타고 라트비아 방향으로 올라가 핀란드에서 노르웨이까지 넘어가서 다시 내려올 것이라고 했어. 부부의 계획이 너무나 멋져 보였어. 빨간 펜과 초록 펜으로 표시한 루트가 매우 꼼꼼해 보였어. 두 분은 자녀가 셋인데 다 내 또래래.

내가 나중에 프랑스에서 일하고 싶다고 했더니 부부는 '과연 네가? 꿈도 크다' 하는 표정으로 바라보았어. 여행하면서 프랑스 사람을 만나 이 말을 하면 다들 바로 이 눈빛으로 쳐다보았어. 내가 프랑스어를 전혀 모르기 때문이야. 하지만 중국에 가기 1년 전에도 상황은 똑같았어. 내가 중국에 간다고 했을 때 중국어를 막 시작한 나를 보며 사람들은 '과연 네가? 꿈도 크다' 하는 표정을 지었거든. 그러니 괜찮아. 무모하든 무모하지 않든, 내가 밑바닥에서 다시 시작하는 결정은 순전히 내 것이고, 말의 무게는 내 책임이야. 내 삶이야.

부부는 프랑스의 자기 집 주변에 오면 연락하라고 했어. 마침내 갈림길까지 나와 자전거를 멈추고 포옹을 하며 프랑스식으로 양 볼에 키스했어.

11월 5일
부르사

**이스라엘은 돈벌이에 능하고
터키는 건국에 능해**

희준아, 터키 부르사의 카우치 서핑 호스트 이윱이 해준 이야기야. 이윱은 성경의 욥에서 따온 이름이래.

1. 이스라엘 사람들은 돈을 버는 것에 능하고, 터키 사람들은 나라를 세우는 것에 능하다. 터키는 옛날에 셀주크와 오스만제국을 세우고 근래에 터키와 아제르바이잔, 투르크메니스탄 등을 세웠다. 터키에는 지금 이들을 통합하려는 움직임이 있다.

2. 터키는 세계 1차대전의 갈리폴리 전투 때 많은 장정을 전쟁에 내보내야 했다. 한 사진에는 아들 셋이 모두 전쟁에 나가 목숨을 잃은 후, 마지막 14살 아이를 전쟁에 내보내며 손을 모아 기도하는 어머니의 모습이 담겨 있다. 그래서 터키를 세울 때 남자 성인이 없었다. 국부 아타튀르크는 여자들의 도움을 받아 폭탄을 옮기고, 여러 가지 전략을 써서 숫자가 훨씬 많은 적군을 물리쳤다.

3. 이윱은 세계에서 터키가 수용하는 시리아 난민이 가장 많다면서 말했다.

"터키 사람은 정말 감정적인 것 같아. 나는 처음에는 이 결정이 마음에 들지 않았어. 하지만 지금 와서는 갈 곳 없는 사람들을 받아준 우리나라가 자랑스러워."

4. 부르사에는 불가리아와 그리스에서 온 사람이 많다. 현재까지도 불가리아와 그리스, 루마니아에는 투르크 사람이 많이 살고 있는데, 터키 건국 후 이들의 귀국을 받아주는 기간이 있어서 그때 들어온 사람들이 부르사에 많이 살고 있다.

5. 1399년 울루자미 모스크가 완공되기까지 수많은 백성이 동원되었다. 그중에 카라교즈와 하시바트라는 두 남자가 있었다. 한 사람은 진보적이고 한 사람은 보수적인데, 두 사람은 모스크 노동자들에게 웃음을 주기 위해 만담을 시작했다. 이 만담은 인기가 많아지면서 점점 길어졌다. 이를 수상하게 여긴 지배자들이 두 사람을 처형했는데 뒤늦게 두 사람의 가치를 알고 그들의 만담 이야기를 전하는

책을 만들었다.

11월 6일
이스탄불

자전거여행자에게는
너무 두려운 롤러코스터

희준아, 막심한 고생 끝에 야브로바에서 이스탄불 시슬리 쪽으로 가는 페리에 오르니 시설이 너무나 쾌적해 놀랐어. 거의 비행기에 맞먹을 만큼 세련되고 신식이었어. 배 안 카페에서 카푸치노를 9리라나 주고 마셨어. 정말이지 이스탄불에 다가가는 만큼 높은 물가를 실감하게 되었어.

배는 구름에 가려 아무것도 보이지 않는 바다를 가로질러 갔어. 마침내 이스탄불! 이제까지 도시들은 수도가 나라 동부에 있어서 그 나라를 밟은 지 일주일 안에 수도에서 시크로드 행사를 했어, 아제르바이잔도, 조지아도. 하지만 터키는 거꾸로야. 수도는 아니지만 가장 크고 오랜 도시 이스탄불이 서쪽에 있어서 터키를 한 달쯤 돌고 나서 마무리 작업으로 행사를 하는 것 같아.

페리에서 내려 아이한의 집에 가는 길은 정말 끔찍했어. 1년 만에 다시 온 이스탄불이 이런 모습인지 몰랐어. 특히 시슬리 쪽에는 언덕이 정말 많고 모두 살인적이야. 기어 1을 사용해 묘기를 부리듯 올라가야 하는 곳이 많아. 한숨이 나오고, 탄식이 나오고, 욕이 나오는 그런 언덕이야. 장담하건대 이렇게 나를 언덕으로 고통스럽게 한 도시는 이스탄불이 최고봉이야. 언덕이 모두 롤러코스터야.

저녁이라 차가 많이 막혔는데 물에 젖은 비탈길을 내려오다 경사를 이기지 못해 자전거째 철퍼덕 앞으로 엎어졌어. 눈앞에서 핸드폰이 떨어져 나뒹굴어서 얼른 일어나 핸드폰부터 집어야 했어. 내가 엎어지는 것을 본 오토바이 운전자가 오토바이를 세우고 다가왔어. 지나가던 남자 역시 나를 도와 자전거를 일으켜 주었어. 또 다른 행인은 급경사에서 자전거를 끌고 내려가는 것을 도와주었어. 10일 전 다친 꼬리뼈가 다시 아파 왔어. 아, 정말 내가 왜 이 짓을 하고 있지? 이런 생각이 드는 길이었어. 차라리 걸어 다니면 몰라도 30kg이 더 무거운 자전거여행자에게는 정말 너무한 길이었어.

샤워할 때 보니 어느새 다리에 흉터가 꽤 많이 생겼더라고.

11월 9일
이스탄불

이번에는 터키가 내 심장을 제대로 건드렸네

희준아, 아침 먹고 버스와 트램을 타고 무료 워킹 투어에 참가했어. 20명쯤 왔더라. 워킹 투어 도중에 가늘게 비가 내리더니 점점 빗줄기가 잦아졌어. 다른 여행자들은 배낭에서 여벌 옷을 꺼내 입고, 남자들은 재킷을 벗어 여자친구에게 걸쳐주는데, 나는 너무 추워 오들오들 떨었어. 비가 와서 가이드 말도 받아적을 수 없었어. 다들 비를 맞으며 추운 기색이었지만 그래도 떠난 사람은 둘밖에 없었어.

거기서 이집트 오벨리스크를 보다가 이집트 여자애 예스민을 만났어. 일요일에 하는 마라톤에 참석하려고 왔대. 수에즈 운하에서 무역 일을 한다고 했어. 그녀는 국제자전거동호회를 소개해 주면서 이 모임에서 매년 유럽 자전거 투어를 한다고 했어. 올해는 영국~독일 루트였대. 우리는 이스탄불 거리 바닥에 깔린 멋스러운 돌을 보며 이야기했어. 나는 파묵의 《순수박물관》에서 돌이 깔린 도로를 자동차로 울퉁불퉁 지나가는 대목을 떠올리며 미소가 나왔어. 그 거리의 역사를 걷고 있는 것 같았어.

가이드가 추천한 식당에 들어가 점심을 먹고 나오니 태양이 비치기 시작했어. 파란 면적이 한결 넓어진 하늘 아래 서 있는 아야소피아는 정말 사랑스러웠어. 거기서부터 지하철 정류장까지 1시간을 걸었어. 작년에 위에팅과 알고랑 같이 왔던 이스탄불, 우리가 함께 걸었던 그 거리를 걸으며 추억이 새록새록 떠올랐어.

이번에는 작년에 본 터키보다 훨씬 깊은 터키를 본 것 같아. 터키의 심장을 지나온 것 같아. 터키가 내 심장을 건드린 것 같아. 다른 나라는 이런 기분을 주지 않았어. 중국과 카자흐스탄은 나라가 너무 커서 내가 새 발의 피만 본 것 같다는 생각이 들었어. 아제르바이잔, 조지아 역시 가장 빠른 길로 지나오면서 그냥 '지났다'는 느낌뿐이었어.

터키는 달랐어. 나는 카파도키아를 보기 위해 터키의 심장으로 들어갔고, 터키 시골 마을에서 마츠카의 세마핫 할머니와 차물룩의 피단 엄마를 두게 되었어. 그리고 이제 터키에서 인구가 가장 많은 4개 도시를 다 가보게 되었어. 이스탄불과 이즈미르는 작년에 가보았고, 올해는 앙카라와 부르사. 그리고 나니 이 나라에 대해 고개를 끄덕이며 추억할 것도 많고, 이 나라를 '가보았다'고 말할 수 있을 것 같아.

작년에는 터키어가 이렇게 멋있는 언어인지 몰랐고, 내가 먹는 터키 음식 이름이 무엇인지도 신경 쓰지 않았어. 그런데 올해는 요리 이름들을 적으면서 내가 좋아하는 것이 무엇인지 알게 되었어. 쵸르바, 에크메이, 도우마, 살마, 페이니르, 쾨

아다나 쾨프테(왼쪽)과 가지 케밥

프테, 피데, 카이가나, 멘에멘……. 그동안 주워들은 단어와 대화를 통해 새롭게 배운 것들로 인해 터키의 장면 장면에서 이해가 더 많아졌어.

오늘 여기서 시크로드 행사를 했는데 3명이 참석했어. 7번 행사 중에 최소 인원이야. 3명 앞에서 피피티를 하니까 평소보다 더 떨렸어. 이 3명이 온갖 질문을 다 던지기 때문이었어. 처음 1분 동안은 내 영어가 무척 어색하게 느껴졌어. 마치 그동안 다른 언어를 쓰고 있었던 것처럼. 하지만 늘 그랬듯이 발표를 잘 끝냈어. 혼자 터키에서 1000km를 달리고, 행사까지 하고 나니 이제 혼자서도 다 할 수 있구나, 새삼 알게 되었어.

행사가 끝난 뒤에 3명이 더 와서 함께 저녁을 먹으러 갔어. 밤이 되어 바깥은 추웠어. 행사에 참석한 피터에게 재킷을 빌려 입고도 추워서 내 몸이 좋지 않다는 걸 알았어. 식욕이 없고 감기 기운이 있었어. 머리에서 열이 나고 혀가 뜨거웠어.

그런데 케밥 한 토막, 가지 한 토막, 토마토 한 조각, 고추 하나를 먹고, 참석한 사람들과 이야기를 하자 이내 감기 기운이 사라져 다시 명랑하게 대화에 끼어들었어.

먹다 남은 가지 케밥을 포장해달라고 하자 얄친이 처다보았어. 얄친은 경상남도 진주에서 6년을 살았다는 터키인이야. 거기서 항공우주 관련 일을 했다는데 한국어를 정말 편하게 잘 해. 내가 포장한 음식을 받으며 한국어로 말했어.

"이거 내일 아침에 먹을 거야."

"어, 이건 저녁에 먹는 거야."

"괜찮아, 한국 사람은 저녁에 먹은 거 아침에 또 먹어도 돼."

"하하하, 맞아, 한국 사람은 그렇지. 아침에 먹은 거 저녁에 먹고 그러지."

얄친은 40대로 보였는데 그래도 나는 반말을 했어. 아, 나는 정말 반말 쓰는 게 너무 좋아. 세상에서 가장 편한 언어를 사용하는 것 같아. 짧고 굵은 한국어 반말.

"무사히 한국에 돌아가."

떠나기 전 그가 말했어. '무사히'라는 말이 너무나 한국적이어서 그 말이 그대로 내게 스며들었어.

11월 11일

이스탄불

**1년에 한 번 가능한
보스포루스 해협 다리 걷기**

희준아, 이스탄불에서는 1년에 한 번 마라톤이 열려. 참가신청은 웹사이트를 통해 10월까지 해야 번호를 받을 수 있대. 나는 3일 전에 알게 되어 그냥 8km만 달리는 '펀런(fun run)'에 참가했어. 이름처럼 재미로 달리는 것이라 다들 그냥 걸어. 다 안 달려도 되고, 중간에 나가도 돼.

그냥 걸을 거면 왜 참가하느냐고? 자동차만 다닐 수 있는 보스포루스 다리가 오로지 이날만 보행자들에게 개방되기 때문이야. 이 멋진 다리 위를 걷기 위해, 혹은 이 위에서 피크닉을 하기 위해 터키 사람들은 마라톤에 참가해. 아시아와 유럽 대륙을 잇는 다리인 만큼 그 의의가 크지.

자전거여행자가 마라톤에 참가하는 것은 분명 무릎을 망치는 일이야. 그래서 나는 8km를 다 걷지도 않았어. 출발지점 전에 이미 3km 남짓 걸은 상태였고.

준비할 건 아무것도 없어. 물병이 든 배낭을 메고 오전 7시 30분, 마라톤 출발 지점에 데려다주는 셔틀버스 정류장에 도착하기만 하면 돼. 내용은 아래 웹사이트에 들어있어.

https://www.marathon-istanbul.com/en/

히잡 쓴 여자들이 마라톤에 참석하는 모습이 너무나 인상적이야. 아침 7시부터 계속 걸은 나는 출발 시각인 10시가 되자 다리가 너무 아파 인파 사이에 쪼그리고 앉았어. 나처럼 쪼그리고 앉은 아이가 하나 더 있었어. 펀런에 장애우가 참석하는 모습이 보기 좋고, 보스포루스 다리 위에서 사람들이 아예 돗자리를 펴고 피크닉을 하는 이 통쾌함!

11월 12일

테킬딕

카페 주인 남자와
살사와 바차타를 추며

희준아, 나는 어제 118km를 달려 저녁 6시 45분에

보스포루스 다리 마라톤 '펀런'에 참가한
사람들(사진 위)과 다리 중간에서 피크닉을
하다 언론 인터뷰를 받는 가족(사진 오른쪽)

테킬닥에 도착해서 카우치 서핑 호스트 카드리예의 집에 묵고 있어. 그녀가 나한
테 너무 잘해주어 놀랐어.

저녁을 먹은 뒤 카드리예는 바깥 구경을 시켜주고 싶다고 했어. 7시 40분이나
되어 나는 춥기도 하고 집에서 쉬고 싶었으나 그녀를 따라나서기로 했어. 카드리예
가 내 얇은 여름 잠바를 보고는 옷을 빌려줄까 묻더니 자기 방에 데려가 옷장 세
개의 문을 차례로 열어서 색깔별, 종류별로 아주 깔끔하게 정리된 옷을 보여주었

어. 나는 스웨터를 한 벌 골랐어. 버스를 타고 우리는 어떤 거리에서 내려 '퀘다'라는 카페에 들어갔어.

카드리예의 친구 데니즈와 만나 구석에 자리를 잡고 터키식 커피를 시켰어. 칠레와 아르헨티나에서 살다 온 데니즈는 스페인어를 잘해서 나하고 스페인어로 말하기 시작했어. 구글 번역기 없이 대화할 수 있는 상대를 만나 반가웠어. 그녀는 선박 관련 통역가로 일하고 있고, 이번 주말에 스페인어 자격증 중에서 가장 높은 레벨인 '델레 세 도스'를 준비하고 있대. 내가 가진 레벨보다 두 단계 높은 거야.

카페는 살사를 추는 사람들이 오는 곳으로 주인이 바로 살사 선생님이래. 머리를 밀고 수염으로 소시지 네 개를 만들어 묶었는데 한눈에도 범상치 않은 사람이었어. 터키 커피를 맛있게 마시고 카드리예는 나보고 한 곡 추라며 카페 가운데 있는 식탁과 의자를 한쪽으로 밀어주었어.

노래가 나오고 선생님과 살사를 한 곡 추었어. 나는 온 투로 배웠는데, 선생님은 온 원으로 가르치는 분이었어. 상하이의 내 살사 선생님 로빈은 남자들을 가르칠 때 살사는 테크닉이 아니라 남자가 최대한 상대 여성의 아름다움을 발산할 수 있게, 그리고 춤을 청한 남자가 그 아름다움을 감상하는 여유를 가질 수 있게 테크닉은 70%만 쓰고 나머지는 기본스텝을 하며 상대 여성에게 살사 스타일링을 하는 여유를 주라고 했는데, 이 선생님은 빼곡하게 테크닉을 넣어서 남에게 보이기 위한 춤을 추는 것 같았어. 나는 그저 실망스러운 여자 파트너일 뿐이고, 흠. 실은 우리 인생도 그런 걸까? 우리는 자신을 위해 춤을 추는 걸까, 아니면 이름 모를 관객을 위해 춤을 추는 걸까?

다음에는 바차타를 추었어. 나는 바차타 스텝이 처음에는 익숙지 않았지만, 곧 내 스텝을 찾아냈어. 바차타는 살사보다 훨씬 나았어. 훨씬 내 호흡에 잘 맞았거든.

선생님은 데니즈와도 살사를 한 곡 추었어. 와, 데니즈는 운동화에 운동 바지, 면티를 입고 살사를 추는데 어쩜 그렇게 잘 추는지! 운동화를 신고 추니 살사가 마치 스윙처럼 스포티하고 경쾌하게 보였어. 데니즈는 트레이드 마크인 귀여운 머리 꺾는 동작이 있는데, 아, 그 빠른 살사 리듬 속에 자기 색깔을 잘 입혀서 보는 재미가 아주 풍부했어. 두 사람은 서로를 보지 않고 아래로 눈을 까는 것 같았어.

나는 데니즈의 신들린 것 같은 춤을 잘 감상했어. 그런데 이렇게 춤을 감상하는 사람은 나랑 그녀 외에 아무도 없었어. 다들 자기 무리와 수다를 떠느라 바빴을 뿐.

9시경 카페를 떠나 데니즈가 자기 차로 우리를 데려다주었어. 차 안에서 카드리예와 나 사이의 대화를 데니즈가 스페인어로 통역해주었어. 카드리예는 현재 광고 쪽 일을 하는데 나중에 컴퓨터 엔지니어가 되는 게 꿈이래. 여기 온 지는 4년

나한테 너무
잘해준 카드리예(왼쪽
첫번 째),
내 왼쪽은 데니즈,
가운데는 카페 주인

운동복 차림으로
스윙처럼 경쾌하게
살사를 춘 데니즈

이 되었대.

카드리예는 차에서 내려 곧장 집으로 가지 않고 나를 어딘가로 데려갔어. 골목을 내려가니 바다 입구가 나왔어. 아, 말마라 바다! 어둠 속에서 흰 파도가 이쪽으로 밀려왔어. 겹겹이. 아주 강하게. 하늘에는 별이 가득했어. 여기는 인구 19만의 도시인데 별이 보이다니. 나는 동남쪽 하늘에 박힌 오리온자리를 찾아냈어. 오리온의 허리띠가 아주 선명하게 반짝였어.

"소원을 빌자."

카드리예가 구글 번역기로 말했어. 나는 갑작스러운 제안에 놀랐으나 곰곰이 생각하고 소원을 빌었어. 아마도 두 손을 모아 빈 것 같아. 잠시 후 카드리예가 말했어.

"나는 세상의 모든 어린이가 행복하게 해달라고 빌었어."

어쩜, 나는 내년의 내 꿈에 대해 빌었는데. 나는 나를 먼저 챙기는데 세상의 어린이들을 생각하는 카드리예가 정말 순수하다고 생각했어.

11월 13일

말카라

자전거여행자들에게
상처받은 웜 샤워 호스트

희준아, 내일이면 나는 그리스에 가게 될 거야. 오늘 나는 드디어 겨울 잠바를 찾아 입고 길을 나섰어. 웜 샤워에서 만난 한 자전거여 행자가 테킬닥에 있는 자전거 가게를 알려주었어. 내 킥스탠드가 어제 완전히 떨어 져 나 이걸 고쳐야 했어.

나는 '레몬 바이크 숍'에 방문했어. 가게 아저씨들은 내 자전거 수리를 시작하 면서 안에 들어가 차를 마시라고 하셨어. 내가 차 한 잔을 마시는 사이 킥 스탠드 가 말끔히 수리되었고, 내 요청으로 체인에 기름칠도 해주시고, 라이트도 제대로 달아주셨어. 이제 밤 주행도 잘 할 수 있게 되었어. 이것 외에 한 바에 헝겊을 덧 씌워 주시고, 바퀴 보호대가 킥스탠드랑 닿는 부분도 닿지 않게 바로잡아주셨어.

비용이 얼마냐고 묻자 앞에서 내가 상하이에서 런던까지 간다는 말을 들으시 고는 돈을 받지 않겠다고 하셨어. 와, 이런 건 정말 처음이야. 아저씨들은 내 자전 거를 친절히 바깥까지 끌고 나와 주시기까지 했어.

오늘 가는 곳은 말카라야. 가는 길에 어찌나 언덕이 많은지, 그리고 하늘은 또 얼마나 우중충한지. 다행히 바람이 등 뒤에서 불어 간혹 나를 밀어주었어.

오늘은 웜 샤워 호스트 아이센의 집에 묵었어. 50세에 머리가 하얗고, 붉은 옷 을 즐겨 입는 여자야. 영어 선생님인데 독신으로 살고 있어. 이스탄불에서 태어나 살다가 6달 전 부모의 고향인 이곳으로 이사 왔대.

저녁을 먹으며 내가 물었어.

"올해 자전거여행자들 많았나요?"

그녀는 결심한 듯 정말 솔직하게 말하겠다고 했어. 그리고는 내게 중요한 화두를 던졌어. 자전거여행자들이 도대체 감사할 줄을 모른다는 거야. 그들은 자기 집에 와서 그냥 먹고, 자고, 다음 날 떠난대. 너무나 이기적이고, 떠나면서 뒤도 돌아보지 않는대. 웹 샤워 홈피에 어떤 피드백이나 리뷰도 쓰지 않는다는 거야. 자기보다 나이 많은 캐나다 부부를 묵게 해준 적이 있는데 그들도 똑같았다는 거야.

그리고 터키 문화에 대해 아무것도 궁금해하지 않고, 질문도 하지 않는대. 분명 이런 플랫폼들은 서로 다른 문화에 대해 더 잘 알기 위해 존재하는 건데 말이야. 그녀는 서바스(Servas)라는 플랫폼을 알려주었는데, 이건 정말로 다른 문화를 알고 싶어 하는 사람들을 위한 플랫폼이고, 이걸 통해 오는 사람들은 문화에 대해 관심이 많고, 태도가 다르대.

자전거여행자가 많은 시즌이 있고, 여기는 그리스로 가는 길목이라 숙박 요청이 끊이지 않았대. 한 팀을 보내고 나면 바로 다른 사람에게서 메시지가 왔대. 그런데 아이센은 지난 2~3달간 자전거여행자들의 메시지에 답을 보내지 않았대, 사람들에게 너무 지쳐서. 하지만 내 메시지를 보고는 고민했고, 내 사진을 본 뒤 이 사람은 받아주어도 되겠다 싶어서 초대한 거래. 아, 나는 책임감이 느껴졌어.

"아침이 되면 그 사람들은 그냥 떠나. 그럼 혼자 남는 나는? 그들은 절대 감사하게 여기지 않아."

자전거여행자라면 정말이지, 사회를 위해 공헌해야 한다고 생각해. 물론 자전거로 달리는 게 힘들지. 하지만 그들은 여행하면서 즐기기도 하잖아. 마냥 자신의 행복과 안위만 생각할 것이 아니라 지역 사회를 위해 뭔가를 해야 해. 먹고, 잠만 자고 떠나는 그건 분명 아니야. 그럼 호텔로 가라지.

중요한 것은 받기만 하는 게 아니라 주는 것이야, 큰 것이 아니고 물질적인 것이 아니라도 줄줄 아는 것. 나는 그제야 왜 웜 샤워 호스트 몇 사람이 내 메시지를 보고도 답을 주지 않았는지 알게 되었어. 그들은 자전거여행자들에게 상처를 받은 거야, 주기만 했기 때문에.

그녀는 사회에 공헌하는 자전거여행자의 좋은 사례도 들려주었어. 무슬림인 하산 소이레메즈는 사무실에서 일하는 기자의 일상이 너무 싫어서 일을 그만두고, 돈 없이 자전거 여행을 떠났대. 돈 없이도 여행할 수 있다는 것을 보여주기 위해서. 그는 어딘가 도착하면 남을 도왔대. 밭에서 일하고, 수공업 일을 돕고, 가게 일을 돕고, 뭐든지 일을 해서 먹고 자고 했대. 그러는 동안 사진을 찍었대. 그 사진을 팔아 어린이들을 도왔대.

한 여자 자전거여행자는 스리랑카의 아이들을 돕는다고 했어. 그녀가 달린 거리 만큼 돈을 모금해 모두 스리랑카 어린이들에게 주는 거야. 또 한 자전거여행자는 가는 곳마다 엽서를 써서 아이센에게 보낸대. 그녀가 영어를 가르치는 학생들에게 보여주라고 말이야.

나는 다른 자전거여행자를 만나면 반드시 이 이야기를 나눠야겠다고 생각했어. 우리는 얼마나 사회에 공헌하고 있는가? 혹시 우리가 이기적인 것은 아닌가?

그녀가 입양한 여자아이 주주 이야기도 해주었어. 보육원에서 9살 여자아이를 입양해 사랑을 주고, 모든 것을 다 주었대. 아이가 성격 장애가 있다는 진단을 받고는 특수 아동을 위한 사립학교에 보냈대. 10년 후 아이는 19세가 되었고, 3달 전 한 남자와 사랑에 빠져 그를 따라 집을 나갔대. 그런데 얼마 전 사람을 통해 들었는데 아이가 양 볼에 시퍼런 멍이 들었더라는 거야. 스스로 그렇게 한 건지 남자가 그렇게 한 건지는 모르겠고.

아이를 입양한 해에 아이센은 큐빅이라는 강아지를 샀는데 지금 그녀 곁에는 입양한 딸은 없고 강아지만 있을 뿐이야. 그녀는 내게 차를 끓여주고, 이웃과 같이 만들었다는 초코 과자를 내주었어. 무엇을 주어도 잘 먹는 나를 좋아했어.

이야기 도중 정전이 되었고, 15분 뒤 다시 불이 켜졌어.

"왜 결혼을 안 하셨어요?"

내가 물었지. 그녀는 터키 남자와 결혼해 4년 후 이혼했다고 했어. 그리고 교사 연수를 받으러 런던에 갔다가 거기서 네덜란드 남자 리코를 만나 사랑에 빠졌대. 리코는 그녀에게 자전거 타는 법을 가르쳐주고, 다른 많은 것을 주었으나 문화 차이로 헤어졌대. 이후 필이라는 영국 남자를 만나 약혼도 했대. 하지만 어느 날 그가 술에 취해 자기를 때려서 그 남자를 떠났대. 그 남자는 술을 너무 많이 마시다가 몇 달 전 터키의 한 도시에서 56세의 나이로 숨을 거두었대.

"스스로 못 할 짓을 많이 했지."

그녀는 필의 장례식에 가서 그의 마지막 모습을 보았대.

"취미가 뭐예요?"

그녀는 원래 자전거 타는 게 취미였으나 애완견 큐빅 때문에 자전거를 탈 수 없대. 개와 함께 여행하려면 자동차를 사야 하는데 이 집을 사느라 빚이 있대. 빚을 청산한 후 2년 뒤 터키 안탈리아로 도보여행을 가고 싶다고 했어. 재정 상태가 자기

아이센 옆에는 이제 강아지 큐빅만 남았어

그리스 국경 5km 전, 검은 새들이 무리 지어 장관을 이루었다

발목을 묶고 있다면서.

그러고 보면 무소유는 정말 좋은 거야. 정말로 무거운 것은 다 버리고 가면 돼. 없는 것은 다른 사람들이 채워줘.

다음 날 아침 8시, 나는 아이센의 집을 떠났어. 그녀에게 쓴 엽서와 시크로드 스티커를 건네자 무척 고마워했어. 나는 그녀를 안아주었어. 아이센은 아침을 먹고 싶지 않다며 내게 아침 도시락을 건넸어.

8시의 아침 공기는 너무 차가웠어. 파카를 입은 상체는 괜찮았으나 엉덩이가 얼 것 같았어. 그리스 국경까지 남은 5km, 검은 새들이 무수히 무리 지어 장관을 이루었어. 그 장관 속에 나는 터키 국경을 넘어 그리스로 갔어.

"굴레굴레, 터키여 안녕~~."

제4장
세상 어디에나 가슴 뜨거운 사람이 있다

자전거 여행을 하면서 놀랐다. 내가 아는 상하이나 한국 이외에 지도에 표시도 되어있지 않은 곳에도 가슴 뜨거운 이들이 살고 있었고, 이들이 모두 나를 품어주었다. 나는 이 여행을 함으로써 내가 몰랐던 또 다른 현실을 만났다. 여행은 절대 도피가 아니라 현실을 사는 것이다. 나는 가장 열심히 이 세상과 마주하고 있다. -〈11월 18일 일기〉

# 그리스 Greece

11월 14일

알렉산드로폴리

**여대생 마릴로와 함께한
즐거운 5교시**

    사랑하는 예진아, 중학교 2학년 때 간부수련회에서 만난 너는 한 번도 같은 반인 적은 없었지만 네 앞에서만은 나다울 수 있어서 좋았어. 우리는 주말이면 만나서 뭔가 새로운 것을 하고, 사진 찍는 것을 좋아했잖아. 나는 너의 예술적인 면을 자랑스럽게 생각해. 너에게 이 여행의 네 번째 이야기를 쓰는 것은 이 지역이 그런 예술성이 짙은 곳이기 때문이야.

    지금 나는 그리스에 있어. 그리스는 내게 정신을 바짝 차리게 해. 터키나 중앙아시아에서 내게 베풀어준 끊임없는 온정을 더는 기대하면 안 돼. 터키에서는 정말이지 사람들이 내게 많은 것을 베풀어주었어. 하지만 유럽은 사람들이 아시아보다 훨씬 개인주의적인 성향이 커서 내가 더 많이 다가가야 해. 게다가 물가가 비싸 정말 더 열심히 시간을 들여야 해.

    어제 나는 그리스 알렉산드로폴리에 도착했어. 이 도시는 국경을 넘어 유럽에 왔다는 것을 잘 보여주는 도시야. 유럽의 도시답게 뭐랄까, 의자만 하더라도 터키에서는 무릎 높이의 낮은 의자에 앉아 차를 마시는 사람들이 많았는데, 이 도시에는 우리가 익숙한 높이의 의자들이 놓여 있고, 나무 간판이 없고, 전부 세련된 디자인의 주택과 가게들이었어. 그리스의 주택은 특히 발코니가 두드러졌어. 반드시 발코니가 있고 장식이 화려했어.

나는 도시에 도착해 제일 먼저 바닷가로 갔어. 터키에서 열심히 본 말마라 바다가 이제는 에게해가 되어있었어. 나라가 바뀌니 바다도 다르게 보였어. 바다 저편에 구름에 둘러싸인 아주 큰 산이 있는 섬이 보였어.

나는 그리스 사람들에게 '룸6 카페'가 어디 있느냐고 물었어. 동서로 오고 가기를 세 번 하고서야 운동하는 한 아저씨가 길을 알려주셨어. 카우치 서핑 호스트 마릴로가 말한 대로 '룸6 카페'에 가서 연락해 마침내 그녀를 만났어. 스물한 살로 작은 체구에 파마머리의 귀여운 아가씨였어. 자전거를 타고 그녀의 집으로 갔어. 알렉산드로폴리스는 그리스에서 몇 안 되는, 자전거 도로가 정말 잘 만들어진 도시래. 아테네에도 이런 도로가 없대.

마릴로는 내게 맛있는 음식과 따뜻한 잠자리를 마련해주었을 뿐 아니라 아주 재미있는 수업을 받게 해주었어.

*1교시 : 체육. 저녁 7시

마릴로는 전화 한 통을 받더니 나더러 거리에 춤추러 가자는 거야. 플래시 몹인가? 갸우뚱하며 그녀를 따라나섰어. 큰길에 대학생들이 잔뜩 모여 있었어. 유럽의 대학생들은 확실히 나이가 아주 많아 보이는데 마릴로가 자기 대학교 친구들이라고 말하는 것으로 보아 다 대학생인 것 같았어. 다 의학부 학생들이고, 오늘이 당뇨병의 날이라 거리에서 줌바 춤을 추는 행사를 한대. 내게도 신선한 오렌지즙과 사과를 건네주었어. 마릴로가 나를 자전거여행자라고 소개하자 한 친구가 그랬어.

"어? 자전거로 여행하는 사람이 한 명 더 있어. 어제 내 친구 집에 머무른 중국 남자야, 이름이 '리'라고 했어."

이 말을 듣고 나는 바로 얼굴이 굳어졌어. 지아난이야. 나와 하루 차이로 이 도시에서 마주칠 뻔한 거지. 지금 마릴로와 함께 있는 게 너무나 좋은데, 그 이름이 내게 엄청난 파장을 만들었어. 그리스라는 파란 이름에 지아난과 마주쳐 얼굴을 붉히는 것이 정말 어울리지 않았어. 파란 웃음과 빨간 불화.

내 표정이 바뀌자 마릴로가 말했어.

"에바, 그 생각은 하지 말고 오늘 재미있게 보내자."

학생들 몇이 이 추위에 민소매와 레깅스를 입고 있었고, 곧 춤을 시작하려 했어. 나는 이들을 따라 티셔츠를 입고 거리 한복판에 섰어. 이윽고 노래가 나오고 우리를 지켜보는 15~25명의 대학생과 행사 진행요원들, 지역주민들 앞에서 줌바를 추기 시작했어. 나는 안경을 벗으면 완전히 춤에 빠져들 수 있어. 정말 열심히 앞의 여자애들을 따라 줌바를 추었어. 어차피 이 도시는 한 번 스쳐 지나가는 곳이나 나는 민망해할 게 아무것도 없었어. 그저 좋은 운동이라 생각하고 최선을 다해 춤을 추었지.

*2교시 : 가정. 저녁 8시

슈퍼에서 장을 보아 집에 와서 저녁을 만들기 시작했어. 나는 토마토를 썰고, 우리는 감자 샐러드를 만들었어. 삶은 감자와 달걀, 토마토, 파, 옥수수 통조림, 페타 치즈에 올리브유랑 석류 식초를 넣고 섞었어. 아, 정말 너무너무 맛있었어. 거기에 와인까지 곁들였지.

*3교시 : 사진 토론. 저녁 9시

자전거를 타고 한 건물로 향했어. 2층에 올라가니 학생들 20명이 모여 다 같이 프로젝터로 사진 한 장을 보며 코멘트를 하고 있었어. 우리는 늦게 도착했지만 마릴로가 성격 좋게 환하게 인사를 하고 내 소개를 하자 다들 나를 반겨주었어. 마릴로가 바닥에 자리를 잡고 책상다리로 앉자 한 여자애가 아주 익숙한 듯 그녀

자유롭게 앉거나
누워서 사진을 보고
토론하는 대학생들

의 허벅지를 베고 바닥에 누웠어. 사진 토론은 이런 식이었어. 프로젝터로 사진을
한 장씩 앞에 쏘면 사람들이 손을 들고 코멘트를 던져. 뭐가 잘 되었고 뭐가 아쉬
운지. 코멘트가 끝나고 촬영자가 손을 들면 사람들이 손뼉을 쳐주었어. 정말 유럽
다운 풍경이야. 토론하는 것이 너무 그리웠어. 상하이에도 이런 토론 문화가 있어.
영화를 보고, 책을 읽고, 팟캐스트를 듣고 이야기하는 문화. 내가 소파에 앉자 옆
에 앉은 남학생이 담배를 피우며 모든 그리스어를 영어로 통역해주었어. 이런 경험
은 드물었어. 영어 통역을 이렇게 잘해주는 사람은 이제껏 없었어. 그가 통역해주
는 말을 내가 다 담기도 전에 새로운 통역의 말이 쏟아져 미안한 마음이 들었어.

오늘 주제는 사람의 눈이었어. 우리는 눈 사진을 보며 코멘트를 했어. 마릴로
가 내게 말했어.

"에바, 눈 사진 찍은 게 있으면 보내줘. 네 사진을 보면서 다른 애들이 코멘트
할 수 있게 말이야."

마릴로와 함께 에게해를 바라보며 명상을 하고

나는 마릴로에게 내 사진을 보냈어. 마침내 내 사진이 나오고 코멘트가 이어
졌어. 한 여자애가 모델의 눈에만 집중하고 싶은데 배경이 너무 화려해서 눈에 집
중할 수 없는 게 아쉽다고 했어. 다른 남자애도 비슷한 평을 했지. 그다음 마릴로
가 말했어.

"모델이 남자인지 여자인지 모르지만 마치 꿈속에서 일어난 것 같아요. 배경도
마치 꿈속 세상 같고요. 꼭 월페이퍼로 쓸 수 있을 것 같은 사진이에요."

마릴로는 내가 보낸 사진이라는 걸 알고 있었어. 이 사진이 셀피라는 걸 알아차
린 사람은 한 명뿐이었어. 촬영자가 누구냐고 물어서 내가 손을 들었어.

"네, 이 사진은 셀피에요. 비현실적으로 보이는 이 배경은 터키 카파도키아고

요. 늘 이런 식으로 어떤 장소에 가면 눈 사진을 찍어요. 앞으로 여러분 충고를 더 잘 듣고 찍어야겠어요."

우리는 작별인사를 하고 일어나 자전거를 타고 극장으로 갔어.

*4교시 : 영화 감상. 저녁 10시

따뜻한 치즈에 나초를 찍어 먹으며 〈보헤미안 랩소디〉를 봤어. 프레디 머큐리는 정말 대단한 남자야. 프레디가 영국인인 줄 알았는데, 알고 보니 아프리카 탄자니아의 잔지바르에서 태어난 인도인이었어. 영화 속에서 그는 자기가 인도 출신이라는 것을 숨기려 했어. 자기 출신을 숨기려 하는 이런 열등감이 그에게 엄청난 에너지를 주는 것 같다고 생각했어. 영화 속에서 그는 말했지.

"나는 내가 되어야 하는 바로 그 사람이다."

프레디는 자신이 할 수 있는 것, 자신이 잘하는 것, 자신이 무엇을 위해 태어났는지 너무나 잘 알고 있었고, 사는 동안 그것을 다 표출한 것 같았어.

*5교시 : 사진 촬영. 새벽 1시

우리는 등대 옆에 있는 공원에 가서 사진을 찍었어. 사실 나는 영화를 보고 빨리 잠자러 가고 싶었지만, 마릴로는 사람이 없는 지금 사진을 찍어야 한다고 했어. 나는 나무에 올라갔는데 나무에 개미가 너무너무 많아서 그 개미를 털어내는 모습이 내 주된 포즈가 되었어.

이어서 마릴로가 나무에 올라갔고, 안경을 벗고 모델이 된 마릴로는 가로등 불빛을 최대한으로 받으며 포즈를 취했어. 평소에는 그저 귀요미인 여자애인데 사진 모델일 때는 마치 가을 요정 같았어.

마릴로와 함께 집에 돌아와 옷을 갈아입는 사이 미처 털어내지 못한 개미 몇마리가 결국 그 집에 안착하고 말았어. 새벽 2시 30분, 너무 피곤한 우리는 금세 잠들었어.

이튿날 마릴로랑 같이 폐쇄된 백화점 옥상에 올라가 에게해를 바라보며 나란히 앉아 명상했어. 마릴로가 감동적인 선물을 주었어. 나와 마릴로의 사진. 대학교 생물학과 학생인 마릴로가 나를 대학병원 안에 있는 자기 연구실에 데려갔거든. 거기서 둘이 의사 가운을 입고 찍은 사진을 사진관에 가서 현상해서 사진 뒤에 삐뚤빼뚤 한글로 편지를 써주었어. 여행 중에 받은 선물 중 가장 감동한 편지야.

마릴로는 가는 길에 마시라며 프렌치 커피도 타주었어. 우리는 마지막으로 음악에 맞춰 흥겹게 막춤을 한 곡 추고 헤어졌어. 유럽에 발을 딛고 처음 만난 마릴로는 그리스를 생각하면 가장 먼저 떠오르는 사람이 될 것 같아.

11월 16일
코모티니   **그리스에서 자전거여행자가
조심해야 할 일**

예진아, 오늘 1시에 출발하려는데 바퀴에 펑크가 났어. 내가 직접 손을 보려니까 마릴로가 집 근처 자전거 수리소로 데려갔어. 아저씨들이 보더니 내 뒷바퀴가 너무 얇아서 펑크가 자주 나는 거라면서 두꺼운 바퀴로 바꾸어야 한다고 했어. 25유로짜리 바퀴를 사서 인너튜브와 함께 새것으로 교체하고 1시 50분에야 알렉산드로폴리를 떠났어.

고속도로로 들어서자 이내 도로공사를 하는 주황색 형광 띠를 두른 트럭이 내 앞에 섰어. 이 트럭은 그리스에 처음 온 날도 보았는데 그 날 본 남자가 차에서 내렸어.

"경고했잖아요. 고속도로로 달리면 안 된다고요."

"아, 몰랐어요. 그럼 코모티니를 어떻게 가야 하죠?"

내가 구글맵을 꺼내자 그는 고속도로가 아닌 좁은 길을 알려주었어. 아주 크게 돌아가야 했어. 고속도로가 직각삼각형의 가장 긴 변이라면 일반도로는 직각을 돌아가는 변이었어. 와, 유럽은 정말 다르네.

지금까지는 내가 고속도로로 달려도 뭐라고 말하는 사람이 없었어. 아예 톨게이트에서 막은 경우는 중국 시안에서 한 번, 터키 겜릭에서 이스탄불 갈 때 한 번 있었어. 그것 말고는 고속도로 주행에 익숙했지. 차가 많고 차선이 자주 바뀌어 내가 샌드위치처럼 차 사이에 낄 때, 또 끼어들어야 할 때는 매우 위험했지만 어쩔 수 없었어. 길이 그것밖에 없었으니까.

그런데 유럽은 달랐어. 우선 자전거여행자가 많아서 나를 별로 대단하게 여기지도 않고, 흔히 보는 대상이었어. 그동안 터키까지 아시아 경찰들은 나를 격려해주었는데, 유럽 경찰에게는 내가 규칙을 준수하는지 않는지 그것만 중요한 것 같아.

나는 고속도로를 떠나 시골길로 나왔어. 여기도 양 떼가 있는데 아시아와 다른 점은 양치기 아저씨가 등에 장총을 메고 있다는 거였어. 비포장도로에서 야생 개들이 나를 보고 짖어댔어. 때는 오후 4시, 집들이 황금 태양으로 물들고 있었고, 나는 해가 지기 전에 직각삼각형의 한 변을 다 가서 직각으로 꺾었어.

코모티니대학교에 도착해 카우치 서핑 호스트 마리아에게 연락했어. 바깥은 지독하게 추웠어. 캠퍼스가 너무나 큰데 가로등이 하나도 없어 어둡고, 마리아가 내 메시지를 확인하지 않아 애를 태웠어. 그러다가 한참 메시지로 핑퐁을 한 후 나는 마침내 추워, 추워, 하면서 그녀의 기숙사를 찾아 나섰어.

칠흑 같은 어둠 속에서 헤드라이트를 켠 버스와 자동차들이 나를 피해 쌩쌩 지나갔어. 나는 마침내 그녀가 보내준 스크린 샷 속의 그리스어 '필로로지(philol-ogy)'의 소문자 글과 표지판의 대문자 글을 맞추어보았어. 여기다! 나는 표지판을 따라 앞으로 나아가 기숙사 건물로 다가갔고, 버려진 개들이 어둠 속에서 짖어댔어. 건물 앞에서 마리아! 마리아! 부르면서 5개 동이나 되는 기숙사들을 지나쳐갔어. 멀리서 머리 긴 여자애가 이쪽으로 뛰어왔어.

"에바?"

11월 18일
타소스섬

'달에는 아무도 없어. 아무도 없으면 외롭지 않아.'

예진아, 이해준 감독의 영화 〈김씨 표류기〉를 보았어. 2014년 샌프란시스코에서 일할 때, 내가 사는 크리스털 타워 아파트 베란다에서 정면으로 앨커트래즈섬이 보였어. 이 섬에는 인류 역사상 가장 유명한 교도소가 있어. 재소자의 권리보장이 최악이었다는 평판과 함께 '절대 탈출 불가능'이라는 교도소.

마치 영화 속에서 정연이 날마다 섬을 관찰하는 것과 똑같이 나는 그 집에서 아침에 일어나면 주로 밥과 된장국, 토스트로 아침 밥상을 만들어 거실 안락의자를 돌려놓고 그 섬을 바라보며 혼자 밥을 먹었어. 그 섬에는 결국 끝까지 가지 못

타소스섬으로 가는 배에 실린 내 자전거

했지만 말이야.

이 영화 속에서 가장 인상 깊은 말은 정연의 대사야.

"달에는 아무도 없기 때문입니다. 아무도 없으면 외롭지 않으니까요."

에게해 북부 타소스섬으로 가는 배에 자전거를 실었어. 사람 4유로, 자전거 2.8유로로 배표를 따로 사야 해.

영화 속의 정연과 나는 비슷한 점이 있어. 나 역시 블로그를 열심히 쓰는 이유가 여기에 있거든. 블로그에 적힌 하루는 그 하루를 열심히 산 것 같은 착각이 들기 때문이지. '현실도피'에서 현실은 무엇일까? 현실은 그렇다면 내게 어떤 생산적인 것을 하라고 부추기는 것일까? 더 많은 시간을 일하라고? 돈을 더 많이 벌라고?

사람들은 나를 현실도피 인간으로 볼지도 몰라. 사회에서 돈을 벌며 생산적인 일을 하는 게 아니라 자전거를 타고 여행을 하니까. 하지만 영화 속 김씨도 나도 현실도피를 하는 게 아니야. 우리는 생존하고 있어. 가장 열심히 이 세상과 마주하고 있어.

나는 이 여행을 하면서 놀랐어. 내가 아는 상하이나 한국 이외에 세계지도에 표시도 되지 않은 곳에도 가슴 뜨거운 이들이 살고 있고, 그들이 나를 품어주었어. 나는 자전거 여행을 함으로써 그동안 몰랐던 또 다른 현실을 만났어. 나는 더 많은 사람이 이런 현실을 만났으면 좋겠어.

비행기 여행은 마치 한 나라와 연애를 하는 것 같아. 서로 보여주고 싶은 모습만 보여주니까. 하지만 자전거 여행은 한 나라와 결혼을 하는 것 같아. 서로가 좋든 싫든 그냥 서로를 부여잡고 같이 살아야 하니까. 나는 추한 모습도 그 나라에 보여줘, 그 나라 역시 모든 것을 내게 보여주고. 보여주기 싫은 가장 더러운 곳, 가장 나쁜 경험을 선사하기도 해. 하지만 알맹이 그대로인 나를 있는 그대로 안아주고 품어줘. 이런 좋은 모습과 나쁜 모습이 뭉뚱그려져 화보 촬영 같은 멋진 여행 사진이 아니라 그렇고 그런 가족사진을 만들지.

김씨가 자기 몸을 핥으면서 "나는 졸라 맛있다"라고 말할 때 마리아는 '품격있는 유럽인'의 페르소나(persona)를 입고 있었고, 그래서 '아, 더러워'라고 했어. 하지만 나는 이 장면이 정말 마음에 들었어. 이 섬에서 구할 수 있는 짠맛이 오로지 자기 몸에서 나는 땀이라니. 그리고 오리배 위의 똥을 카드로 긁어내면서 말하는 모습도.

"와, 내가 진짜 오랜만에 카드를 긁어보는구나!"

이렇게 비바람이 강하게 몰아치는 날 섬에 있으니 마음이 참 편해. 여기는 와이파이도 없고, 신호도 안 통해. 멋지지 않아? 이런 무조건적인 휴식이 정말 필요했어.

11월 21일

스타브로스 | **소방관 자전거여행자**
데니스 부부의 세상살이

예진아, 그리스 카발라의 아침, 비가 내리고 있었어. 나는 오늘의 웜 샤워 호스트 데니스 부부에게 비 때문에 오늘은 가지 못할 것 같다고 연락했어. 그런데 데니스의 부인 아타나시아가 비는 곧 갤 것이라고 해서, 그녀를 믿어보기로 하고 짐을 싸서 밖으로 나와, 언제 그칠지 모르는 빗속을 87km 달렸어.

카발라를 벗어나려면 꼬불꼬불 살인적인 경사를 올라가야 했어. 나는 아침으로 오이 3분의 1개와 어제 바실리스가 사준 크리스마스 디저트 두 개를 먹었는데, 너무 단 게 들어와 배가 놀랐는지 속이 좋지 않았어. 마치 공복에 우유를 마신 것처럼 속이 울렁거렸어.

나는 자전거에서 내려 반은 오르막길이 힘들어 헉헉대고, 반은 속이 안 좋아 몸을 움츠렸어. 지나가던 자동차 운전자가 내다보고 어느 나라 사람이냐고 묻더니 한국 사람이라고 하자 힘내라며 바나나를 건넸어. 나는 무척 감동해 그 자리에서 까먹었어.

11시 30분쯤 되자 태양이 비치는 지역이 보이며 아타나시아 말대로 하늘이

대단한 스포츠맨이자 자전거여행자인 소방관
데니스와 아타나시아 부부

점점 개었어. 나는 나에게 '누적 6000km를 찍으면 사과를 줄게'라고 말했는데 드디어 6000km를 찍었어. 그리고 사과 아삭아삭. 10월 30일 5000km를 달성했으니 대략 3주에 1000km, 1주에 333km 정도를 달리는 모양이야.

여기부터 사진이 없어. 달리는 도중 핸드폰 배터리가 다 나가서 그래. 그리스에서부터 핸드폰 배터리가 이상하게 빠른 속도로 닳기 시작하는데 충전기를 지아난이 가져가서 달리 방법이 없었어.

나는 우선 토마토를 하나 먹고 당을 충전했어. 핸드폰이 없으니 도대체 내가 가는 길이 맞는지, 어디로 가야 하는지 알 수 없었어. 노트북에 핸드폰을 연결했지만 충전되는 것 같지 않았어. 어찌어찌 표지판에 의지해 스타브로스 방향으로 달리기 시작했어. 마침내 그 도시에 도착해 핸드폰을 확인하니 휴, 24%가 충전되었어. 하지만 다시 빠른 속도로 닳기 시작해 30분 만에 초고속으로 소모되어 언덕에서 데니스를 만날 때는 3%밖에 남지 않았어. 그래도 목적지에 무사히 도착했으니 다행이지.

데니스는 소방관이라 24시간 일하고 이틀 쉰대. 그는 그리스에서 열린 168km 산악 달리기 대회에 참가해 36시간 안에 15등으로 골인했대. 대단한 스포츠맨이야. 에콰도르에도 다녀와서 내가 거기서 1년간 봉사 활동을 했다는 사실에 큰 관심을 보였어. 그는 그때 아마존이 있는 과라니에서 봉사 활동을 했대.

데니스는 이탈리아로 가는 평탄한 길을 가르쳐 주었어. 나는 평소 치밀하게 계획을 짜지 않고 그냥 부딪치는 편이라 대략 1주일 앞만 보이는 헤드라이트를 켜고 컴컴한 어둠을 달려가는데, 데니스 덕분에 앞으로 1500km를 어떤 식으로 달려 베네치아에 도착할지 알게 되었어. 이 계획에 따르면 나는 크리스마스를 크로아티아에서 보내고, 이탈리아와 프랑스는 1월에, 런던에는 2월 초에 도착하게 될 것 같아. 데니스에게 정말 고맙지.

그는 5년 전 3월 한 달 동안 독일 베를린 위의 항구마을에서 그리스 자기 집까지 2600km를 자전거로 달렸대. 달리는 동안 모금을 해서 가정폭력으로 학대당하는 아이들을 위해 기부했다는 거야. 그해 겨울은 유럽에서 가장 추워서 3월에도 눈이 많이 내렸는데 숲속 눈 위에 텐트를 치고, 물을 밖에 두면 얼기 때문에 늘 몸에 휴대하고 다녔대.

다음 날 데니스 부부와 너무 맛있는 아침 식사를 했어. 토스트한 검은 빵에 버터와 타히니를 발라먹고, 아타나시아가 그리스 커피를 만들어주었어. 터키식과 비슷한데 더 부드러운 것 같았어. 내 여름옷과 손목보호대를 이 집에 두고 가기로 했어.

아타나시아는 깨어있는 사람이야. 대화할 때의 눈빛과 에너지, 대화 몰입도와 말의 톤을 통해 알 수 있었어. 정말 오랜만에 느끼는 몰입도 있는 대화였어.

아타나시아는 자기 고향인, 카발라 옆의 작은 마을에서 외국어학원을 운영한대. 1992년에 시작해 26년이나 된 그 학원을 졸업한 아이들이 결혼해서 다시 자기 아이를 그 학원에 보낸대. 데니스는 학원을 이 도시로 옮기기를 바랐으나 그녀는 신뢰를 얻는 것이 매우 중요한데, 그러려면 6년 이상이 걸리므로 지금도 그 마을까지 매일 70km를 운전해 간다고 했어. 자기 일에 대한 그런 열정이 그녀에게 그런 '깨어있음'을 선물한 것 같아.

"나는 하루라도 수업을 안 하면 안 돼."

그녀의 한 마디가 곧바로 내게 와닿았어. 나 역시 하루라도 글을 쓰지 않으면 안 돼. 혹은 하루라도 바깥에 나가지 않으면 안 돼.

그녀는 1988년, 16세일 때 한국친구와 펜팔을 했대. 그때 그녀는 한 러시아 체조선수의 팬이었는데 그 한국친구가 88올림픽 때 그 체조선수의 사인을 받아 보내주어서 얼마나 행복했는지 모른다고 했어. 와, 그 한국 사람은 지금 어디서 무슨 일을 하고 있을까. 아타나시아도 그를 찾고 싶다고 했어.

그녀는 내가 참 강인해 보인다면서 물었어.

"텐트도 치니?"

"아니요. 텐트는 카파도키아에서 버렸어요. 우선 날씨가 너무 추워졌고, 바람 부는 가운데 텐트에서 혼자 자는 게 너무 무서워서요. 차라리 주유소 바닥에서 잘 지언정, 반드시 천장과 벽이 있는 곳에 침낭을 놓고 잘 테다, 이렇게 다짐했어요. 아니면 지나가는 현지인 10명에게 재워줄 수 있느냐고 물어보고 모두 안 된다고 하면 주유소나 호스텔에 가야지요."

"와, 이거 재미있네. 혼자가 되기 두려운 사람이 혼자서 여행을 한다니 말이야."

11월 23일

테살로니키　　　**그리스는 공황, 일자리도
　　　　　　　　돈도 없고 문제도 없어**

예진아, 오늘도 정말 감사한 하루였어. 아테네에서 연락해준 누나카테리나에게 아테네는 루트에서 너무 멀리 벗어나기 때문에 가지 못하고 테살로니키로 간다고 하자 테살로니키의 코리안 서포터즈를 소개해주겠다고 했어. 코리안 서포터즈는 한국 대사관에서 만든 단체로 한국을 사랑하는 그리스 사람들의 모임이래. 잠시 후 비키라는 여자에게서 연락이 왔어. 그녀에게 테살로니키 행사를 설명하자 타브야 카페를 추천해주었어. 카우치 서핑에 이 행사 내용을 올리자 7명이 신청했어. 나는 목요일 4시에 테살로니키에 도착했고, 금요일 저녁 6시 30분에 행사가 있을 예정이었어.

그런데 행사 당일인 오늘 오전, 코리안 서포터즈에서 비키와 함께 일하는 엘리라는 여자에게서 메일이 왔어. 타브야 카페에서 행사를 열 수 없고, 이 행사에 대한 정보가 너무 부족해서 도와줄 수 없다는 거야. 나는 스스로 행사 장소를 구하기로 했어. 스타트업 인맥을 통해 테살로니키의 가장 좋은 행사 장소를 추천받고, 스타트업 4곳을 소개받아 내 프로필을 돌렸어.

하지만 아무한테도 연락이 오지 않았어. 나는 아무도 오지 않더라도 약속한 장소에서 기다리기로 마음을 정하고 집을 나섰어. 가방 안에 노트북과 밤에 입을 점퍼를 집어넣으니 꽤 무거웠어. 날씨가 너무 좋은데 가방이 무거우니 몸이 처지는 것 같았어.

테살로니키 항구에 가서 바라보는 에게해는 정말 눈부시게 아름다웠어. 거기 벤치에 앉아 한 가게에서 파는 티셔츠의 문구를 보고 그만 '푸핫' 웃고 말았어.

'그리스는 공항, 일자리도 없고, 돈도 없고, 문제도 없다.'

내가 중국에서 배운 것은 이거야.

'문제라고 생각하지 않으면 문제가 되지 않는다.'

테살로니키 항구에서 바라보는 에게해

티셔츠에 쓰인 문구도 이런 뜻이었을까? 그렇다면 오늘 내가 진행하는 이 행사 역시 아무 문제 없을 거야.

행사 장소로 추천받은 카페 '입시오스'에 도착하니 1시인데도 사람들로 시끌벅적했어. 내가 가방을 맡기고 싶다고 하자 카페 종업원이 선뜻 사물함 열쇠를 내주었어. 와, 단 한 번도 와본 적 없는 낯선 사람에게 사물함 열쇠를 주다니.

나는 감사할 것들이 참 많았어. 이 아름다운 도시에 카우치 서핑 호스트가 있다는 것, 그가 자기 집 열쇠를 내게 준 것, 집 열쇠를 준 호스트는 그가 처음이야. 그리고 오늘 들어야 할 무거운 짐을 맡길 사물함 열쇠를 받은 것.

행사 시작 30분 전! 나는 터키 친구 얼뎀과 함께 다시 입시오스로 갔어. 잠시 후 비키가 와서 내가 안아주었어. 이어 소티리아 아줌마가 도착해 감동했어. 내 행사에 엄마뻘 되는 여자분이 오시는 것은 처음이었어.

이 세 명이면 충분했어. 이스탄불 행사 때도 세 명이었는데 뭐. 그런데 뒤를 이어 40대 남자 두 분이 더 왔어. 테이블이 꽉 차서 나는 너무나 기쁘고 감사했어.

내 발표가 끝나고 맥주를 마시며 대화를 이어갔어. 정말 놀랐는데 40대 남자인 나소스는 소방관이었고, 스타브로스 호스트 데니스의 친구였어. 알고 보니 그 옆의 남자도 데니스를 알고 있었어. 그리스의 카우치 서핑 커뮤니티는 정말 놀라웠어. 카우치 서핑을 사용하는 사람들은 대개 대학생이나 20대, 30대가 많아. 그런데 테살로니키에는 이렇게 40대, 50대 아저씨 아줌마들도 있었어.

마치 마을 주민센터회의에 나온 것처럼 이들은 다음에 있을 카우치 서핑 모임에서 또 크리스마스 파티를 할 거라며 내가 오지 못하는 것을 유감스러워했어. 정말이지 그리스는 도시가 아니라 마을 같다고 그분들은 말했어.

소티리아 아줌마가 여행 중에 명심하라며 아름다운 시 한 편을 주셨어. 세이

킬로스 비문이야. 1883년 터키 에페소스 근교의 아이딘 지방에서 철도 공사 중 발굴된 원통형 비석에 음각되어 있던 문장으로, 곡이 완성된 악보로는 가장 오래된 음악이래.

그대 살아있는 동안 빛나기를
어떤 슬픔도 갖지 말기를
삶은 그저 잠시만 존재하고
시간은 대가를 요구할 것이니

그대 살아있는 끝까지 빛나기를
무엇도 크나큰 슬픔으로 몰아넣지 말기를
삶은 짧고
시간은 제 몫을 챙길 것이니

11월 25일

테살로니키   엄마 같은 64세 그리스 친구와 멋진 저녁 식사

예진아, 소티리아 아줌마는 정말 특별한 여성이야. 어제 오전 11시부터 오후 11시까지 그녀와 함께 테살로니키를 걸어 다녔어. 누구든 나이가 들면 자연스럽게 고집이나 완고함이 더해지는 것으로 생각했는데 그녀는 열린 문처럼 통풍이 잘되는, 막힘 없는 친구였어.

어제 우리는 1만6000보 이상을 걸었어. 그녀는 집이 나보다 머니까 거의 2만 보를 걸었을 거야. 우리는 먼저 걸어서 '오픈 하우스 투어'를 했어. 이것은 1992년 런던에서 시작된 프로젝트로, 역사가 깃든 건축물들을 이틀 동안 공개하고 봉사자들이 그 역사를 설명해주는 행사야. 테살로니키의 건축물 101곳이 무료로 공개되었고, 봉사자 500명이 관람을 도왔어.

투어를 마친 뒤 자기 집에서 저녁을 먹고 이탈리아 밴드 공연을 보러 가자고 해서 그녀를 따라 언덕 위에 있는 집으로 갔어. 아노폴리(윗동네)의 크리스마스 장식이 된 타번을 지나고, 성벽을 지나고, 무화과나무 이름이 붙은 동네로 들어섰어. 거기서 장을 보고 내가 장바구니를 들었지. 다시 계단을 오르고 또 오르는 그녀의 집은 너무 멀었어. 이 먼 길을 걸어서 시내 중심까지 온 그녀가 대단해 보였어. 계단을 오른 뒤 옆으로 꺾여 다시 걷자 드디어 그녀의 집이 나왔어.

집이 참 좋고 물건이 많았어, 많은 것에 관심과 애정을 주는 그녀의 성격처럼. 그녀는 귤과 호두, 아몬드를 내준 뒤 고구마를 굽고, 그리스 샐러드를 만들었어. 나는 달콤한 귤과 호두, 아몬드를 먹으며 그녀에게 바투미 배 사진에 엽서를 썼어. 발코니 바깥으로 성벽과 바다 풍경이 한눈에 들어왔어. 높은 언덕에 사는 고생이 단한 번에 보상되는 그런 풍경.

그녀는 선생님으로 은퇴했대. 스웨덴 정부가 나라 안 소수민족들에게 고국 언어를 배우도록 권장해, 소티리아는 스웨덴의 그리스 사람들에게 그리스어를 가르쳤대. 스웨덴에서 15년을 살면서 스웨덴 남자와 결혼해 아들이 지금 서른여섯 살이래. 그 후 이혼했는데, 이것은 아주 흔한 일이라고 했어. 구글을 찾아보니 스웨덴은 결혼율 5.4%에 이혼율 2.4%, 한국은 결혼율 6.4%에 이혼율 2.3%였어.

나를 친구로
대해주는 64세
소티리아 아줌마는
이전에 한국 여자가
맥주를 사주어
크리스마스를 즐겁게
보냈다면서 이번에는
자기가 나에게
맥주를 사야 한다고

스웨덴 스톡홀름에 머물 때 호스텔에서 한국 여자를 만났는데, 그 여자가 맥주를 사주어 즐거운 크리스마스를 보냈다면서 말했어.

"그래서 이번엔 내가 너에게 맥주를 사야 해."

소티리아는 에이로 시작하는 맥주를 따라주었어. 그리고 삼성 TV로 숲속 개울물 소리를 틀었고, 이어서 그리스 음악을 들려주었어. 나는 그녀가 권하는 대로 소파에 아주 편한 자세로 기댔어.

그녀는 식탁 위에 어제 샀다는 크리스마스 꽃이 그려진 식탁보를 펼치고 그리스 샐러드, 빵, 페퍼 잼을 보기 좋게 올려놓았어. 이윽고 구운 고구마가 나왔는데 내 접시에 가장 큰 조각 네 개를 올려놓고, 자기 접시에는 가장 작은 조각 네 개를 올려놓았어. 그녀가 주방에 간 사이 내 접시에서 가장 큰 고구마와 그녀 접시의 가장 작은 고구마를 바꿔놓았어. 김이 모락모락 오르는 고구마의 보라색 속살은 버터, 매운 치즈 스프레드와 조화가 기가 막혔어. 그녀는 냉장고에서 카이저 맥주를 꺼내 따라주었어. 좋은 장소, 좋은 사람, 좋은 음식.

소티리아의 친구, 빨간 가죽 재킷을 입은
멋쟁이 아줌마 제니(가운데)

그다음 우리는 여자 가수 카디네리아의 '새들이 나를 속였네'를 들었어.

"내가 제일 좋아하는 음악이야, 가사는 새야, 네가 나를 속였구나. 내게 영원히 살 수 있다고 말해주었잖아. 그런데 오늘 창문을 여니 산이 푸르고, 하늘도 파란데, 죽음이 나를 찾아왔네."

그리스의 젊은 여자가 죽음을 노래하다니, 내게는 와닿지 않았어. 나는 고생이든 행복이든 깨어있는 것이 중요하다고 생각해. 이 순간 나는 깨어있고, 이 순간을 나중에도 기억할 수 있을 것 같아. 고구마는 너무 맛있었어. 그녀가 권하는 대로 그리스 샐러드도 다 먹었어.

그리고 이탈리아 밴드 공연을 보러 나갔어. 거리에서 그녀의 친구 제니를 만났는데 스포츠를 좋아하며 빨간 가죽 재킷에 체크무늬 바지를 입은 멋쟁이었어. 그녀의 딸은 25세래.

우리는 야외 스피커 앞에서 이탈리아 밴드 공연을 관람했어. 밴드보다 이탈리아 여인의 춤이 압권이었어. 맨발에 검은 드레스를 입고, 빨간 보자기를 들고 춤을 추는데, 정말 아름다웠어. 마른 체구에 발 위에는 해마 문신이 있었어.

공연이 끝나고 우리는 빵집에서 크리스마스 디저트인 멜로 마카로나를 먹고 헤어졌어.

터키와 그리스 모두 나그네에게 아주 친절해. 차이점이 있다면 터키에서는 나를 아이로 취급해 중년여성들이 엄마나 할머니가 되어주었는데 그리스에서는 나를 동등한 대상으로 여겨 중년여성도 친구가 되어주었다는 거야. 여기에는 언어가 큰 역할을 하는 것 같았어. 그리스 사람들은 기본적으로 영어를 훨씬 잘하고, 터키에서는 큰 도시가 아니면 영어가 통하지 않았어.

11월 27일
에데사　　　모기와 혈투 후, 빗속 언덕길 오르는 최악의 전투

　　　　　　　　예진아, 오늘 테살로니키에 비가 내린다는 예보가 있었어. 나는 오늘 100km를 달려야 해서 새벽에 출발하기로 했어. 알람을 4시에 맞추고 밤 9시에 잠을 청했는데 뒤척이다 새벽에 문득 눈을 떠보니 1시였어. 아오! 3시간을 더 자야 하는데 잠을 청하기가 힘들었어. 모기가 가만 놔두지 않는 거야. 12월이 다 되어가는데 모기라니! 모깃소리 때문에 잠을 잘 수 없었어. 20분 동안 몸을 뒤틀다가 아냐, 수동적으로 피하기만 할 게 아니라 근원을 없애버려야 한다, 이렇게 생각하고 불을 켜고 모기를 찾아 휴지로 짓눌렀어. 내 피를 많이 빨아 모기는 몸이 무거웠고, 그 자리에서 핏자국을 남기고 죽었어. 나는 아주 크게 통쾌한 기분이 되어 다시 잠을 청했어.

　　3분간 조용한 듯싶더니 또 모깃소리가 들리는 것 같았어. 환청인가? 아니야, 점점 소리가 가까워지더니 내 입술에 앉았어. 나는 화들짝 놀라 다시 불을 켰어. 이번 녀석은 움직임이 상당히 빨랐어. 온 방 안을 날아다니며 내 시선을 피해서 나는 10분간 불을 켠 채 모기의 위치를 확인하며 손뼉을 쳤어. 8번 정도 쳤을 때 녀석을 내 손바닥 안에서 죽이는 데 성공했어. 화장실에 가서 비누로 손을 깨끗이 씻었지.

다시 잠을 청했어. 그런데 어라, 세 번째 모기? 마치 모기 선수들이 1, 2, 3, 번호를 달고 차례로 나타나는 것만 같았어. 다시 불을 켰는데 이번 모기는 얍삽하게도 천장 높이 붙어있어서 휴지로 잡을 수가 없었어. 나는 빨래할 수건을 들고 천장을 올려쳤어. 세 번째 시도에 성공해 수건 위에 죽은 모기를 올릴 수 있었어. 수건은 내일 빨기로 하고 잠을 청했어.

4번째 모기가 왔지만 나는 정말 피곤해서 잠들었다가 새벽 4시 알람 소리에 일어났어, 아오! 겨우 잠들었는데 알람이라니! 나는 일어나 짐을 싸고, 치즈를 넣은 토스트 2개와 바나나를 넣은 요구르트를 먹고 집을 나왔어.

좁은 계단으로 자전거를 끌고 내려오며 꽤 애를 먹었어. 어두운 밤이었고, 달이 구름 속에서 빛을 내뿜고 있었어. 구글맵의 약도를 무시하고 데니스가 말해준 대로 모나스트리 거리로 내려가 에데사로 곧장 가기로 했어. 역시 도시라서 신호에 많이 걸렸으나 차가 많지 않아 다행이었어. 이렇게 나는 정들었던 테살로니키를 6일 만에 떠나게 되었어.

도시를 벗어나자 가로등이 전혀 없어 전조등을 켰어. 전조등이 비춰주는 면적보다 내 속도가 더 빨리 나아가면 안 되므로 조심해야 했어. 주유소의 개 한 마리가 나를 보고 뛰어와 위협적으로 짖어댔어. 자전거를 달릴 때마다 나를 물 듯이 달려와서 한참을 천천히 자전거를 끌면서 개를 진정시켜야 했어.

7시 30분 일출, 다시 개 두 마리가 달려들었어. 나는 자전거를 세우고 가만히 있었어. 개는 30초쯤 내 냄새를 킁킁 맡더니 냄새에 익숙해지자 자전거를 타도 달려들지 않았어.

계속 달리는데 9시가 되자 비가 내리기 시작해 핸드폰을 보니 18%가 남았더

테살로니키를 떠나는 이른 새벽의 푸르스름한 빛이 매력적이었어

라고. 갈 길이 아직 40km나 남아 빗속에서 핸드폰을 노트북에 연결해 충전시키고, 가방이 완전 방수가 될 수 있게 꽁꽁 막았어. 잠시 후 갑자기 태양이 환하게 비추어, 비구름 속에 얼굴을 내민 태양의 맞은편을 바라보자 아, 포도밭 위에 무지개가 떴어. 부랴부랴 가방을 열어 핸드폰을 꺼냈는데, 그 사이에 무지개는 사라져버렸지 뭐야, 아오!

한참을 가서 카우치 서핑 호스트 아민타스의 집까지 13km 남았다는 것을 알게 되었어. 이게 함정인데, 이렇게 십몇 킬로 남았을 때가 가장 힘들어. 자꾸만 기대에 차서 위치 확인을 하게 되고, 절반도 못 갔거나 하면 실망하고 다시 달려야 하니까. 마지막 4km 정도가 최악이야.

집이 산꼭대기에 있다는 것을 알게 되자 그 언덕이 너무 싫었어. 자전거를 타고

샤워 후 테살로니키에서 산 짜파게티를
만들어 먹어

오르다 기어가 잘 따라주지 않아 자전거를 끌고 올라갔어. 종아리에 알이 서서, 알을 펴면서 올라갔어, 헉 헉. 언덕을 올라가는 도중 비가 제대로 내리기 시작했어. 마지막 500m는 경사가 가팔라 빗속에서 사람을 죽이려는 것 같았어.

아민타스에게 도움을 청하는 메시지를 쓰려는데 핸드폰 화면에 빗물이 자꾸 떨어져 오타가 났어. 아오! 소리를 지르며 5번이나 똑같은 오타를 친 다음에야 문자를 보낼 수 있었어.

'제발 도와줘. 가방이 너무 무거워.'

데이터를 끄고 살인적인 경사를 내 발만 보며 묵묵히 30kg을 끌고 올라갔어. 오늘따라 목이 너무 아팠어. 바닥만 보고 걸으니 마치 우리나라가 재개발되기 전 어느 산동네 집을 찾아가는 것 같았어. 100m 남은 지점에서 검은 재킷의 남자가 손을 흔들었어.

드디어 집 안에 들어가니 거실에서 한 여자애가 커피를 마시며 담배를 피우고 있었어. 아민타스의 여자친구 타티아나였어. 빗속에 만신창이가 된 나는 젖은 잠바, 버프, 헬멧을 차례로 벗으며 두 사람에게 감사 인사를 했어.

아민타스는 나를 부엌으로 안내했고, 부엌 한편의 소파가 내 잠자리였어. 와, 부엌에서 자는 건 또 처음이야. 어쨌든 두툼한 이불과 소파를 보고 나는 매우 기뻤어.

샤워하고 나니 배가 너무 고파 테살로니키에서 산 짜파게티를 만들어 먹기로 했어. 부엌에 불이 없어서 커피포트에 물을 끓여서 면과 수프에 붓고 10분 기다렸다 물을 버리고 짜장을 넣었어. 아, 처음으로 해 먹는 짜파게티!

1주일 전 본 영화 〈김씨 표류기〉 때문에 나는 더욱 이 순간이 소중하게 느껴졌어. 영화처럼 나는 짜파게티 봉지에서 '희망'이라는 단어를 찾기를 바랐으나 봉지에는 모두 영어로 쓰여 있었어. 사실 말이야, 이건 다 이데아야. 상상 속의 짜파게티가 진짜 내가 만든 짜파게티보다 훨씬 맛있어. 나는 한국에서 먹는 짜장면이 갑자기 아주 많이 그리워졌어.

11월 27일
에데사

그리스의 보물 같은 도시
에데사에서 노래방

예진아, 나는 에데사, 이 도시가 너무 좋아. 그리스 북부 펠라 주의 주도라 해도 인구가 고작 2만 명도 안 되는 작은 도시에, 네이버 검색을 해보니 여기 와본 한국인은 거의 없어. 그런데도 그리스에서 방문한 소도시 중 가장 마음에 들어. 작은 보물 같아. 그리스에서 가장 좋았던 곳 1위는 테살로니키, 2위는 에데사라고 말할 것 같아. 물론 호스트와 가장 좋은 추억이 있는 곳은 마릴로와 함께 한 알렉산드로폴리지.

에데사는 '물의 탑'이라는 뜻이야. 여기는 물의 도시고, 폭포로 유명해. 사전에는 에데사가 마케도니아 왕조의 발상지라고 되어있었어. 아민타스와 그의 친구 아

에데사 폭포 앞에서 아도니스(가운데),
아민타스와 함께

도니스는 나를 시내 전경이 보이는 곳으로 안내했어.

내가 가는 루트를 이야기하면서 마케도니아에 간다고 하면 그리스 사람들은 모두 똑같이 말했어.

"마케도니아는 그리스 영토야. 네가 가는 곳은 스콜피아라고 해야 해."

그래서 그리스 사람들이 여기에 매우 민감하다는 것을 알게 되었어. 그러나 아도니스는 자기처럼 젊은 사람들은 이제 그런 것에 크게 신경 쓰지 않는다고 했어. 산에서 본, 비가 안개를 일으키는 에데사 경치는 정말 아름답고 평화로워.

'와, 내가 이 경치 속을 자전거를 타고 왔구나. 그때는 힘들기만 하고 이렇게 아름다운 줄 몰랐는데.'

폭포 소리가 들리기 시작했어. 터키에서도 등산하면서 폭포를 본 나는 폭포가 뭐 얼마나 크겠어? 하고 별생각 없이 걸어갔는데 높이 50m의 폭포는 정말 제대로였어. 비가 내려서 그런지 힘차게 쏟아지는 폭포의 압도적인 소리와 물줄기가 감동적이었어. 아도니스는 이 폭포에서 뛰어내려 자살하는 사람이 몇 명 있었다고 했어.

아민타스가 나는 첫 번째 아시안 게스트라고 해서 고마웠어. 유럽인들은 많이 오는데 아시아 사람들은 매우 드물대. 시내로 들어가다 한 병사의 동상을 보았는데 독일군에 저항해 레지스탕스 운동을 벌인 사람들의 기념비래. 아도니스는 85년 생으로 환경 스타트업에서 일하고 있고, 아민타스는 88년생으로 구직 중이래. 그는 대학 대신 마케팅을 가르치는 직업학교를 나오고 관련 직업을 구하고 있대. 그리스의 디폴트로 직업을 구하는 게 쉽지 않다고 했어.

집에 돌아와 그리스 샐러드와 토스트로 저녁을 먹고 아도니스가 '뭐 할 거 없니?' 묻기에 매직싱을 꺼내왔어. 그 후 거실은 2시간 동안 노래방이 되었지.

노래에 가장 심취한 사람은 나였어. 이스탄불에서 여기까지 오는데 마음이 너무 급하고 힘들었어. 그런데도 유럽의 초대받은 집에서 마이크로 노래를 부르다가 이웃에게 피해를 줄까 싶어서 그동안 마이크를 전혀 쓰지 못했거든. 노래방에 가본 지 오래되어 나는 정말 쌓인 게 많았어. 예진아, 있지? 노래 부를 때 쌓인 게 풀리는 기분이 뭔지 알지?

두 사람은 마이크에 그리스어 노래가 없는 것을 무척 아쉬워하다가 자기들 핸드폰으로 배경음과 가사를 찾아 둘이서 신나게 불렀어. 아민타스는 후기에도 매직싱 마이크로 즐겁게 보냈다고 적었어. 아도니스는 아예 마이크를 살 거라고 했고.

그런데 우리 엄마 이메일이랑 닉네임이 아도니스야. 아도니스는 남자 이름인데 왜 그걸 쓰느냐고 물었더니 엄마의 대답.

"아도니스는 엄마가 대학 다닐 때 교문 앞에 있던 카페 이름이야. 좋은 음악과 부드러운 커피와 스낵이 있었는데 분위기가 너무 좋아서 영미(엄마의 단짝이며 내 대모)랑 자주 갔었어. 나중에 나도 그런 카페를 갖고 싶어서 아도니스라는 이름을 좋아하게 되었지. 그리스 신화에도 나와, 사랑의 여신 아프로디테가 좋아한 미소년. 아도니스가 사냥하다 죽었는데 그가 흘린 피가 아네모네라는 꽃이 되었대."

아아, 엄마도 대학 시절의 추억이 있구나.

11월 28일

파나깃사

그리스 산골, 방과후교실 운영하는
삼 남매의 꿈

　　예진아, 와, 오늘 여기 오면서 꼬깔콘 모양 산을 넘어야 했어. 산은 마치 맥도날드 아이스크림 같았어. 아, 여기가 정상이구나, 하고 올라가면 내려갔다가 다시 오르막길, 다시 또 오르막길…… 산을 빙빙 돌아서 여기 와야 했어.

　　저 멀리 보이는 에데사여, 안녕! 오늘은 맑을 줄 알았는데, 산으로 들어갈수록 먹구름이 많아졌어. 내 자만심을 반성했어. 20km라서 쉬운 줄 알았거든. 간식도 소티리아 아줌마가 준 바 하나밖에 없었어. 다른 간식은 아민타스 집에서 다 나눠 먹었어. 무려 3시간이 걸려 2시에야 목적지에 도착했어.

　　오늘 자전거를 끌고 산을 넘으면서 스스로 질문했어. 내가 이걸 왜 하는 거지? 왜 사서 고생하는 거지? 다시 내려가야 하는 산이고 중요한 도시에 가는 것도 아닌데, 그냥 카우치 서핑 호스트 한 명이 이 작은 마을에 산다고 해서 가는 건데. 나는 진지하게 고민했어. 1시간 내내 겨우 차 한 대가 지나가는 길에 주변은 모두 텅 빈 밭이고, 아무도 따지 않은 산딸기와 멀베리, 블루베리가 널려있었어.

　　마을이 3km 남은 지점에서 비가 내리기 시작했어. 양치기 아줌마가 양을 황급히 불러모으는 모습을 보았어. 목적지까지 1.2km 남았는데 핸드폰 배터리는 5%밖에 남지 않았어. 나는 최대한으로 달려 마을 중심에서 카페를 찾아냈고, 5분 뒤 카우치 서핑 호스트 에르미스가 트럭 한 대를 몰고 카페 앞으로 왔어. 차에 타고 900m 경사길을 올라 그의 집에 다다르자 키키라는 검은 개가 나를 반겼어. 그의 집은 나무 가구들이 평화롭게 조화를 이루었어. 오래 있고 싶은 집, 힐링이 되는 그런 집이야. 나는 여기 오길 잘 했다고 생각했어.

담요를 휘감은 채 소파에 쓰러져 잠들었다가 눈을 뜨니 에르미스는 방과후교실에 가고 없었어. 나는 이를 닦고 노트북과 핸드폰을 챙겨 집을 나왔어. 울타리를 뛰어넘어 그가 수업하는 방과후교실로 갔어.

사랑하는 유미주, 유미선, 천미화, 허윤하, 안요나, 민수이, 김한수, 김은솔, 그리고 정민아. 우리가 1998년부터 1999년까지 다니던 서울 성북구 월곡동 사회복지관 안에 있던 방과후교실 기억하니? 나는 그때 숭인초등학교 3학년이었고 너희는 2학년이었어. 우리는 학교가 끝나면 3시에 방과후교실에 가서 6시까지 있었어. 나는 방과후교실에 가는 게 너무 좋았어. 내가 그림 그리기를 좋아한다는 것, 내가 다른 사람을 웃길 수 있다는 것, 내가 말괄량이라는 것 등을 나는 거기서 알게 되었어.

나를 '유치원'이라고 놀리는 친구랑 싸우고 벌서기 일쑤였지. 선생님 이 그림을 넘기면서 해주시던 성경 이야기와 동화책이나 전래동화를 맛깔스럽게 읽어주시는 시간을 나는 무척 좋아했어. 쌍둥이 자매 미주, 미선이랑 교실 옆 어린이 도서관 가장자리에 가서, 그림이 제일 아름다운 동화책을 골라 같이 보면서 즐거워했고. 의자 세 개를 나란히 연결하고, 겨울이면 우리 집업 잠바 세 벌을 지퍼로 연결해 담요를 만들어서 같이 덮고 동화책 그림을 보았지. 20년이 지난 지금도 너희 이름을 기억해.

나는 지금 그리스의 작은 산속 마을에 있고, 여기서 우리 방과후교실과 아주 비슷한 교실을 찾아냈어. 우리가 다닌 방과후교실이 정부나 자치단체에서 만든 것이라면 내가 간 이곳은 개인이 만든 거야.

두 여동생과 함께
방과후교실을
운영하는 에르미스의
작은 집

36세인 에르미스는 6년 전, 두 여동생 사만타, 안길리키와 함께 고향인 파나깃 사에 돌아와 '어린이 과수원'이라는 방과후교실을 시작했대. 이곳은 인구 400명의 정말 작은 마을이야. 이 교실에서 학생들은 여름에는 씨를 뿌리고 농작물을 재배하는 법을 배우고, 겨울에는 공부한대, 오후 4시부터 7시 사이에. 월요일에는 고등학생을 가르치고, 화요일부터 금요일까지는 7세부터 14세까지를 가르친대. 내가 만난 학생은 8명이었어.

그리스가 디폴트 상태라 경제가 좋지 않고, 돈이 부족해 모든 걸 직접 만들어서 했다는 거야. 두 여동생, 학생들과 함께 필요한 가구들을 모두 만들었대. 처음에는 아이들을 위한 정규 학교를 만들고 싶었는데, 국가에서 요구하는 정규 학교 과정이 너무 딱딱해서 오후 워크숍 형태를 택해 방과후교실로 바꾸었대.

처음에는 모든 과목의 교과서와 참고서를 다 분석하고 자기 방식으로 잘게 씹어서 재미있게 가르치려고 하다 보니 너무 힘들었대. 그래서 이렇게 정했대.

방과후교실에서
아이들과 함께
요리하는 부엌의
선반

"우리 각자가 좋아하고 잘하는 것을 가르치자."

그래서 요리를 좋아하는 사만타는 요리를 가르치고, 둘째는 곰 관찰을 좋아해서 아이들과 같이 곰 관찰을 했대. 에르미스는 영국에서 1년간 음악 테라피를 공부하고, 네덜란드에서 4년간 대학을 다닌 후 6개월간 인도 음악을 배워서 그 모든 것을 모아 음악 수업과 나무공방 수업을 했대.

이 작은 마을에서 수업에 필요한 비용을 어떻게 마련하는지 물으니, 아이들이 1주일 동안 항아리에 2유로(약 3000원)씩 넣어서 이 돈으로 에데사에 가서 요리 재료를 산대. 그리고 밭에서 키운 허브를 팔아 부족한 비용을 충당한대. 아이들과 함께 농사지은 작물을 판 돈으로 아이들과 의논해 현미경을 사서 과학 수업을 시작했대. 방과후교실에는 정말 현미경이 있었어.

교실에서 여자아이 셋이 소꿉장난으로 모델 놀이를 하고 있었어. 한 아이가 드레스를 입고 선글라스를 끼고 포즈를 취하면 다른 아이가 사진 찍는 시늉을 했어.

"왜 장소를 여기로 정한 거예요?"

에르미스에게 물었어.

"인생은 나를 항상 생각하지 못한 곳으로 인도해요. 당시 나는 영국에서 음악 테라피를 공부하면서 곧 뉴욕으로 가서 전 세계 악기를 연구하려고 준비하고 있었어요. 그런데 갑자기 아버지가 편찮으셔서 나랑 두 동생이 아버지를 보러 병원에 모였어요. 우리 셋은 많은 대화를 나누었어요. 우리는 서로 어릴 적 꿈을 이야기하다가 셋이 힘을 합쳐 고향에 학교를 세우기로 한 거예요. 아버지 병환으로 우리 셋이 똘똘 뭉치게 된 거지요. 처음에 시작한 팀은 우리 셋과 파트너들까지 6명이었어요. 그러다 다들 떠나버렸어요. 막내는 영국에 공부하러 가고, 나랑 사만타만 남았어요. 두 번째 팀은 내 친구들이었는데 30명이나 되어 온갖 전문가가 다 있었어요. 선생님, 음악가, 공예가 등등. 우리는 겨울 동안 한 달에 한 번씩 만나 우리 계획을 이야기했어요. 그리고 봄이 되어 그동안 이야기한 것을 실행하려고 모두 모여 학교 울타리를 만들자고 메시지를 보냈더니 아무도 안 왔어요. '나는 도시의 삶을 떠날 수가 없어' 같은 각종 이유가 뒤따랐지요. 다시 나랑 사만타만 남았어요. 당신이 방금 만난 메리안나는 아테네에서 공부하고 있었는데, 이 학교 이야기를 듣고 곧바로 이사 와서 2년 동안 우리랑 같이 일하고 있어요. 서로 목표가 같으니까 쉽게 따라주는 것 같아요. 하루는 물파이프가 터져 이 교실이 완전히 물바다가 되었어요. 우리는 안에 있는 물건을 모두 밖으로 꺼내야 했어요. 친구들이 준 낡은 가구를 쓰고 있었는데, 물에 젖어 망가지는 바람에 다 버리고 아이들과 함께 나무로 직접 가구를 만들었어요. 바닥이 완전히 못쓰게 되었는데 스위스의 한 학교에서 자금을 보내주어 바닥 공사도 할 수 있었고요. 지금 우리는 이탈리아의 한 학교, 스위스의 한 학교와 이런 개념의 학교를 만들자고 논의하고 있어요. 아이디어를 교환하면서 서로에게 영감을 주고 있지요. 지금 그리스에 시리아 이민자들이 정말 많아요. 아무 일자리도 없고 일할 줄도 모르는 그들에게 나무로 작업하는 것을 가르치는 학교를 만들 수도 있어요. 지금 이런 학교가 많이 필요해요. 보육원도 그렇고요. 우리는 어릴 때 어머니가 돌아가셨어요. 그래서 우리는 더욱 꽁꽁 뭉치게 되었어요. 우리는 고아들이 뭘 필요로 하는지 잘 아니까 누구보다 잘 도울 수 있을 것 같아요. 지금 사만타는 이탈리아에 가서 우리 학교를 더 많은 곳에 확산시킬 계획을 알리고, 파트너십을 상의하고 있어요."

이 가족이 처음 이 마을에 정착하게 된 내력도 이야기했다.

"우리 부모님이 여기서 사신 이유가 있어요. 부모님은 원래 베를린에서 사셨는데, 나를 임신하자 태어날 아이를 위해 작은 마을로 이사해야겠다고 결정하셨어요. 그래서 40명이 사는 아주 작은 섬에서 나를 낳으셨어요. 그런 후 좀 더 큰 곳으로 가야 한다고 생각하고 두 분이 함께 그리스를 여행하면서 마침내 이 마을을 찾아내셨대요. 내가 다섯 살 때 이 마을로 이사 왔어요."

남자아이들은 레고를 만들고 있었어. 한쪽에는 각종 악기가 있는데 목요일에는 음악 수업을 한대. 바로 옆에서 메리안나가 큰 여자아이의 숙제를 도와주며, 교재를 들고 진지하게 텍스트를 보고 있었어.

오늘 이 방과후교실에서 아이들에게 20분 동안 내 프로젝트를 설명하고, 에르미스가 그리스어로 통역했어. 발표가 끝나자 나랑 이름이 같은 단발머리 여자아이 에바가 질문했어.

"힘 안 드세요?"

"사실 힘들었어요. 오늘은 여기 오느라, 산을 넘느라 정말 힘들었어요. 하지만 저는 그리스에 있는 게 아주 좋고 신나요. 여러분을 만나서 너무 좋아요. 몸이 힘든 건 정말 괜찮아요, 마음이 즐거우니까요."

아이들은 질문이 많았어. 음식은 얼마나 들고 다니세요? 밤에 잘 곳이 없으면 어떡해요? 짐승들이 공격하면 어떻게 해요?

7시, 아이들이 갈 시간. 아이들에게 시크로드 스티커를 하나씩 나눠주고 뒤쪽에 내 한글 이름을 적어주었어. 오늘 밤은 정말 춥고, 밤새 눈이 내릴 것 같아.

♣많은 사람이 에르미스의 방과후교실을 방문하고, 새로운 교육에 관심을 보여주면 좋겠어요. 이 방과후교실을 방문한 게 이번 여행 중 저에게 가장 큰 영감을 준 일이에요. 성북구 월곡동에서 저와 함께 방과후교실에 다니던 친구들이 이 글을 읽고 연락해주면 좋겠어요.

11월 30일

파나깃사

혼자 고요하고 외로울 땐
음성 메시지를 보낸다

예진아, 새벽 5시 30분에 눈을 떴어. 밤새 눈이 내렸어. 11월 29일 그리스에 첫눈이 내린 거야. 날씨가 추워졌어. 명상하고 핸드폰을 봤어. 아무 연락도 오지 않았어. 나는 핸드폰 중독이 된 건지도 모르겠어.

나는 어제 방과후교실에 다녀온 후 아날로그 생활이 얼마나 중요한지 새삼 깨달아 평소처럼 노트북을 펼치지 않고 집안을 둘러보았어. 에르미스의 집에는 정말 책이 많았어. 그것도 〈정원 가꾸기〉, 〈야생화 키우기〉, 〈나무집 만들기〉 같은 실용서였어. 정말 그리스인 조르바 같았어, 다 실천형 책들이야.

아침을 먹고 1시간에 걸쳐 30여 명에게 음성 메시지를 보냈어. 그리스에서 나를 보살펴준 사람들부터 터키의 여러 사람까지, 그리고 상하이 친구들에게까지. 이 산은 정말 고요하고, 이런 산속에서 혼자 노트북 자판을 두드리기에는 가슴 속에 할 말이 너무 많았던 것 같아.

혼자 있어서 외롭다고 느낄 때는 늘 이렇게 해. 가슴속 외로움이 다 풀릴 때까지 몇 명이고 생각나는 대로 음성 메시지를 보내. 목소리는 진심을 속일 수 없기 때문이야. 글로는 얼마든지 근사한 문장을 만들어낼 수 있지만, 목소리는 정말 내가 살아있음을 직접 알려주는 거잖아. 나는 지금 그리스의 산속 마을에 있다고, 이 고요함을 이기기 위해 너에게 메시지를 보낸다고.

그중에 몇 명은 답장을 보내 나를 걱정해주고 응원해줘. 그러고 나면 아, 그래, 혼자가 아니구나, 알게 돼.

나는 지금 그리스 국경에 있어. 내일이면 북마케도니아에 도착할 거야. 예진아, 잘 자렴.

 ## 알바니아 Albania

12월 4일

엘바산   **겨울 비수기 호스텔의**
         따뜻한 난롯불

예진아, 오늘 나는 오흐리드에서 엘바산까지 111km

를 달렸어. 아침 6시 30분에 눈이 떠졌어. 7시에 렌틸콩 수프와 요구르트를 먹고 나갈 준비를 마쳤어. 8시에 마리아가 일어나 터키식 커피를 만들어주었어. 렌틸콩 수프에 관해 물어보자 렌틸은 빨간 것과 노란 것이 있는데, 빨간 것은 1시간 만에 익고, 노란 것은 더 오래 걸린다고. 안에 단백질이 많아서 몸에 아주 좋대.

마리아의 배웅을 받고 9시에 집을 나와 호숫가를 따라 달렸어. 호숫가는 갈대가 많아서 아주 아름다웠어. 역대 가장 짧게 4일 만에 국경을 다시 넘었어. 금요일 2시경 마케도니아에 들어와 화요일 12시경에 나가는 것이니 5일 있었어.

알바니아에 들어오자 힘이 났어. 산 정상에 올라 오른쪽으로 보이는 산맥의 시원한 풍경. 그리고 왼쪽으로 보이는 오흐리드호수. 아, 내가 저 호숫가에 머물렀구나 하는 생각이 났어. 산에서 내려오는 길이 꽤 길어서 신바람 나게 내리막길을 내려왔어. 초등학교 앞을 지날 때는 마침 하교 시간이라 아이들이 내게 손을 흔들어 주었어.

다시 오르막길이 나타나고, 오르막과 내리막이 기분 좋게 반복되었어. 알바니아의 경사는 잔잔한 물결치듯 자전거여행자에게 별로 스트레스를 주지 않았어. 무엇보다 경치가 아름다워 눈이 즐거웠어. 나는 여유롭게 달리며 근처 사람들과 운전자들에게 손도 흔들었어.

그런데 아무리 생각해도 오르막길이 너무 많은 거야. 지도를 살펴보니, 아오! 잘못된 길로 가고 있었어. 내 자만심을 반성하며 갔던 길을 다시 돌아왔어. 이렇게 헛걸음쳐서 왕복한 거리가 20km야. 하여튼 늘 방심할 때 이렇게 실수를 하고 마는구나. 내게는 '모모의 거북이'가 필요했어. 30분 뒤에 일어날 일을 미리 알려주는 거북이가.

1시간을 낭비해서 해가 지고 있었어. 바람도 차가워지고, 역방향으로 불기 시

아주 아름다운 오흐리드 호숫가를 달려

작했어. 알바니아 자동차들의 매우 나쁜 습관은 앞지르기야. 4~5대가 줄지어 오다가 갑자기 차량이 하나 앞지르기를 하는데, 느닷없이 그런 차량을 마주하면 숨을 몰아쉬어야 해.

나는 마음이 급했어. 자동차 헤드라이트가 켜지기 시작하자 힘을 다해 페달을 밟았어. 엘바산까지 24km, 해가 지기 전에 도착해야 했어. 오흐리드 기준으로 해지는 시간은 4시고, 내 도착 예상 시각은 5시 20분이었어. 가는 도중 행인이 있으면 꼭 엘바산? 하면서 앞을 가리켰어. 심 카드가 없어서 구글맵을 쓸 수 없으니 이런 식으로 길을 확인해야 했어.

땅거미가 지고 드디어 엘바산에 도착했어. 나는 한 주유소에서 와이파이를 빌렸어. 주유소에서 에듀아트의 호스텔까지는 2km 남짓이었어. 호스텔 주인 에듀아트는 지금 비수기라 사람이 없다며 돈을 안 받고 나를 카우치 서핑 게스트로 받아준 거야. 바쁜 주인 대신 그의 어머니가 나를 맞이해주셨어.

나는 더운물로 샤워를 하고 어머니가 만들어주신 파스타를 감사하게 먹은 다음 일기를 썼지. 그때 어머니가 들어오셨고, 나는 자리를 비켜드리고 침대에 가서 스트레칭을 했어. 아아 참말로 좋았어. 지금 어머니와 나는 등을 맞대고 앉아서, 어머니는 유튜브로 터키 연속극을 보시고, 나는 난롯불 앞에서 일기를 쓰고 있어. 비수기인 겨울에 작은 도시의 호스텔은 바로 이런 모습이란다. 꽤 괜찮지?

12월 6일
엘바산

여행 중 가장 기억에 남는 식당
타베르나 칼라자

예진아, 호스텔에서 짐을 챙겨 나와 눈여겨본 레스토랑에서 점심을 먹기로 했어. '타베르나 칼라자'라는 곳인데 구글맵에도 나와 있지 않아. 엘바산 성벽 시계탑 옆문으로 들어가면 오른편에 바로 보여. 나는 돈을 아끼느라 점심은 거의 먹지 않다가 모처럼 나에게 점심을 사주기로 했어. 알바니아는 물가가 매우 싸거든.

내부가 아름다웠어. 인형이며, 필름 카메라며, 레코드판이며, 다 이야기가 있는 물건이었어. 탁자 네 개가 들어가는 작은 식당 벽에 화롯불이 타고 있었어. 나는 언제나처럼 바깥이 내다보이는 자리에 앉았어.

내가 한국인인 것을 안 식당 주인은 코스 요리를 권했어. 처음에 샐러드가 나

아주 소박한 레스토랑 외부   주인은 나 하나를 위해 온갖 정성을 다하시고

오고, 다음에 양고기 요리가 나오고 구운 빵과 올리브, 페퍼, 산 치즈가 나왔어. 그다음은 돈을 낼 필요 없다며 시금치가 들어간 파이 브렉에 귤 두 개와 감을 내오셨어. 나는 감동했어. 손님은 나밖에 없는데 아저씨는 정성을 다 퍼부어 주셨어. 사진까지 찍어주시고.

남은 음식을 포장하고 싶다고 하자 올리브와 치즈, 빵을 정성스럽게 포장해주셨어. 감 하나를 손수 썰어주시고, 포장한 음식과 함께 감도 하나 더 얹어주셨어. 음식값은 전부 합해 800렉, 7500원.

식당을 떠나기 전에 티라나 가는 길의 지도를 여러 개 스크린샷 했어. 심카드가 없어서 이런 식으로 했어. 2시 12분에 식당을 나와 엘바산을 떠났어. 2km가 넘는 긴 터널을 지나자 그새 해가 지며 파스텔 빛 하늘로 바뀌고 바로 느껴지는 차가운 바람. 엄청난 뒷바람이 불어와 나를 경사 위로 거뜬히 올려주었어. 뒷바람과 내리막길이 합쳐져 실은 좀 위험했어. 절벽 같은 부분이 있을 때는 달팽이처럼 아주 느리고 조심스럽게 내려가야 해. 엄마 말씀이 떠올랐어.

"조금 빨리 가려다 한참 빨리 간다."

12월 8일

스코데르

빗속을 70km 달리고
오일탱크차 히치하이킹

사랑하는 예진아, 오늘 물에 빠진 생쥐 꼴로 비를 맞았어. 아침에 일어나 일기예보를 보니 티라나도, 내 목적지 스코데르도 오늘 비가 내린다는 거야. 나는 고민했어. 비가 올 걸 뻔히 아는데 자전거를 타야 하나, 아니면 버스를 타야 하나. 그러다 자전거를 타기로 했어. 최선을 다해 자전거를 타고 가다가 비가 너무 많이 오면 히치하이킹을 하거나 버스를 타야겠다고 생각했어.

처음에는 길이 순탄했어. 평탄한 길로 여러 마을을 지나고 비가 내리기 시작했어. 그래도 계속 달리는데 잠바가 다 젖고 말았어. 파카로 갈아입고 젖은 잠바를 주머니 안에 넣었어. 빠른 속도로 사람들을 지나치는데 정말 순수하게 생긴 12살 남짓한 소년이 50m 앞을 지나가는 나를 보더니 크게 소리쳤어.

"두유 라이크 섹스?"

와, 정말 환멸감이 느껴지더라고. 나는 어떤 허망함에 고개를 흔들며 속도를 올려 그 마을을 지나쳤어. 50km 남았다는 표지판을 보았어. 상황이 더 나빠질 수는 없다고 생각했어. 이미 비가 내리고 있는데 더 나빠질 게 무엇일까? 하지만 이윽고 파카가 다 젖고 너무 추워서 이대로 가다간 감기에 걸릴 것 같았어. 나는 주유소로 들어가 히치하이킹을 하기로 했어.

마침 SUV 차량이 주유 중이어서 스코데르까지 태워줄 수 있느냐고 물으니 차가 작아서 안 된대. 주유소 유니폼을 입은 유일한 직원 아저씨가 우리 대화를 듣고는 흠뻑 젖은 채 다리를 덜덜 떠는 나를 불쌍히 여겼는지 들어오는 차량마다 나를 태워다 줄 수 있는지 물어봐 주셨어. 두 번을 거절당한 다음 오일탱크차가 섰어. 이 차에는 짐을 넣을 공간이 없어서 나는 일찌감치 포기했는데 주유소 아저씨와 대화하더니 운전자가 나를 불렀어.

"자전거는 탱크와 차 머리 사이에 끼우고, 가방은 운전석에 넣자."

그러다 자전거가 굴러떨어져 고장 나는 것은 아닐까, 차 바퀴에 밟혀 찌그러지는 것은 아닐까 걱정되었으나 아저씨를 믿기로 했어. 그는 내 스트랩으로 자전거를 빈칸에 고정했고, 나는 그렇게 큰 트럭은 처음 타 보았어. 조수석까지 사다리를 타고 올라가는 거야. 트럭이 출발하자 운전자는 디젤을 실은 이 오일탱크차는 알바니아의 유명한 정유회사 카스트라티 소속이라 안전하다고 했어. 운전자 안틴은 나를 위해 히터를 틀어주었어.

오늘은 정말 내 자전거 여행이 다른 사람에게 많은 폐를 끼치는 게 아닌가 하는 생각이 들었어. 유라시아대륙을 자전거로 횡단하겠다는 내 욕심으로 인해 수많은 카우치 서핑 호스트는 물론 이제는 비 오는 날 트럭 운전기사까지 힘들게 하는구나. 내가 돈을 내고 버스를 탔더라면 이 사람들이 이렇게 수고하지 않았을 텐데.

하지만 엄마가 말씀하셨지.

"하느님은 세상에서 자기 할 일을 다 한 사람부터 데려가신대. 하느님은 네가 이렇게 세상에 진 빚을 다 갚을 때까지 너를 저세상으로 데려가지 않으실 거야."

나는 지금 사람들에게 많은 신세를 지고 있지만, 이를 바탕으로 정말 더 많은 사람을 도와야 해.

따뜻한 바람이 나를 녹여주어 헬멧과 캡, 물에 젖은 장갑을 벗고 안틴과 대화를 했어. 대략 40대 초반인 것 같은데 영어를 잘했어. 6년간 런던에서 살며 페인트공으로 일하다가 영국 경제가 안 좋아지자 대형트럭 운전기사가 되었대. 그 후 영국 경제가 더 나빠져서 알바니아로 돌아와 운전 일을 하는 거래.

운전석이 얼마나 높고 차의 규모가 얼마나 큰지 저 아래에서 자전거를 타고 가는 현지인이 아주 작아 보였어. 아, 그래서 운전기사들이 내게 그렇게 빵빵 경적을 울려댔구나. 나를 무시하기가 이렇게 쉽구나. 나는 정말 하찮고 작아 보이는구나. 지금까지 대형트럭이 무척이나 위협적인 존재였는데, 지금은 또 이렇게 은혜를 베풀어주는구나.

이윽고 스코데르에 도착했어. 차가 너무 커서 목적지에서 먼, 인적이 드문 곳에 내려주었어. 비가 아주 제대로 내리고 있었고, 나는 추위 속에서 다시 내 짐을 자전거 위에 장착했어.

그런 다음 핸드폰으로 위치를 확인했어. 목적지까지 3km 떨어져 있었어. 빗속을 달리며 장갑도 없이 맨손바닥으로 스크린을 비벼가며 물방울을 훔치고, 비밀번호를 치고, 지도를 보려고 노력했어. 드디어 경기장 근처, 비는 점점 더 세게 내리는데 도무지 집이 보이지 않았어. 집 앞에 페인트로 '웜 샤워'라고 썼다는데 찾을 수가 없었어.

호스트에게 연락할 와이파이를 빌리려고 한 가게에 들어갔어. 물이 뚝뚝 떨어지지 않게 조심하면서, 몸을 움직이면 추우니까 잠바 모양 그대로, 마치 옷걸이에 걸린 사람처럼 입구에 서 있었어.

"와이파이 좀 쓸 수 있을까요?"

한 남자가 친절하게 와이파이 비밀번호를 쳐주셨어.

목적지와 매우 가깝다고 호스트 척에게 메시지를 보내고 척이 보낸 집 앞 사진을 아저씨에게 보여주었어. 30m 더 올라가라고 해서 심호흡을 하고 다시 빗속으로 나왔어. 아주 조심스럽게 천천히 올라가 '웜 샤워' 표시를 찾아냈어. 휴, 살았다!

나는 표시된 대로 벨을 꾹 눌렀어. 지붕에서 비가 처마 밑으로 후두두 폭포수처럼 떨어졌어. 10초 후에 2층에서 한 여자가 물었어.

"거기 아래 누구 있나요?"

"네!"

잠시 후 문이 열리고 그녀의 남편인 듯한 흰 수염의 남자가 나왔어. 척이었어. 아, 이제 됐다. 나는 자전거를 끌고 안으로 들어갔어. 자전거를 벽에 기대어 놓고 척을 따라 2층에 올라가자 부인 수잔이 환영해주었어.

"자, 너를 따뜻하게 해줘야겠다. 여기는 네 집이야, 편히 쉬렴."

수잔은 물에 흠뻑 젖은 내 잠바를 받아 밖에 널었어. 그리고 마운틴 티를 내오고, 양말 안에 쌀이 든 주머니를 전자레인지에 돌려 따뜻하게 만들어서 내 무릎에 놓았어.

"오늘 6명이 머물 거란다."

나는 믿을 수가 없었어. 이 집에 자전거여행자가 6명이나 머무른다고? 내가 마지막으로 본 자전거여행자는 터키에서였고, 프랑스 부부를 만난 지 이미 한 달이 되었어. 그런데 이 12월에 6명의 자전거여행자라니?

12월 8일

스코데르

알바니아 미국인 집,
세계 자전거여행자들 노래자랑

예진아, 여기에 자전거여행자 6명이 묵고 있어. 영국

의 36세 롭, 노르웨이의 21세 한스와 스웨덴의 20세 엘사는 커플, 타이완의 36세 샹싱과 독일의 28세 루벤도 커플. 그리고 만 28세 나.

우리는 어젯밤 매직싱으로 아주 제대로 놀았어. 내가 마이크가 있다고, 저녁 먹고 7시부터 노래를 부르자고 했어. 처음에는 다들 어색하고 민망해서 내가 먼저 한 곡을 불렀어, '에브리 타임'. 그런 다음에는 루벤이 웃기는 독일 노래를 부르고, 샹싱이 중국 노래, 롭이 팝송, 한스와 엘사가 '댄싱퀸', 수잔이 존 레논의 '이매진', 그런 다음 한스와 롭이 계속해서 랩을 했어.

와우, 상당히 잘하더라고. 한스와 롭이 1시간 동안 랩을 한 후 마이크가 비자 나는 자전거를 타며 계속 부르고도 또 부르고 싶은 바비 킴의 '고래의 꿈'을 불렀어.

'파란 바다 저 끝 어딘가 사랑을 찾아서, 하얀 꼬릴 세워 길 떠나는 나는 바다의 큰 고래……'

그런 후 모두 같이 캐롤을 부르자고 제안했고, 우리는 한 소파에 앉아 캐롤 메들리를 부르기 시작했어.

60세쯤으로 보이는 미국인 호스트 부부 수잔과 척은 30대 후반에 생물학 대학에서 만났대. 수잔은 심리학 학위를 위해 그 수업을 들었고, 척은 당시 학교에 적응하지 못하는 아이들을 위한 특수학교 교사였대. 두 사람은 4년 전부터 자전거 여행을 시작해 하루에 26km 정도 달렸다고. 그리고 2년 전부터 웜 샤워를 시작해 자전거여행자를 묵게 해주었대. 작년에는 몬테네그로에서 살다가 올해는 알바니아에서 산다고. 겨울에는 이렇게 호스팅을 하고, 여름에는 자전거를 탄대. 아, 정말 멋진 부부야. 나중에 나도 남편과 이렇게 살고 싶다.

한스는 노르웨이에서 13년간 교육을 받고 겨울에는 스키리조트에서, 여름에는 레스토랑에서 일했대. 그렇게 돈을 모아 자전거 여행을 시작한 거라고. 엘사는 2년 동안 엔지니어링을 공부한 후 한 해를 쉬면서 여행을 시작했대. 한스와 엘사는 룩셈부르크 웜 샤워에서 만났고, 같이 여행한 지 2개월 되었대.

와, 타이완 여자 샹싱은 엄청 동안이고 정말 멋진 사람이야! 공연자인 그녀는 머리를 완전히 삭발했었대. 사진 속의 삭발한 머리가 정말 잘 어울렸어. 그런 다음 닭의 볏처럼 머리를 기르고 옆머리를 완전히 밀었다가 지금은 서서히 자라고 있대. 샹싱과 루벤 커플은 바에서 즉석 공연을 한대. 루벤은 전자 플루트를 연주하고, 샹싱은 탭댄스와 보컬을 하는데 가끔 닭의 볏 공연도 한대.

이렇게 좋은 사람들과 즐겁게 시간을 보내고 나는 다음 날 아침 바로 이 집을 떠났어. 롭이 물었어.

"왜 오늘 바로 가니?"

"너무 좋아서 가는 거야."

"아, 너무 좋으면 나중에 떠나기 힘드니까?"

사실은 그게 아니었어. 어제 6명이 보낸 시간이 너무 즐거워서 가장 좋을 때 떠나야겠다고, 가장 좋은 그대로 남기고 가야겠다고 생각한 거야. 척의 집이 너무 춥고, 8명이 작은 집을 쓰자니 불편하기도 했어.

나는 햇살 좋은 날 스코데르를 떠나 몬테네그로로 향하면서 친구 7명을 하나하나 머리에 떠올렸어.

크로아티아 Croatia

12월 12일

두브로브니크

**캄캄한 밤 완전히 우연으로
웜 샤워 찾아**

　　사랑하는 예진아, 내 핸드폰이 완전히 고장 났어. 몬
테네그로와 크로아티아에서 수리점 두 곳을 방문했는데 대답은 똑같았어. 희망이
없대. 하지만 괜찮아, 중고를 산 것이고, 2년 7개월을 썼으니까. 핸드폰 없이 주행
했고 그래서 사진이 없어, 미안해.

　　오늘은 아마도 세 번째로 힘든 날 같아. 아침 8시 40분에 출발해 저녁 6시 40
분까지 110km를 달렸어. 오늘도 가장 힘들었던 부분은 마지막 14km야. 해가 지
고 오래되어 아주 깜깜했어. 그런데 갑자기 앞에 가던 차들이 위로 올라가는 거야.
아아, 산이라니, 다 와 가는데 산이라니, 이렇게 어두운 데 산이라니!

　　나는 마음을 다잡았어. 그리고 한 번도 멈추지 않고 올라가기로 했어. 힘들다
고 자전거에서 내리면 경사에서 중심을 잡기 매우 힘든데, 어두운 밤에 내가 도로
에서 휘청거리면 교통사고가 날 수도 있어. 나는 정말 전력을 다했어. 그런데 경사
가 끝이 없어. 나는 하느님을 원망했어, 이건 정말 너무하시다고. 경사를 올라가면
서 가슴 속에 응어리 같은 것이 차올랐어.

　　가다가 도무지 올라갈 수 없어 내려서 자전거를 끌었어. 아, 여기 오는 길에 본
마을에서 묵을 곳을 찾았어야 했나? 두브로브니크에 가더라도 핸드폰이 고장 나

호스트에게 연락을 못 하니 오늘 밤 어디서 잘지 기약도 없어.

건너는 길이 나타나고 그 너머로 내리막길이 보이는 듯했어. 아, 드디어 고비를 넘겼구나, 나는 기뻐하며 기어를 바꿨어. 그런데 웬걸, 경사를 내려가다 다시 오르막길이 나타났어. 아, 정말 내 인내심을 시험하는 것 같았어. 앞에 표지판이 나타났어. 스위치백 같은 표시였어. 그런데 정말, 오르막길 정상에 오르니 더 높은 오르막길이 보였어.

깜깜하게 어두운 밤에 멀리 자동차 헤드라이트가 아주 높은 곳에서부터 내려오고 있었어. 나는 망연자실했어. 그리고 응어리가 터졌어. 나도 모르게 눈물이 나왔어. 아아, 너무 힘들다. 이건 너무 심해. 엉엉 울었어. 눈물이 그냥 다 흐르게 내버려 두었어. 울면서 자전거를 끌었어. 멈추면 안 돼.

정면에서 오는 자동차가 나를 비추면서 스쳐 지나갔어. 내 우는 얼굴을 봤든 못 봤든 그들은 시속 50km 속도를 유지해야 하기에 멈추고 말을 건넬 수도 없어. 뒤에서 오는 차들은 앞에 이상한 물체가 있다며 시야가 넓게 보이는 헤드라이트로 내 전신을 비추고 지나갔어.

이윽고 주변에 자동차가 하나도 없는 순간이 되자 밝은 것은 오로지 둘뿐이었어. 동쪽 60도 방향에 떠 있는 초승달과 내 헤드라이트. 온 사방이 어두컴컴했어. 오른쪽은 산이고 왼쪽은 탁 트인 지중해였어. 하지만 밤이 얼마나 어두운지 바다와 하늘의 경계조차 없었어. 구름의 그림자로 아, 저기가 바다구나, 하고 알뿐이었어. 눈물이 다 나오고 나서 나는 무표정으로 마지막 경사를 올라갔어. 그래, 마지막 경사! 드디어, 드디어, 두브로브니크의 불빛이 보이기 시작했어! 아름다운 성벽도 보였어. 아아, 살았구나!

도시로 들어가니 모든 게 캄캄했어. 얼른 와이파이가 되는 곳을 찾아서 숙소를 찾아야 했어. 그런데 우선 배가 너무 고팠어. 7시에 아침을 먹고, 국경 건널 때 카카오 초콜릿 세 조각을 먹고는 아무것도 먹지 않았어. 한 남자가 햄버거를 먹고 있는 것을 보고 그 남자의 햄버거 가게에서 치킨버거를 시켰어. 손님은 나밖에 없었고, 도마구이라는 그 남자와 대화를 나누며 친해져 가게 안의 컴퓨터를 쓰게 해주었어.

오늘 재워주기로 한 미셸에게 메시지를 보내고 치킨버거를 아주 맛있게 먹고 민트 차까지 마셨는데, 그때까지도 미셸의 답장이 없어서 호스텔을 찾아 나섰어. 햄버거집 앞에 호스텔이 있다고 해서 가봤지만 없고, 오다가 본 365일 호스텔은 가보니 닫혔더라고.

다시 햄버거집에 돌아오니 와인 잔을 든 아저씨가 능숙한 영어로 호스텔을 하나 추천하며 구글 거리뷰로 위치를 보여주셨어. 와, 햄버거 가게에서 와인이라니! 그가 말한 호스텔을 찾아가자 어두컴컴해서 문을 닫은 것 같았어. 그래서 찻길을 건너 더 자세히 살펴보려는데 자동차가 가까이 오더니 운전자가 물었어.

"혹시 웜 샤워 회원이세요?"

"네, 맞아요."

"여긴 찻길이니까 저쪽으로 오세요."

나는 반신반의하며 자전거를 끌고 갔어.

"내 이름은 닉샤예요."

오, 닉샤! 놀라워라. 스코데르에서 만난 한스, 엘사 커플이 추천한 두브로브니크의 웜 샤워 호스트 이름이었어. 하지만 정작 웜 샤워 홈피에서는 그의 이름을 찾지 못해 카우치 서핑에 의존하기로 한 거였어. 그가 닉샤라는 것을 알고는 마음을 놓았어. 그의 차 안에는 독일 커플이 타고 있었고, 이들도 자전거여행자였어.

"혹시 숙소가 필요한가요?"

"네!"

"집이 가까워요. 천천히 갈 테니 따라오세요."

나는 이 행운을 믿을 수 없었어. 아름다운 불빛이 수면에 비친 그림 같은 항구에서 자전거를 몰고 그를 따라갔어. 하느님은 정말 좋으신 분이셔. 닉샤라는 사람과 내가 거리에서 마주칠 확률은 엄청 낮은데, 닉샤는 마침 슈퍼에서 쇼핑하느라 시간이 걸려 그제야 그곳을 지나게 되었다고. 정말 우연이라고 했어.

12월 14일

두브로브니크

'2018년, 내 20대 최고의 시간' 10순위

예진아, 오늘은 비가 와서 자전거를 타지 못해. 그래서 내년이면 내가 30대가 되니까, 오늘은 '2018년, 내 20대 최고의 시간' 순위를 뽑았어.

이제 2주하고도 며칠이면 서른 살이 되는 만큼 20대를 정리하면서 새로운 시작을 하려고 해. 나는 박효신 콘서트에서 스무 살을 맞이했고, 자전거 여행 중에 서른을 맞이하게 되었어. 이 목록을 적으면서 깨달은 것은 내가 오랫동안 몸과 마음을 다해서 했던 일에 크게 애착을 가지며, 그것을 하기를 잘했다고 생각한다는 거야. 앞으로도 몸과 마음을 바치고 싶은 것에 시간을 많이 써야겠다는 생각이 들었어.

〈잘했다고 생각하는 것〉

1. 유라시아대륙 자전거 횡단.

2. 《중국 스타트업처럼 비즈니스 하라》 책 출판. 〈테크노드〉에 쓴 기사를 바탕으로 '상상락창의센터' 김희종 대표와 공동으로 책이 출판되었어. 이 여행을 하는 중에도 인터넷이 있는 곳을 찾아다니며 카페에서든 호텔에서든 현지인 집에서든 열심히 원고를 손질했어. 중국 스타트업들이 어떤 방식으로 성공을 이루어가는지, 외국 스타트업들은 어떻게 중국에서 성공하는지, 한국 스타트업들이 중국 위챗에서 동작하는 미니 응용 프로그램 샤오청쉬[小程序소정서]를 활용하면 성공 확률이 높아질 수 있는 이유, 중국의 벤처캐피털 업계와 친해지는 방법 등의 내용을 담았어.

3. 상하이 마수모 회장으로 1년 6개월 일하고 감사패 받은 것. 마수모란 '마지막 수요일 모임'으로 상하이의 IT업계에 종사하는 한인 네트워크이며, 2016년 3월 만들어졌어. 원래 식사하는 친목 모임이었으나 내가 회장이 되면서 2~4명의 발표자가 각기 자기 업계의 인사이트를 발표해 공유하는 모임으로 바꾸고, 참석자도 상하이에 거주하는 한국인으로 확대했어.

4. 5월 26일 상하이 송별 파티 때 내 그림 13점을 전시해 팔고, 선물한 것.

5. 스위스 로잔에서 열린 시드스타즈 컨퍼런스 취재한 것. 이때 아프리카, 중동, 유럽, 남미에서 활동하는 창업가, 투자자, 기자들을 만났고, 내 여행 중에 세미나 장소를 구하고, 인터뷰대상을 찾는 데 도움을 받았어.

6. 상하이 살사 신입생 파티에서 6등 한 것.

7. 시안에서 바리스타 자격증 취득한 것. 이번 여행 중에 시안의 커피 학교에서 8일간 강의를 듣고 바리스타 수료증을 받았어.

8. 내가 쓴 기사가 〈테크크런치〉에 게재된 것. 〈테크크런치〉는 북미 최대 IT 온라인 매체로, IT업계 기자로서 그 매체에 기사가 실리는 것은 대단히 영예로운 일이야.

9. 알리바바에서 유일한 한국인 기자로 초대해주어 평창올림픽 취재한 것.

10. 한국어, 영어, 중국어, 스페인어, 4개국어 하게 된 것. 확실히 그 나라에 살아야 그 언어를 잘 배우게 된다는 생각이 들었어. 영어는 이스라엘과 미국 실리콘밸리에서 스타트업 인터뷰를 하면서 늘었고, 중국어는 중국 매체에서 기자 생활을 하면서, 스페인어는 에콰도르에서 스페인어로 한국어를 가르치면서 늘었어.

〈실패한 것〉

1. 일본어 자격증 취득 실패. 자격증 준비를 할 때 집에서 책만 보고 있었어. 단어도 안 외워지고, 시험 당일 완전히 앞이 깜깜했어.

2. 히브리어가 늘지 않은 것. 이스라엘에 7개월 살면서 텔아비브대학에서 히브

상하이에서 살사를 추다

시안에서 커피를 배우다

리어를 배웠어. 늘 쓰던 히브리어만 쓰다 보니 늘지 않았어. 히브리어 알파벳을 좀
더 일찍 깨우쳤더라면, 히브리어로 일기를 쓰기 시작했더라면, 이스라엘 친구를 더
많이 사귀었더라면 좋았을 것 같아.

12월 15일

보스니아 네움

차가운 겨울비 속에
자전거 타고 호텔 찾기

예진아, 오늘은 자전거 여행 197일째 날이고 나는 크
로아티아에 있어. 두브로브니크에서 만난 독일 커플이 보여준 자전거여행자들의 수
많은 영상을 보며 내 자전거 여행의 마무리를 잘해야겠다고 다짐했어. 나는 우리
전래동화 중에 3년을 힘들게 일한 뒤 마지막 과제로 새끼줄을 꼰 두 남자 이야기
를 기억하는데 내 여행의 마지막 새끼줄을 잘 꼬아야 해.

나는 지금 너무 추워. 샤워하고 손바닥만 한 온풍기 앞에서 손을 녹이고 있어.
오늘 60km를 달렸어. 비교적 짧은 거리지만 많이 힘들었어. 오늘 올라간 경사가
965m고, 겨울비를 맞으면서 40km를 달렸거든.

30km를 달리고 비가 내리기 시작한 지점에서 타이완 자전거여행자 재키 찬을
만났어. 배우로 유명한 재키 찬 청룽 [成龍성룽]과 이름이 같아. 내가 닉샤의 집에
서 2일 머무는 동안 닉샤가 하도 재키 찬 이야기를 많이 해서 그를 단번에 알아보
았어. 그가 얼마 전 크로아티아 신문에 대문짝만하게 실렸대. 그는 이름과 행색으
로 크게 이목을 끌었는데, 긴 머리에 매우 무거운 짐을 감당하기 위해 자전거 뒤에

캐리어를 하나 더 끌었고, 거기에 타이완 국기와 함께 크로아티아 국기를 꽂아 놓았으니 신문에서 보도할 만도 했지.

맞은 편에서 비를 맞으며 올라오는 그를 불렀어.

"재키 찬!"

자전거를 그쪽으로 몰고 가서 닉샤를 통해 당신을 알고 있다면서, 초면에 매우 실례지만 네움의 어느 숙소에서 묵었는지 물었어. 재키는 니콜라라는 사람의 번호를 알려주었어. 우리는 서로에게 행운을 빈다고 인사하고 각기 다른 방향으로 멀어져갔어. 빗줄기가 점점 거세졌어, 스코데르에 가던 그 날과 똑같이.

나는 어제 니코와 카테리네랑 인터스포츠에 갔을 때 그 방수 잠바를 샀어야 했는데, 하고 후회했어.

"이 잠바로 버틸 수 있을 것 같아."

니코가 내게 방수 잠바를 내밀자 나는 이렇게 대답했지. 나는 이 여행 중에 최대한 옷을 사지 않겠다는 생각이야. 우선 돈이 들고, 그 무게를 지고 가야 하니까. 소유는 지금 내게 고통이야. 그리하여 지금까지도 나는 반 팔 티셔츠, 방수가 잘 안 되는 여름 잠바 위에 방수 안 되는 파카를 입고 달리고 있어.

계속 달리자 마침내 보스니아 국경이 보였어. 여권 검사를 하는데 손이 얼어 지퍼를 여는 동작이 오래 걸렸어. 출입국 사무소 직원이 보다못해 말했어.

"여권 안 보여줘도 괜찮아요."

세상에, 이런 일은 처음이었어.

"한국인이죠?"

여직원 뒤의 남자가 물었어.

"네. 어떻게 아셨어요?"

확실히 크로아티아에 한국인이 많이 오나 봐.

목적지 네움에 도착하자 내 손과 허벅지가 모두 얼고 온몸이 얼음장 같았어. 오늘처럼 몸이 완전히 젖은 상태로 내리막길을 내려가면 맞바람으로 인해 너무 추워. 손이 얼어서 필요 이상으로 브레이크를 잡으며 내리막길을 내려왔어. 빗물로 젖은 도로에서 언 손 때문에 브레이크를 놓쳤다간 해안선 절벽으로 떨어지고 말 거니까.

빨리 호텔로 가야겠다고 생각했으나 먼저 약국으로 가서 전화 한 통을 빌려 니콜라에게 전화했어. 그런데 재키 찬이 3일을 머무르며 더운물을 다 써버려서 없다는 거야. 그러니 다른 숙소를 찾아보라고.

자전거를 내려서 보니 바지 엉덩이까지 다 젖었어. 하체가 완전히 빗물에 젖은 거지. 이대로 두면 곧바로 감기에 걸릴 테니 얼른 바지를 갈아입어야 했어. 약국을 나와 2km쯤 가자 호텔이 나왔어. 호스텔에 가고 싶었지만 지금 그런 걸 따질 때가 아니잖아. 이미 감기에 걸렸는지도 모르는데.

호텔에 들어가 숙박료를 묻자 직원은 빗물에 흠뻑 젖은 나를 아래위로 훑어보더니 바로 대답을 하지 않고 핸드폰으로 누군가에게 연락하는 거야. 얼마를 받을까 상의하는 것 같았어. 그러는 사이 나는 얼른 가방에서 속옷과 털바지를 꺼내 화장실에 가서 갈아입었어. 몸이 얼마나 얼었는지 옷을 갈아입어도 전혀 온기가 느껴지지 않았어. 그래도 축축하지는 않아서 직원 앞으로 갔지.

"하룻밤에 50유로요."

"괜찮아요. 그냥 나갈게요."

바지를 갈아입었으니 다른 호텔 가격도 알아보겠다고 생각하며 그곳을 나왔어.

"40유로!"

직원이 급히 따라 나왔어.

"괜찮아요. 갈게요."

"예산이 얼마예요?"

"15유로."

"흠…… 20유로. 괜찮아요?"

이렇게 해서 숙소를 찾게 되었어. 추운 겨울비 속에 자전거를 타다니, 나는 지금 엄마가 제일 싫어하는 '미련곰탱이 짓'을 한 거야. 10월 23일에 마지막으로 호텔에 머물렀으니 한 달하고 3주간을 계속해 현지인 집에서 자는 데에 성공한 거야, 와우.

12월 16일

마카스카

'하느님, 너무 배고파요!'
머릿속엔 오로지 빵뿐

예진아, 나는 오늘 너무 배가 고팠어. 7시경 아침으로 빵 반 개와 토마토, 양상추로 샌드위치를 만들어 먹고, 믹스커피 한 잔을 마셨어. 그런 다음 가다가 배가 고파 12시쯤 사과를 한 개 먹었지. 아, 두브로브니크에서 산 사과가 얼마나 달고 맛있는지 정말 감탄했어. 신선하고 탐스러운 사과, 과즙이 떨어지는 사과. 나는 힘을 내 다시 달리기 시작했어.

하지만 정말 빵이 먹고 싶었어. 빵을 훔친 장발장은 얼마나 빵이 먹고 싶었을까. 나도 그처럼 간절히 빵을 원했어. 그런데 크로아티아의 함정은 휴게실이 없다는 거야. 마을은 관광을 위해서만 돌아가는지 관광 시즌이 아닌 12월에는 빵집이 아예 문을 닫고, 레스토랑도 커튼이 쳐졌어. 오로지 '아파트 빌려줌' 표지판만 가득한 유령마을이 되었어.

내 가방 안에는 먹을 게 구운 병아리콩밖에 없는데 16km 남았다는 표지판이 나왔어. 아, 이 마지막 16km는 언제나 내 인내심을 시험하는 것 같아. 아주 큰 마을이 나오자 나는 설레었어. 여기는 휴게소는 없어도 매점 하나는 있겠구나. 그런데 마을은 경사가 심한 도로로 100m 이상을 내려가야 했어. 그건 내게 고통을 배가시키는 것이야. 그 큰 마을을 지나쳐 코너를 돌자 다시 숲이 빽빽한 도로가 나왔어.

'하느님! 아, 너무 배고파요.'

하느님이 나를 정말 시험에 들게 하시는구나! 입에서 욕이 나오기 시작하고, 머릿속에 다른 생각은 들지 않았어. 정말 매슬로우의 '욕구 단계설' 그대로야. 나는 자전거에서 내렸어. 그리고 이틀 내내 한 번도 손대지 않은 물을 마셨어. 차가운 물이 위장으로 들어가는 것을 느꼈어. 그래, 음식이 없어 죽는 것보다 물이 없어 죽는 게 더 빠르다는데, 물이 더 중요하구나. 고픈 배를 물로 채운 뒤 바지 두 겹 중한 겹을 벗었어. 가벼운 몸으로 스피드를 올리기 위해서.

한 마을에 도착해 주유소 사인을 봤어. 주유소다! 주유소에는 무조건 매점이 딸려 있다! 설렌 마음으로 달려가니 지붕도 없는 매우 작은 것이었고, 매점 안에 아주 작은 가판대가 있었어. 희망에 잔뜩 부풀어 자전거를 세우고 들어갔어. 오, 과자가 있었어. 아쉽게도 빵과 우유는 없었어. 나는 매우 신중하게 과자를 살폈어. 나는 대략 3분 동안 초코과자, 크래커, 초콜릿 세 가지를 비교한 다음, 초코과자 하나와 초코 스낵바를 선택했어. 10쿠나, 1800원을 내고 과자를 깠어.

"저어,"

"네?"

"밖에 나가서 먹어줄래요?"

나는 좀 서운했으나 헬멧과 과자를 챙겨 바깥으로 나왔어. 바깥은 추웠지만 그래도 바다를 바라보며 초코과자랑 스낵바를 소중히 먹었어. 고픈 배 속에 과자가 고이고이 안착했어. 마치 가뭄 속에 내리는 단비처럼 바로바로 흡수되는 것 같았어. 나는 초코과자 두 개를 남기고 다 먹었어. 과자로 배 채우는 것을 좋아하지 않아 허기만 채우기로 했어. 살아있는 따뜻하고 신선한 음식을 먹고 싶었어. 빵이나 과일이나 채소나 그런 것.

나는 힘을 내 다시 앞으로 나아갔어. 얼마나 눈에 불을 켜고 레스토랑을 찾았는지 아파트 사진 하나가 케이크로 보였어. 노란 집은 치즈케이크로, 빨간 지붕은 그 위의 체리 장식으로 보인 거야.

행여나 내가 매점에 들어간 것을 후회하게 해줄, 제대로 된 빵집이나 레스토랑이 나오는 거 아닌가. 주변을 잘 살피며 달렸어. 드디어 87km를 달려 마카스카에 도착! 와, 도착과 동시에 수많은 마트가 등장했어, 흑! 게다가 방수 잠바를 살 수 있는 인터스포츠 로고도 보였어.

시내로 내려가 와이파이가 되는 카페를 찾았어. 안으로 들어가니 15명쯤 되는 아저씨들이 모두 담배를 피우며 축구경기를 보고 있었어. 여자는 담배 피우는 아줌마 둘뿐. 나는 6코나에 우유를 시키고 노트북을 켰어. 다들 나를 신기하게 쳐다봤어. 남자와 담배 연기가 가득한 바에서 스포츠 차림의 동양인 여자애가 노트북을 켜고 일을 하려 하다니.

와이파이를 연결해 카우치 서핑을 확인했어. 나를 호스팅하기로 해준 다이볼

이 3시간 전에 미안하지만 안 되겠다고, 다른 숙소를 알아보라는 메시지를 보냈더군. 나는 바로 '마카스카 호스텔'을 검색해 유일한 호스텔 약도를 영수증 뒤에 베껴 그렸어. 아직 핸드폰이 없으니까.

카페를 나와 마침내 호스텔을 찾아냈어. 바나나와 귤, 요구르트 1팩, 빵, 카카오를 사서 호스텔로 들어가서 침대 8개가 있는 방을 독차지하게 되었어.

12월 18일

스플리트 여행 200일, 6999km 달성하고 핸드폰 마련

예진아, 자전거를 타고 200일 되는 날이야. 오늘 아침 줄리안과 알레한드라 커플 집에서 새벽 5시에 눈을 떴어. 드디어 힘들게 핸드폰을 샀어. 128기가 '아이폰XR'을 사기 위해 코토르에서 스플리트까지 350km를 일주일에 걸쳐 달렸어.

핸드폰을 산 뒤 줄리안의 집으로 돌아와 두 사람을 위한 편지를 썼어. 정말 멋진 경치의 산꼭대기 집에서 냄비에 가득한 도우를 반죽해 직접 빵을 굽는 줄리안. 독일인인 그에게 크로아티아 빵은 너무 맛이 없어서 직접 굽기로 한 거래.

줄리안 집에서 미국인 여자 영어 선생님 어텀의 집으로 이동해 어텀과 함께 시내 구경을 하려고 항구로 나왔어. 와, 이제야 마침내 보게 되는 아름다운 스플리트의 경치.

12월 20일

스플리트

이탈리아 가는 페리 타고
오랜만에 한국말

예진아, 크로아티아 스플리트에서 이탈리아 안코나까지는 페리를 타기로 했어. 겨울에 그 해안을 달리기가 너무 위험해서. 크로아티아는 산이 정말 많은데 산 위에 눈이 쌓이기 시작했어. 바람 부는 날 그 해안을 달리는데 바람이 얼마나 센지 나를 앞으로 밀고 뒤로 밀어 어느 순간 자전거에서 내려서 끌고 가야 했어. 눈이 녹은 도로 위에서 사고가 날 것만 같아 두려웠어.

이 말을 듣고 줄리안이 페리를 타라고 조언해주었어. 그래서 비교적 길이 평탄하고 자전거여행자가 많은 이탈리아로 넘어가서 다시 자전거를 타기로 했어. 페리는 일주일에 두 편 있어. 수요일, 일요일. 요금은 57파운드.

나를 하룻밤 재워준 어팀은 마운틴 바이킹을 하는데 거의 프로 선수 수준이래. 프로 선수인 친구들보다 더 잘 탈 때도 많은데 프로 생활을 하고 싶지 않다고 했어. 수입이 많은 것도 아닌데 인터뷰하고, 소셜미디어에 나오고, 하는 것이 싫어서래. 무엇보다 자기 사생활이 중요하다고.

그녀는 정말 건강을 엄청나게 챙겼어. 자기가 보충할 단백질의 양과 비타민 종류 등을 다 알고 있고, 유기농 음식만 먹는데. 와, 글루텐 없는 빵만 먹었어. 어팀과 헤어져 항구로 오면서 여행 201일째에 총 주행거리 7000km를 달성했어.

페리에서 너무 친구를 사귀고 싶었어. 이렇게 사람이 많은데 자전거여행자는 나밖에 없다니. 다들 배낭을 메고 있었어. 배에 타는데 옷차림이 '딱 한국인!'으로 보이는 남자애가 있어서 조심스레 물었지.

"저, 혹시 한국인이세요."

"네."

"아, 네. 궁금해서 여쭤보았어요."

나는 머쓱해서 다른 소파를 둘러보다 크로아티아 아줌마 옆에 앉았어. 크로아티아 뉴스를 보다 킨들을 읽기 시작했는데 스크린을 보고 싶지 않았어. 사람과 사람의 대화를 하고 싶었어.

오늘 내 목표는 같이 탄 한국 남자애에게 말을 거는 게 되었어. 한국말이 너무 하고 싶었어. 더구나 자유여행으로 혼자 다니는 이런 한국여행자를 본 지가 너무 오래되었어. 10월 16일에 터키 트라브존에서 소방관 창헌 씨를 본 후 처음이니까 2달이 넘은 거야.

남자애는 이미 잠잘 준비를 하고 안대까지 끼었어. 나는 내 용기 부족을 자책했어. 그런데 남자애가 잠자리가 불편한지 안대를 벗고 배낭을 뒤적였어. 그래서 마침내 용기를 냈지.

"저기, 죄송한데, 주무시기 전에 10분만 대화하면 어떠세요?"

"네, 좋아요."

그 애가 쿨하게 대답했어.

"여행 중에 한국 분들 많이 보셨겠지만, 저는 정말 오랜만에 한국 분 보는 거거든요."

1995년생으로 일산 출신이고, 대학 졸업을 앞두고 크로아티아에서 스페인까지 여행하는 거래. 나는 그의 이야기를 듣고 싶었는데 그가 더 질문이 많았어. 나는 오늘 하지 못한 세미나를 5분으로 간추려 피피티에 있는 여행 사진들을 보여주었어. 그리고 시크로드 스티커를 건넸어.

현실 같지 않은 스플리트 항구의 아름다운 저녁 풍경

"그럼, 쉬세요."

목표를 달성하고 나니 이제 자도 되겠다는 생각이 들었어. 만족스럽게 내 자리로 돌아와 세수하고, 이 닦고, 일기를 쓰기 시작했지. 바로 하루 전, 스플리트의 한 카페에서 시크로드 세미나를 열었는데 1시간을 기다려도 아무도 오지 않아서 결국 커피 한 잔만 마시고 나왔거든. 이제까지 9개 도시에서 세미나를 했는데, 10번째인 크로아티아에서는 그렇게 된 거야. 하지만 그 도시에서 출발한 페리 위에서 한국 남자애게 내가 준비했던 세미나를 해준 거지. 그렇게 생각하니 기분이 참 좋았어.

제5장
유럽은
소비 축소와
환경 운동 중

나는 가방에서 물티슈를 꺼냈어.
"이거 중국에서 온 거야."
"사기는 다른 나라에서 사고?"
"아니, 중국에서 여기까지 배달한 거야.
5개월에 걸쳐 자전거 타고."
"와, 이거 소중한 거구나. 비행기도,
배도 아니고 자전거로 배달 온
물티슈라니. 에바 엑스프레스!"
실크로드를 건너온 방물장수가 된 기분이
였어. 하하. 그러고 보니 중국 물품을
한국인이 상하이부터 자전거를 타고
가져와 밀라노의 이탈리아인에게
전달한 거야. -〈1월 2일 일기〉

이탈리아 Italy

12월 20일

페사로

불법 체류 튀니지 어부 사랑한
이탈리아 여교사

사랑하는 오빠, 나 지금 이탈리아의 아드리아 바다를 바라보는 도시 페사로에 있어. 이탈리아의 편지를 오빠에게 전하는 이유는 2010년 12월 27일 로마에서 오빠를 만나 같이 유럽여행을 했기 때문이야. 우리는 닮은 면은 별로 없지만 나는 오빠가 참 좋아. 오빠는 내 말을 잘 들어주고 언제나 내 입장을 차분하게 잘 이해해주잖아.

내 친구 마리암은 오늘 나랑 같이 페사로 전역을 걸었어. 페사로는 〈세비야의 이발사〉를 쓴 음악가 로시니의 출생지야. 아주 멋진 오페라 하우스도 있어. 사람들은 로시니를 코믹 오페라의 대가라고 하지만 지금은 그의 낭만파 비극 오페라가 재조명을 받고 있다고 하네.

여기서 나는 세비야의 이발사 이름이 피가로라는 것을 처음 알게 되었어. 그러니까 모차르트가 〈피가로의 결혼〉을 먼저 쓰기는 했으나 내용으로는 로시니 작품의 후속편이 되는 셈이래. 신기하다, 마치 〈반지의 제왕〉 다음에 〈호빗〉이 나온 것처럼.

우리는 아드리아 바다를 보러 나왔어. 바로 건너에 크로아티아가 있어. 이 바다를 마지막으로 해서 그다음 내가 보는 바다는 대서양이 될 거야. 마리암이 가장 좋아하는 골목을 걸었어. 유대인의 게토가 있는 거리래. 유대교 회당인 시나고그도 있었다고. 저녁을 먹고 우리는 다시 항구로 나왔어. 마리암은 저 멀리 보이는 호텔 카운트에서 근무한 적이 있대.

그리고 튀니지 남자를 만난 이야기를 해주었어. 마리 암은 페사로에서 아랍어를 배웠대. 이곳에는 모로코와 튀니지 사람이 많이 살아서 그들의 이탈리아어 수업 때 보조교사로 있다가 자연스레 아랍 문화에 관심을 보이게 되었는데, 이곳 인구가 워낙 적어서 어느 날 경찰이 아랍어 통역 좀 해달라고 그녀를 불렀대. 한 튀니지 어부가 불법 체류로 체포되어 법정에 섰던 거지. 마리암이 법정에서 통역하는데 그 남자가 손에 전화번호를 적어주더래.

이런 경우 튀니지 사람은 법정을 나오면서 '내일 튀니지로 돌아가겠음'이라는 서약 문서를 받는데, 그러고도 계속 불법 체류로 고기잡이를 하면서 경찰에 걸리면

마리암과 나

문서를 보여주고 내일 돌아가겠다고 하면 그만이래.

마리암이 그 튀니지 남자에게 전화해서 두 사람은 사귀기 시작했대. 그 남자는 고기잡이배를 보여주고, 같이 배에 타서 물고기를 많이 잡아주었대. 마리암은 정말 그를 사랑했대.

마리암은 튀니지식 아랍어가 너무 실용성이 없어서 나중에 이집트에 가서 살면서 다시 이집트식 아랍어를 배우기 시작했대. 그녀는 아랍 예술을 너무나 사랑한대. 이탈리아의 교회와 예술은 이제 다 똑같아서 그게 그것 같아 보인다고 했어. 와, 정말 다르구나. 우리나라 사람들은 이탈리아 예술을 보고 감탄하는데.

마리암은 또 크리스마스가 싫대, 너무 상업적이라고. 엄마가 요리하느라 고생하시는 것도, 그걸 배부르게 먹는 것도 싫대. 선물을 준비하는 것도 그 의미를 모르겠다고.

아르날도 포모도로가 만든 컨템퍼러리 작품으로 페사로의 상징이라고

"뭘 잘했다고 선물을 주는 거지?"

그녀의 말에 놀랐어. 나는 유럽에서 보내는 크리스마스를 낭만적으로만 생각했는데, 정작 유럽 사람은 이렇게 생각할 수가 있다니.

 ## 프랑스 France

12월 23일

그라스

향수의 도시, 궁전 같은
저택에 모인 유럽 가족

오빠, 나는 지금 프랑스 남부 향수의 도시 그라스에 있어. 엄청난 이동이지, 600km나 떨어진 곳이니까. 버스를 타고 8시간이나 왔어. 여기서 크리스마스를 보내고 다시 볼로냐로 돌아가 자전거를 탈 거야. 크리스마스를 보내기 위해 잠시 내 삶의 터전인 도로와 자전거 위에서 도피한 거지. 여행 속의 여행을 하는 거야.

데이비드와 도미니크는 상하이의 사이클링 그룹에서 만난 60세 부부야. 올해 3월 13일 이 부부를 만나면서 나는 자전거 여행 준비에 속도를 더하게 되었고, 원래 상하이에서 이스탄불까지만 가겠다던 목표를 이 부부가 영국까지 간다는 말에 따라 멀리 런던으로 잡게 되었던 거야.

이 부부는 4월 1일 상하이에서 출발해 8월 중순 영국의 집에 도착했어. 4개월

2주 만에 완주한 거지, 나는 같은 코스를 6개월 3주가 되도록 아직 못 끝냈고. 부부는 새벽 6시에 일어나 시리얼을 먹고 50km를 달린 뒤 아침을 먹고 다시 25km를 달리고, 점심을 먹고 또 25km를 달렸대.

이런 식으로 하루에 100km를 달리면 2시에 목적지에 도착해 호텔을 잡는다고. 그리고 반드시 도시를 1시간 동안 걷고 나서 저녁을 먹고 10시에는 무조건 잤대. 일주일에 반드시 500km를 달리는데 어느 한 주는 650km까지 달렸다고. 부부는 둘 다 체중이 3kg씩 줄었대.

데이비드는 영국인인데 독일회사에서 일하고 있고, 도미니크는 프랑스인이야. 파리에서 자란 뒤 호주로 가서 살았대. 두 사람은 영국 잉글랜드 남부 휴양도시 브라이튼에서 40km 떨어진 펠펀에서 살고 있어.

부부는 나하고 이탈리아 제노아에서 만나기로 미리 약속해 거기서 나를 태우고 500km 이상 자동차를 운전해, 프랑스 그라스의 산 중턱에 있는 궁전 같은 집에 도착했어. 그 집에는 이미 칼과 에이디가 와 있었어. 칼은 영국인 헬스트레이너인데 도미니크 친구의 새아버지고, 에이디는 뉴질랜드 사람인데 오만과 이집트에서 일한 특수 아동 교사래. 두 사람은 80세에 가깝다고 했어.

이 궁전 같은 집은 도미니크 친구 모이의 소유래. 모이 부부에게는 18세와 15세인 두 자녀가 있대. 남편이 사이클 선수였는데 아들이 이어받아 엄청 많은 트로피와 메달을 받아 그 집에 진열해 놓았어. 모이 부부가 해외여행을 떠난 사이에 집에 있는 개 두 마리와 고양이 두 마리를 돌보아줄 사람이 필요했고, 그래서 크리스마스 휴가 동안 모이 부부와 절친한 도미니크 부부와 칼, 에이디가 이 집에 머무는 거야.

도미니크가 옷장을 열어 보이는데 한 옷장은 전부 다 수건이고, 한 옷장은 전

산 중턱에 있는 별장 저택에서는 도시가 내려다보여

부 다 시트였어. 부엌은 내가 본 것 중 가장 스마트했어. 서랍을 열면 내용물을 비춰주는 등이 자동으로 켜져. 냉장고 두 개에 식기세척기 두 개.

여자들이 저녁을 만들어서 화이트와인을 곁들여 모두 함께 식사한 후 여자들이 대화를 나누는 동안 남자들이 설거지하는데, 말없이 이루어지는 일련의 동작이 감동적이었어. 아, 오빠, 정말이지 사람을 행복하게 하는 것은 사람이야. 이 사람들을 알게 된 것과 이 자리에 초대받은 것이 얼마나 기뻤는지. 나는 바로 이런 크리스마스를 꿈꾸어왔거든, 따뜻한 가족과 함께 맞는 크리스마스.

별장 풀장에서 바라보는 붉은 새벽하늘

나는 유럽에서 내 가족을 만난 것만 같아. 저녁을 먹은 뒤 우리는 TV 시청실에서 〈크라운〉 1화를 보았어. 엘리자베스가 결혼하고, 그녀의 아버지가 폐암으로 고생하는 장면들이 나왔어. 우리는 드라마를 보고 각자 방으로 올라갔어.

"네가 여기 와서 기쁘단다."

2층에 올라가기 전, 도미니크가 내게 양 볼에 프렌치키스를 해주면서 말했어.

12월 24일
카브리스   **생텍쥐페리가 놀던 마을,
프로방스의 크리스마스 이브**

오빠, 아침 7시, 붉은 하늘을 보고 얼른 자리에서 일어나 화장실로 걸어가면서 멋진 하늘에 매료되었어. 그리고 의자를 끌어당겨 붉은 해 앞에서 일기를 쓰기 시작했지. 오감을 다 사용하자, 시각, 촉각, 미각, 후각, 청각.

8시, 소파에 앉아 《유럽의 365일》이라는 책을 읽고 있는데 도미니크가 내려왔어. 우리는 같이 크루아상을 오븐에 넣고 커피를 내렸어. 그리고 씨앗이 박힌 빵을 잘라 그 위에 이탈리아로 오는 페리에서 가져온 버터를 발라 먹었어. 이 집은 자연 속에 지어진 집이야. 산 중턱에 있어서 산 아래 경치가 다 보여. 이 집은 1970년에 지어졌대.

밤 9시 30분, 도미니크와 나는 산 위에 있는 교회로 등산을 갔어. 가는 길에 떡갈나무 잎이 떨어져 있었어. 보름달 빛은 있었으나 가로등이 하나도 없어서 도미니크의 헤드랜턴과 내가 비추는 플래시가 전부였어. 우리는 플래시로 길가의 이슬이 총총히 맺힌 식물들과 나무의 이파리를 비추었어. 다 초록빛이었어.

"도미니크, 당신은 무엇을 추구하시나요?"

"나는 더 많이 자전거를 탈 거야, 느리게, 빠르게 말고. 이번 유라시아 횡단은 너무 빨랐어. 내가 사진 찍고 싶다고 하는데도, 여기는 내 인생에 단 한 번만 지나치는 곳이라고 말하는데도, 데이비드는 늘 빨리 가야 한다고 했거든. 그래서 불만이 많았어."

어쩌면 나랑 그렇게 똑같았을까. 함께 달릴 때 지아난은 사진 찍으려고 멈추는 나를 보며 늘 한숨을 쉬었지. 그때 나도 여기는 내 인생에 단 한 번만 지나치는 곳이라고 말했어.

"그래서 나는 이제 천천히, 풍경이나 멋진 성들을 즐기면서 달릴 거야. 우리가 아마 25년은 더 살 텐데 데이비드와 함께 즐겁게, 늘 건강한 몸을 유지할 거야. 요가와 필라테스를 하고 싶어. 그리고 친구들이랑 달리고, 또 자전거 여행을 다니고 싶어."

그녀는 선생님으로 프랑스어와 영어, 스페인어, 스피닝, 에어로빅을 가르쳤대.

"이제 더 가르치고 싶지 않아. 데이비드가 아직 일하니까 나는 차라리 봉사하면서 살고 싶어."

해마다 자원단체를 위해 모금 운동을 하는데 올해는 팔레스타인 아이들을 위해 모금했대. 그런 이유로 그녀는 이스라엘을 싫어했어.

도미니크는 키가 153센티 정도로 작아. 하지만 나는 그녀의 작은 몸에서 엄청난 에너지를 보았어. 세상을 향한 사랑, 좋아하는 일에 대한 사랑, 자연에 대한 사랑.

우리는 언덕 위 마을 카브리스에 도착했어. 생텍쥐페리가 어릴 때 가족이 여기로 휴가를 오곤 했대. 지금은 그 가족의 집이 있고, 여기 초등학교 이름이 생텍쥐페리이고, 레스토랑, 길의 장식 곳곳에 어린 왕자가 그려져 있어. 우리는 생텍쥐페리의 어머니가 살던 집 앞에도 가보았어. 생텍쥐페리는 1944년에 죽었는데, 50년 후인 1994년에야 그를 기념해 등록된 집이래. 도미니크는 한 달 전 여기 왔을 때 비가 많이 내렸다고 했어.

마침내 크리스마스 행진인 '당나귀의 부름'이 시작되었어. 동네 주민들이 프로방스 전통복장으로 갖춰 입고 교회 앞에 모였어. 여자들이 두른 망토는 프로방스 지방의 유명한 옷감을 사용한 거래. 머리에는 하얀 천으로 작은 가리개를 만들어 썼어, 팔에는 바구니를 끼고. 남자들은 검은 정장에 검은 망토, 검은 모자를 쓰고 진짜 횃불을 손에 들었어.

남자와 비교해 여자의 복장은 신분이 낮게 보였어, 당시 여자들은 정말 가사 일을 전담했다는 것을 보여주는 듯이. 여기는 프로방스의 오래된 마을이고 불빛도 어두운데, 이곳 전통복장을 한 사람들로 인해 우리는 정말 그 시대에 와 있는 듯했어. 그들과 나란히 걸으면서 더욱 그렇게 느껴졌어.

그들은 핸드폰이 아니라 종이 악보를 보고 노래를 부르며 걸었어. 맨 앞에서 여자들이 피리를 불고 북을

궁전 같은 별장에서 크리스마스이브 상차림 준비

쳤고, 마녀 같은 보라색 차림의 여자가 행렬의 합창을 지휘했어. 천사들의 알림으로 연극이 시작되었어.

우리는 신부님과 프로방스 전통복장을 입은 마을 사람들을 따라다니며, 요셉과 마리아가 묵을 집을 찾는 행렬을 따라갔어. 행렬은 움직일 때 꼭 노래를 불렀는데 나는 한국어 가사로 따라불렀어. '동방신기'의 2004년 캐롤 앨범에 이 곡이 수록되어 있는데, 이들의 아카펠라 하모니가 얼마나 좋은지 학창시절에 크리스마스가 가까워지면 수도 없이 들었기 때문에 가사를 외우고 있었어.

와, 마을의 남녀노소가 프로방스 전통복장을 입고 자발적으로 참여하는 연극이라니! 가장 나이가 어린 아이는 7살 정도이고 60대로 보이는 신부님까지 다양한 세대가 연극에 참여했어.

카브리스의 '당나귀의 부름' 행진

생텍쥐페리가 태어나
자랐다는 언덕
꼭대기 마을의
레스토랑

나는 교회 앞에 숨어있던 동방박사와 사진을 찍었는데 금색 옷이 너무나 잘
어울렸어. 행렬이 모두 교회 안으로 들어가고 나서 우리는 집으로 돌아왔어. 가톨
릭 신자인 도미니크와 나는 미사참례를 하고 싶었으나 다른 이들이 돌아가고 싶
어 했어. 도미니크와 데이비드 부부는 이 마을에 여러 번 왔는데 크리스마스에 오
는 건 처음이래.

이탈리아 Italy

12월 28일

레조넬에밀리아

**호화저택에서 곧장
공중화장실로 전락**

　　　　　　　오빠, 오늘은 감기 기운이 조금 있어. 니스에서 볼로냐로 오는 장거리 버스에서 거의 잠을 자지 못했어. 오전 4시 30분에 버스에서 내리자 프로방스에 비교해 무시무시한 추위, 섭씨 영하 1도가 나를 둘러쌌어. 버스터미널 앞에 세워둔 자전거는 4일간 잘 있었어. 어둠 속에서 가로등도 없는 이탈리아의 좁은 시골길을 자전거로 달리는 것은 매우 위험할 것 같아 해뜨기까지 기다리기로 했어.

　　각양각색의 사람들로 가득한 대기실에 들어가 그곳을 카페라고 생각하기로 했어. 불이 있고, 난방이 있고, 와이파이가 되고, 완벽했어. 여기서 2~3시간을 기다리며 노트북이 안 켜져서 먼저 노트에 손으로 일기를 쓴 뒤, 핸드폰으로 블로깅하기 시작했어.

　　이제 슬슬 자전거 탈 준비를 해야겠다는 생각에 동전을 넣는 화장실에 들어갔어. 바깥에 노출된 공중화장실이라 찬 공기가 안에까지 들어왔어. 손을 씻고 사이클링 복장으로 갈아입었어. 문이 잠기지도 않는 작은 공간, 추위 속에서 나는 하나 둘셋, 하고 후닥닥 속옷까지 다 갈아입었어.

　　정말이지 자전거여행자가 되면 극과 극의 생활을 하게 돼. 10시간 전에 나는 호화로운 2층 전원주택에서 우아하게 식사하고 있었는데, 지금은 영하 1도의 공중 화장실에서 옷을 갈아입고 있어. 그러나 스스로 소박한 나그네라 생각하면 그럭 저럭 무덤덤해지게 돼.

나는 사이클링 복장 위에 다시 한 겹씩 더 입고 가방에서 도미니크가 싸준 바나나와 크리스마스 케이크, 견과류를 꺼냈어. 꿈 같은 프로방스의 크리스마스 휴일, 그런 일이 정말 일어났었나, 내가 정말 거기 있었나, 그 꿈과 현실을 잇는 단 한 가지 증거가 그들이 싸준 간식을 먹는 것이었어.

그런 다음 자전거 앞에 섰어. 안장 위에 이슬이 얼어있어서 입김으로 얼음을 녹여 휴지로 닦아냈어. 그리고 오늘 목적지인 레조넬에밀리아를 향해 출발. 역시 날씨가 추워 발끝이 꽁꽁 얼었어. 영하 15도인 서울과는 비교할 수 없지만.

오늘 안개는 이전에 본 적이 없을 만큼 상당히 짙었어. 위협적이지는 않았으나 오늘 오후 1시에 목적지에 도착할 때까지 10km 남짓을 제외하고는 줄곧 안개가 끼어 있었어. 마침내 웜 샤워 호스트 데이브의 집에 무사히 도착하고서야 마음을 놓았어. 데이브는 가지 파스타를 만들어주었어. 라디오에서는 톰 웨이츠의 읊조리는 듯한 노래가 흘러나왔고.

12월 30일
밀라노

루이니 빵집 앞에서
자전거를 도둑맞다

오빠, 오늘 오후 5시 30분, 밀라노의 루이니 빵집 앞에서 자전거를 도둑맞았어. 자물쇠를 채웠는데 잘라내고 훔쳐갔어. 내 행사인 '시크로드와 블록체인의 만남'이 시작되기 30분 전에 발견했어. 나는 2.6km를 걸어 행사 장소인 오스텔로벨로로 걸어가면서 온갖 생각을 다 했어. 이대로 밀라노에서 비행기를 타고 집에 갈까, 아니면 자전거를 새로 구할까.

내 잘못이었어. 내가 자전거를 소중하게 다루지 않아서 이렇게 된 거야. 자전거를 시내로 가져온 것이 잘못이야. 내 태도의 문제였어. 여기서 자전거 여행을 멈춘다는 생각 역시 내 태도의 문제야. 아주 자연스럽게 이대로 집에 가고 싶지 않다, 종착 지점은 런던이어야 한다, 밀라노에서 런던까지 가지 않은 길을 마저 가야 한다, 여행을 여기서 끝내서는 안 된다, 이런 생각이 들었어. 그렇지 않으면 두고두고 후회할 것 같았어. 그래서 나는 다시 중고품 자전거를 사기로 했어.

결심을 굳히고 행사장으로 갔어. 오늘 시간에 맞추어 행사에 온 사람은 중국인 데이비드 한 사람이야. 사람을 더 모아야겠다는 생각이 들어 노트북에 이미지를 하나 띄우고 호스텔을 한 바퀴 돌며 사람들에게 말했어.

"저는 상하이에서 여기까지 자전거를 타고 왔어요. 지금 지하 1층에서 그 이야기를 시작하려 하는데, 들어보실래요?"

3명 이상이 있는 자리라면 무조건 가서 말했어. 로비로 들어가 큰 그룹 앞에서 말하고 지하 1층에 내려가니 7명이 와있더라고. 독일 애들 4명은 그냥 빈 자리를 찾아 들어온 건데, 내가 이야기를 듣고 가라고 해서 얼떨결에 참석하게 되었고.

나는 이야기를 시작했어. 정말 밝게. 자전거 이야기가 나오자 말했어.

"그런데 이 자전거를 1시간 전에 도둑맞았어요. 하지만 괜찮아요, 중고품을 사서 다시 가야지요."

내가 행사를 끝내고 대화를 하면서 계단을 내려오다가 피자 빵 접시를 들고 가던 여자와 부딪혔고, 그때 마지막으로 알레가 나타나 함께 빵을 주웠어. 날아가는 피자 빵 아래서 만난 남자 알레는 그 날 나의 카우치 서핑 호스트였는데 그 뒤로 내게 큰 도움을 주었어.

뒤에 온 사람들은 아무것도 듣지 못해 개인적으로 질의응답을 했어. 더 늦게 세 사람, 터키의 오칸, 페루의 토니리, 인도의 가우라브가 도착했어. 이렇게 해서 이날 모두 13명이 되었어. 이탈리아에는 술을 시키면 다른 음식을 뷔페식으로 먹을 수 있게 해주는 아페리티보가 있어. 우리는 아페리티보로 저녁을 먹으며 대화를 나누었어.

저녁을 먹고 나서 토니리가 페루의 팔찌를 선물로 주었어. 페루의 가난한 아이들이 파는 팔찌인데 그 아이들을 돕기 위해 샀다는 거야. 그는 앞으로 나를 감동

이곳에 묶어둔 내 자전거의 자물쇠를 자르고 가져갔어

케 하는 사람에게 주라며 팔찌 4개를 더 주었어. 아, 바로 그가 나를 감동케 했어.

자전거를 도둑맞았으나 나는 크게 상심하지는 않았어. 자전거는 다시 사면 되니까. 그런 외부의 일들이 내 내면의 평정을 깨뜨리지는 않아. 내게는 사람들이 있어. 내 주위에 있는 사람들이 나의 가장 큰 재산이야. 나는 이걸 깨달았어.

언제나 나는 주위 사람들의 도움으로 문제를 해결하게 돼. 이번에는 그 사람이 알레였어. 호스텔을 나와서 알레는 내 패니어 두 개를 자기 자전거에 걸고, 내게 도시 대여 자전거를 하나 열어주었어. 아, 너무 무겁고 투박해서 정말 내 자전거를 잃어버렸음을 실감했어.

가는 길에 경찰차가 보이자 알레가 내 이야기를 했어. 경찰들은 도로변에 차를 멈추고 자전거를 잃어버린 시각을 묻고 내 핸드폰 속에 있는 자전거 사진을 찍어갔어. 그리고 우리는 자전거 도둑맞은 사실을 신고하러 경찰서에 갔어.

경찰서에는 우리 같은 사람이 정말 많이 와 있었어. 이야기를 들어보니 내 옆에 앉은 금발 여자는 지갑을 도둑맞고 여기서 두 시간을 기다렸대. 다른 사람들도 다 비슷한 것 같았어. 중국인, 한국인, 이탈리아인 등 각기 다른 나라 사람들이 있었고, 하나같이 명품 쇼핑을 가던 중이었던지 옷차림이 아주 볼만했어. 기다리는 시간이 30분을 넘어가자 우리는 경찰서를 나왔어.

"알레, 우리 그냥 네 부모님 집으로 가자. 괜찮아, 내 자전거는 이미 잃어버린 거야."

알레가 고개를 끄덕여 우리는 자전거를 타고 알레의 부모님 댁에 갔어. 아버지가 문을 열어주었고, 집 안은 고풍스러운 목조 가구와 유화가 가득했어. 알레는 거실의 금색 하프를 가리키며 엄마가 안 주무시면 분명 하프 연주를 해주셨을 거고 했어. 우리는 아버지한테 차 키와 더운 물주머니를 받았어. 이튿날 그 차를 운전해 코모호수에 가기로 되어있었거든. 우리는 자전거를 잠그고 시트로엥 차를 타고 알레의 집에 왔어.

다음 날 아침 7시경 눈을 떠서 자전거 도둑맞은 사실을 엄마에게만 말했어.

1월 1일

코모

아름다운 코모호수에서
내 30대가 시작되다

오빠, 나 이제 서른 살이 되었어. 서른 살이 되어 보내는 첫 블로깅이야. 이탈리아 코모호수에서 알레와 그의 친구들과 함께 새해 연휴를 보내고 있어.

북유럽에서 변호사로 일한다는 이탈리아 남자 루카에게 물었어.

"루카, 이탈리아는 뭐가 자랑스럽니?"

"중국이나 미국처럼 결과 지향적인 것보다 훨씬 더 삶의 균형을 잘 찾은 나라라고 생각해."

그가 그랬어. 이탈리아의 패션과 음식이 세계적으로 받아들여진 것이 자랑스럽다고.

"그런데 그로 인해 우리는 좀 고집이 세졌어. 가령 아시아 조리법이 들어오면 우리는 이 재료는 반드시 이렇게 써야 한다고 주장하지."

나는 그 꼬장꼬장함이 좋았어. 나는 전통을, 그 꼬장꼬장함을 찾고 있었으므로.

아름다운 코모호수에서 친구들이 차린 송년 음식

1월 2일

밀라노

중국 물티슈 들고 실크로드 건너온
한국인 방물장수

오빠, 난생처음으로 2인승 자전거 탄뎀을 타 보았어.

코모호수에서
함께 새해를 맞이한
친구들

알레가 앞에서 운전하고 나는 그냥 페달만 돌리면 되었어. 알레가 앞에서 바람을 막아주어 좋았어.

우리가 가는 길에 있는 턱이나 행인이나 자동차를 보고 난 반응이 알레는 나와 달랐어. 이런 상황에서 나는 멈추거나 속도를 줄이는데, 알레는 속도를 높여 거뜬히 넘어버렸어. 턱이 있을 때도 그냥 지나가서 나는 엉덩이가 고통스러워 외마디 비명을 질렀어. 나중에는 풀밭 사이의 아주 좁은 길을 따라가기도 했는데 이때도 상당한 마찰이 있었어.

중간에 체인이 톱니바퀴에서 나갔어. 알레가 벙어리장갑을 낀 채 자기 집 열쇠로 능숙하게 체인을 톱니바퀴에 끼워 넣는 것을 보고 놀랐어. 그러다 체인을 만져 알레 손에 검은 기름이 묻어서 나는 가방에서 물티슈를 꺼냈어.

"이거 중국에서 온 거야."

"사기는 다른 나라에서 사고?"

"아니, 중국에서 여기까지 배달한 거야. 5개월에 걸쳐, 자전거 타고."

"와, 이거 소중한 거구나. 비행기도, 배도 아니고 자전거로 배달 온 물티슈라니. 에바 엑스프레스!"

실크로드를 건너온 방물장수가 된 기분이었어, 하하. 그러고 보니 상당히 재미있는 순간이었어. 중국 물품을 한국인이 상하이부터 자전거를 타고 가져와 밀라노의 이탈리아인에게 전달하다니.

우리는 두오모 성당 앞을 가로질러 갔어. 그 어마어마한 인파 사이를 알레는 우스운 닭 소리 나는 벨을 누르며 비켜달라고 했고, 우리 탄뎀은 인파 사이를 잘도 빠져나가 앞으로 나아갔어. 정말 놀란 것은 알레가 탄뎀으로 10센티쯤 되는 턱을 올라갈 때였어. 알레가 뒤를 돌아보면서 내 손을 쳐 핸드폰이 땅에 떨어졌어. 이런 인파 속에서 핸드폰을 떨어뜨리다니, 나는 혼비백산해 자전거를 내려 핸드폰을 주웠어. 그리고 잠시 후 스타벅스에 도착했어.

세계에 5개뿐인 스타벅스 '리저브 로스터리' 중 상하이는 5번 넘게 가보았는데 오늘 밀라노점을 방문했어. 입구 앞에는 긴 줄이 있었으나 오늘 여기서 인터뷰하기로 한 창업가 아윈을 만나서 줄 설 필요 없이 안으로 들어갔어. 아윈은 증강현실 앱으로 스타벅스의 벽을 스캔해 보였어. 이미 상하이에서 체험하고 기사도 한 편 썼으므로 나는 덤덤히 보았어. 상하이와 비교해 조금 덜 멋져 보였어. 고급 커피나 단순 커피나 줄이 너무 길어서 우리는 다른 곳에서 커피를 마시기로 했어.

이날 인터뷰 3개를 마치고, 알레와 같이 중고 자전거 가게 3곳에 가보았으나 마음에 드는 게 없었어. 그런데 저녁 7시, 중고 자전거 거래 사이트를 통해 알게 된 밀라노 근교 작은 마을에 찾아가 다니엘라 부인에게서 중고 자전거를 180유로에 샀어.

알레에게 너무 고마워서 마지막 한 장 남은 시크로드 스티커를 주자 그가 말했어.

"내가 더 고맙지. 나는 밀라노에서 오래 살아와서 내가 가는 곳만 간단 말이야. 그런데 오늘은 내 일상에서 완전히 벗어나 인터뷰를 하러 다니고, 자전거를 보러 다니며 내가 사는 도시를 새롭게 경험했잖아."

알레 역시 스타트업 업계에 있었어. 그는 수학을 매우 잘해서 중학생 때 이탈리아 전국 수학경진대회에서 밀라노 1등, 전국 22등으로 국가장학금을 받았대. 그리고 박사 논문으로 택시 서비스를 분석했어. 기업에서 돈을 벌 수도 있었으나 사회가 더 나아지기를 바라는 마음으로 정부를 위해 일하기로 하고 지금 밀라노 시청과 함께 택시 서비스를 합리적으로 개선하는 방법을 연구하고 있어.

우리는 같이 빵을 만들었어. 나는 우리가 탄뎀을 타고 달리는 모양의 빵을 만들었고, 그는 머리에 소금을 뿌렸어.

"이탈리아에는 머리에 소금을 쳐야 한다는 말이 있어. 그래야 머리가 잘 돌아간다는 뜻이야."

그런 다음 새벽 1시 20분, 눈 내린 알프스를 넘기 위해 버스에 자전거를 실었어. 알레가 꼼꼼하게 박스와 테이프로 자전거를 포장해주어서 버스에 실을 수 있었어. 버스는 아침 7시 50분경 스위스 제네바에 도착했어.

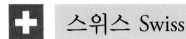

1월 4일

제네바　　　　　새 자전거 '아타라' 타고
　　　　　　　　레만 호수 달리다

　　　　　　오빠, 아침 8시에 제네바에 도착해 버스에서 자전거를 내려 포장을 뜯고 조립했어. 내 옆에서 한국인 여행자 셋이 내가 자전거를 박스에서 꺼내고 조립하는 쇼를 보면서 스위스가 너무 춥다고 소곤거렸어. 나는 한국인임을 밝히고 싶었으나 이를 닦지 않으면 말을 하지 않는다는 주의였기에, 또 여기서 말을 시작하면 8시 30분에 출근하는 카우치 서핑 호스트 모하메드 집에 가는 시간을 못 맞출 수도 있어서 박스를 버리고, 패니어를 장착하는 일만 묵묵히 했어. 백조가 된 오빠 열두 명을 위해 무덤가에서 쐐기풀을 따서 묵묵히 조끼를 짜는 공주 이야기가 생각났어.

　　새 자전거 '아타라'를 타고 레만호수를 달리는데 해뜨기 전의 파스텔 빛 하늘이 너무 고왔어. 날아가는 새들과 멋스러운 건축물들이 더해져 더없이 고고한 분위기를 자아냈어. 나는 그 아름다운 풍경 속을 미끄러지듯 달렸어. 자전거가 마음에 쏙 들었어. 내 말이라고 해도 될 만큼 내가 가고 싶은 곳을 잘 나아갔어. 자전거와 한 몸이 된다는 느낌을 그대로 받았어.

　　내가 7개월 동안 탄 '스파르타'는 내 체구보다 큰 말 위에 얹혀 가는 느낌이었다면 '아타라'는 그냥 바로 '내 말'이었어. 스파르타보다 더 애착이 갔어. '스파르타'는 대략 50만 원이고, 이 중고 자전거는 20만 원 정도에 샀어. 반값도 안 되는데 더 가볍고 더 좋아. 마음에 꼭 들어.

모하메드의 집을 찾아냈어. 그의 아파트 앞에서 이름을 불러도 당연히 들을 수 없을 것이기에 행인 두 사람에게 전화 한 통 빌려주십사고 부탁하느라 결국은 이를 안 닦고도 말을 하고 말았어.

프랑스 France

1월 6일

부르앙브레스

프랑스 청소년들이
그토록 말썽이 심하다고?

사랑하는 오빠, 나는 지금 프랑스 동부에 있어. 해가 지기 전에 카우치 서핑 호스트 에봉과 같이 부르앙브레스를 산책했어. 휴, 정말 다행이야. 이렇게 호스트가 함께 걸어주는 것이 나는 정말 고마워. 자전거를 타느라 피곤하긴 하지만 그냥 집에서 쉬면, 내가 어떤 보물 위에서 쉬고 잠을 자고 있었는지 알 수 없잖아.

에봉은 20년간 15~18세 학생들에게 화학과 물리를 가르치는 선생님이었는데 10일 전 그만두었대. 아이들 가르치는 것을 더는 하고 싶지 않다고. 전날의 호스트 가엘 역시 미술 선생님으로 12~15세 아이들을 가르치는데 아이를 낳기 싫다고 했어. 아이들을 보고 '아푸~' 하며 고개를 흔들던 그녀. 아마 프랑스 청소년들이 선생님들을 상당히 힘들게 하나 봐. 얼마나 말썽을 부리기에.

부르앙브레스 성모영보 대성당에 갔는데 천장 부분의 고딕 양식이 명동 성당과 비슷한 것 같았어. 가장 마음에 든 것은 성인들이 부조로 새겨진 나무 성가대석 장식 부분이야. 거기에 재미있는 표정의 보통 사람들이 새겨져 있었어. 특별한 사람이 아닌 보통 사람들이 새겨져 있는 것이 좋았어.

그리고 우연히 사진 전시회를 보게 되었어. 가족이라는 주제인데 무척 마음에 들었어. 특히 과거와 현재의 사람을 대비한 사진이 좋았어. 나도 이런 사진을 찍어야겠다고 생각하고 있었거든. 가족! 나는 이 여행을 끝내고 가족의 품으로 돌

부르앙브레스 대성당에 새겨진 재미있는 표정의 보통 사람들

아갈 거잖아.

그렇게 열심히 시내를 걷다 어두워져서 집으로 돌아왔어. 에봉은 자기가 시작한 전자파감지사업에 관해 이야기하며 독일에서 산 전자파 감지기로 내 핸드폰과 전화선 등의 전자파를 감지했어. 핸드폰은 1900정도, 노트북은 200정도. 이 전자파 감지기로 사람들에게 1시간 30분, 혹은 3시간 동안 전자파 정밀 분석을 해줄 거래. 이를 위해 워드프레스 사이트를 만들고 있었어.

그의 집은 이런 그의 성격에 맞게, 전기를 최대한 적게 사용하도록 최적화되어 있었어. 라디에이터는 일정 기온보다 낮을 때만 켜지고, 와이파이는 밤 12시에 꺼졌다가 해가 뜨는 7시 40분에 켜져.

저녁 식사로 에봉이 만든, 오븐에서 금방 나온 자키니, 치즈, 크림으로 만든 파이를 먹는데, 적당히 달고 짭조름한 게 정말 맛있었어. 점심으로 사과 크래커 하나만 먹어서 더욱 맛있었어. 그는 창고에서 나무상자에 들어있는 와인을 딱 두 잔 따를 만큼만 유리병에 담아왔어.

가족 주제의 사진
전시회에 나온 사진

1월 8일

샬롱쉬르손

텔레토비 동산 달리고,
'정성 두 번' 운동 생각

사랑하는 오빠, 지금 내가 달리고 있는 프랑스 중부는 텔레토비에 나오는 그런 동산이 많아. 그래서 물결치는 듯한 경사를 내려갔다 오르기를 계속 반복해야 해. 이 동산 위에 집이 있고, 간혹 집 앞에 미끄럼틀이나 그네가 있어. 정말 여러 가지 생각을 하면서 달렸어. 달리다가 소리쳤어.

"1월에 프랑스를 달리는 게 너무 좋다!"

나는 겨울이 오는 게 무서웠어. 이 아름다운 유럽을 겨울에 달려야 한다는 것이 마치 시험 날짜가 다가오는 것만 같았어. 사실은 아제르바이잔에서 터키까지 좋은 날씨를 즐길 때도 나중에 유럽에서 추운 날씨에 고생할 것이 많이 걱정되었어. 그런데 말이야, 막상 겨울이 오고, 그렇게 기다리던 크리스마스를 훈훈하고 아름답게 보내고, 예상치 못한 새해까지도 멋지게 보내고, 이제 추위만을 마주해야 하는 1월이 오니 나는 이 추위가 그렇게 무섭지 않아, 꽤 괜찮아. 추위는 처음 잠시뿐이고 막상 자전거를 타고 달리다 보면 안 추워, 그냥 딱 좋다는 느낌이야.

새로운 자전거를 타면서 또 깨달았어. 오르막길 오르기가 정말 힘들다는 것을. 그래서 오르막길이 나오면 좀 오르다가 내려서 자전거를 끌고 올라가. 오늘 이 패턴을 10번 이상 반복했어. 가다가 허기가 져서 에봉이 준 초코칩 쿠키를 두 개 먹었어.

그리고 드디어 나에게 식량을 주기로 한 마을에 도착해 가방에서 내가 구운 빵을 꺼냈는데, 5일이나 지나 아주 딱딱해져서 맨입으로는 먹을 수 없게 되었어. 빵을 가방에 넣고 빵집을 찾았는데 오후 1시인데도 빵을 다 팔았는지 진열대에는 크루아상 두 개와 쿠키, 초콜릿 과자가 다였어.

크루아상을 하나 달라고 했어. 아줌마는 친절하게 크루아상을 종이봉투에 담아 주셨어. 빵을 다 먹은 후 나는 문득 이 작은 마을 빵집에서 가엘이 가르쳐준 프랑스어를 해봐야겠다는 생각이 들어서 아줌마께 종이봉투를 돌려드리며 말했어.

"저는 한국인이에요. 중국에서 여기까지 자전거를 타고 왔어요."

그리고 몸짓으로 프랑스에 와서 첫 빵집인데 빵이 아주 맛있다고 말했어. 아줌마는 연신 고개를 끄덕이며 따뜻하게 미소지으셨어. 그리고 멋진 여행을 하라고 하셨어.

빵집을 나오자 행복했어. 난생처음 프랑스어로 짧은 대화를 나눈 거니까. 이 세계 어딘가에서 그들이 사용하는 언어로, 누군가와 소통을 한 거니까.

와, 오늘 달리면서 떠오른 멋진 생각! 한국에 가면 '정성 두 번' 운동을 시작할 거야. 음식점에서 음식이 남으면 내가 가져간 도시락에 담아 가져오는 거야. 이 이름을 생각한 이유는 음식을 준비한 사람의 정성을 두 번 느끼기 위해서 담아간다는 거지.

1월 9일
샬롱쉬르손

**병원 찾아 아픈 아이들에게
플루트 불어준 선생님**

오빠, 나는 지금 프랑스 동부 디종 남쪽 70km 지점,

손강과 루아르강을 잇는 샬롱쉬르손에 있어. 이 집은 조명을 일부러 좀 어둡게 하고 살아. 이 집 앞에는 아주 큰 정원이 있고, 정원에는 올리브나무, 전나무, 딸기, 양파, 양배추, 라벤더 등이 자라고 있어.

내 방에 인도식 퀼트가 걸려있는데, 이것은 프랑스 가정의 공통된 기호인 것 같아. 모이의 집, 가엘의 집에서도 이걸 봤어. 내 방의 램프는 그리스 북으로 만들어진 건데 은은한 빛을 뿜어.

샤워하기 전에 차를 마셨어. 인도식 차였고, 동그란 주전자와 거름망을 보았어. 이 주전자 역시 프랑스의 공통된 기호인가 봐. 그리고 패트릭이 사 온 '갈레트 데 루아'를 먹었어. 성경에서 동방박사 세 사람이 아기 예수의 탄생을 축하한 주현절(1월 6일)을 기념하는 파이로 우리의 떡국에 해당하는 거래. 바삭한 패스트리와 커스터드 아몬드 크림의 식감이 부드러운 조화를 이루는 이 파이는 손가락 한 마디 크기의 '페브'라는 사기 인형을 넣어 함께 굽는데, 인형이 들어있는 파이 조각을 먹는 사람이 그 날 하루 동안 왕이 되어 특별한 대접을 받는대. 왕 역할을 하도록 파이에 금색 왕관도 들어있어.

아가트의 파이에서 페브가 나와 왕관을 썼어. 저녁 식사 후 남은 파이를 먹는데, 패트릭의 파이에서 또 하얀 페브가 나왔어.

패트릭은 플루트 교사로 공연도 다닌대. 그가 방안에서 플루트 부는 소리를 들었는데 정말 좋더라고. 나는 그리스의 에르미스를 떠올렸어. 그 역시 방문을 닫고 인도의 플루트를 불곤 했거든.

저녁을 먹은 뒤 우리는 거실에 모였어. 패트릭은 소니 텔레비전과 연결해 그의 합주단 공연 모습을 보여주었어. 가장 마음에 든 것은 패트릭이 친구와 함께 병원을 방문해 아이들에게 음악을 들려주는 영상이었어. 패트릭과 그의 친구는 10

병원 찾아가 아픈 아이들에게 플루트
연주해준 선생님 패트릭과 아가트

년 전에 2년간 매주 월요일마다 2~3 시간씩 병원에 입원한 아이들에게 음악을 들려주었는데 연구 결과 아주 좋은 효과가 있다는 것이 밝혀져 정부에서 패트릭에게 돈을 지원해주었대. 와, 영상과 사진 모두 감동적이야.

요즘도 거리를 걸으면 그때 엄마들이 패트릭을 알아보고 감사 인사를 한대.

"당신이 10년 전 내 아이에게 플루트를 불어주었어요. 소중히 기억하고 있어요!"

패트릭은 벨기에 접경 도시에서 태어나 프랑스 동부에서 살다가 디종에서 음악 공부를 하고 여기 정착한 지 10년이 넘었대. 원래 15세 아이들에게 플루트를 가르쳤는데 아이들 태도가 안 좋아서 더 어린 아이들을 가르치기 시작했대. 아이들은 6세 정도에 음악을 배우면 그것이 20년간 몸에 남아 있게 된대. 그 이후에 배우면 좀 늦다고.

언어 역시 그렇다고 했어. 프랑스는 현재 12세 아이에게 영어를 가르치는데, 이게 너무 늦다는 거야. 그는 프랑스인이 영어 못하는 이유가 늦은 교육에 있다고 했어. 한편 그리스 사람들은 영어를 일찍 배워 무척 잘한다고. 나 역시 이 부분에 동감이야.

잠을 잘 자고 새벽 6시에 일어났는데 패트릭이 일어나 커피를 만들어주었어. 아침 식사 전에 모닝커피를 마시는 것은 난생처음이야. 보아하니 이탈리아는 식후에 커피를 마시고, 프랑스는 아침에 일어나자마자 마시나 봐. 그래서 그동안 프랑스 호스트 세 명이 자기 전에 나에게 커피 내리는 법을 알려주었나 봐.

아침 식사 후 샬롱쉬르손을 산책했어. 강을 건너고, 레스토랑 사이를 걷고, 올드시티도 걸었어. 프랑스 전통가옥은 나무로 뼈대를 만들고, 그 사이에 벽돌과 진흙을 사용해 채우는 것이래. 간간이 리옹에서처럼 난간에 성인의 조각을 올려놓은 곳도 있었어. 성당에도 들어가 봤어. 역시 고딕 양식인데 나는 바닥의 오래된 타일이 마음에 들었어. 제단과 성당 왼쪽 부분의 타일이 자유롭게 짜여 있어 좋았고. 스테인드글라스는 마치 시간에 쫓기는 내 조급한 마음을 반영한 것만 같아서 사진을 찍었어.

1월 9일

세이레마옹주 | **한국 멸치볶음이 제일 좋다는 프랑스 호스트**

오빠, 프랑스의 아주 작은 마을 세이레마옹주에 있어. 얼마나 작은 마을인지 네이버 검색을 해도 한글로 된 자료가 하나도 없어서 오늘의 호스트 클레멘스에게 물어서 알아낸 거야.

부부에게는 아리안이라는 9개월 된 아기가 있어. 엄마 클레멘스를 따라 아기를 데리러 유아원에 갔어. 아, 그 귀여운 파란 눈망울들이 나를 바라보는데…… 아아 정말! 그 맑고 파란 눈을 나 역시 그대로 바라보았어. 아기들과 선생님에게 신뢰를 주기 위해 사진을 찍지 않고 그저 눈에 담았어.

아르헨티나 사람 안드레스와 프랑스 사람 클레멘스는 콜롬비아에서 만났대. 안드레스는 카파도키아에서 시작해 5년간 자전거로 여행하고, 클레멘스는 뒤늦게 합류해 2년 반 동안 같이 여행했대. 안드레스는 사진 전문가야. 그의 사진들을 보니 정말 멋지더라. 클레멘스는 책 번역 일을 한대.

안드레스가 자기 자전거를 보여주었어. 오래된 녹슨 자전거인데 나비 핸들 한쪽에는 한국 장식이, 한쪽에는 중국 장식이 있어서 너무 기뻤어.

또 클레멘스가 세계에서 가장 마음에 드는 세 나라 중에 한국을 넣어서 행복했어. 다른 두 나라는 터키와 보스니아래. 그녀는 10월에 한국에 왔는데 단풍이 너무 좋았대. 한국 사람들과 음식이 아주 마음에 들었는데 특히 멸치볶음을 정말 좋아했대. 나는 그녀에게 멸치볶음 양념을 만드는 재료를 알려주었어.

그리고 그녀는 한국 자전거 동호인들이 가지고 있는 기술적으로 발달한 장비를 보고 한국과 중국의 차이를 실감했으며, 한강의 자전거 도로가 참 좋았대. 나도 앞으로 사람들에게 이렇게 구체적으로 말해야겠어. 내가 느낀 것, 자전거를 탄경험, 거기서 뭘 먹었는지, 자연은 어땠는지, 나무는 어땠는지.

클레멘스에게 왜 이 마을을 선택했느냐고 물었어. 그녀는 여기가 시골이지만 사람들이 무척 개방적이래. 와인으로 유명한 지역이고 유네스코에 지정된 마을이기 때문에 공장이나 다른 새 건물을 지을 수 없대. 이 지역은 와인 때문에 부유하고, 외국인들이 관광도 오고, 살기 위해서도 온다고. 그러다 보니 다른 시골보다 사람들이 개방적이라는 거야.

1월 9일

세이레마옹주　　　**내 마음의 응어리가**
　　　　　　　　　고체가 되어 하늘에서 내려와

　　　　　　오빠, 오늘 와인가도를 따라 달렸어. 바람이 제멋대로 불고, 이전에 말한 텔레토비 동산은 없고 그냥 산만 있었어. 오르막길을 오르는 게 몹시 힘들었어. 내 중고 자전거는 힘이 약해 오르막이 나오면 무조건 자전거에서 내려 끌었어. 짐이 나를 툭툭 치고, 똑같은 자세로 6km 내내 경사길을 끌고 올라갈 때는 정말 우울했어.

　오늘 눈이 내려 이번 여행 중 가장 힘들었어. 가장 많이 울고, 가장 크게 여러 번 울부짖었어. 표고 492m를 오르는 45km 주행이 처음에는 괜찮을 줄 알았어. 그렇게 4시간을 달리고 산꼭대기 길을 가는데 평지인데도 무릎이 아팠어.

　"왜 이렇게 멀어."

　혼자 말하다 눈물이 나왔어. 한참 울고 나니 뭔가 서리같이 딱딱한 게 내리더니 이게 눈보라가 되었어. 순식간에 눈이 주위의 나무와 풀에, 내 팔과 가슴에 쌓이기 시작했어. 나는 더 울지 않았어. 마치 내 마음의 응어리가 고체가 되어 하늘에서 내려오는 것 같았어. 눈이 내 몸을 정면으로 강타해서 선글라스 위의 눈을 닦아내며 지체하지 않고 나아갔어.

　목적지까지 13km, 내 마지막 시험 13km가 남았어. 나는 저 언덕 너머에 마을이 있을 거라 기대했는데, 정말 마을 슈퍼에 도착했어. 눈에 뒤덮인 나를 보고 프랑스 사람들이 괜찮으냐고 물었어.

　나는 한 남자에게 전화를 빌려 오늘의 웜 샤워 호스트 셀모에게 전화했어.

"셀모, 지금 슈퍼에 있는데 당신이 준 주소가 마을과 우편번호만 있고 명확하지 않아요."

셀모는 마을에 있는 성안에 집이 5개 있고, 성 앞에서 벨을 누르면 자기가 나오겠다고, 걱정하지 말라고 했어. 전화를 빌려준 남자가 어디 가느냐고 물어서 지도를 보여주었어.

"혹시 셀모의 집 아니에요?"

크리스티앙이라는 그 남자는 셀모와 그의 집을 안다고, 마을이 작아서 서로 알고 지낸다며 나를 차에 태워줄 수 있다고 했어. 그래도 나는 자전거를 타고 가겠다고 했어. 그가 슈퍼에 장을 보러 왔기에 나 역시 슈퍼에서 셀모와 같이 먹을 크라상과 라즈베리 파이를 샀어.

나는 크리스티앙에게 내 짐만 차에 실어달라고 부탁했어. 그의 시트로엥 벤 안에 가방을 넣고 나는 마음의 준비를 했어. 셀모의 집까지 7km, 나는 차가 나 때문에 너무 서행하지 않도록 열심히 페달을 밟았어. 그런데 마을에 차가 많아서 그의 차를 놓치고 말았어. 지도를 꺼내 내 위치를 확인하는데 멀리서 크리스티앙이 손을 흔들었어. 그는 다시 차에 타겠느냐고 물었고, 나는 다시 괜찮다고 했어.

마을을 떠나 차도로 가면서 위험한 순간이 몇 번 있었어. 뒤에서 따라오던 대형트럭이 우리를 추월하다 마주 오는 차와 사고가 날 뻔한 상황이 5번 정도 반복되었어. 대형트럭이 내 옆을 지나갈 때는 정말 아찔했어. 눈이 와서 하늘이 어둡고 길이 미끄러웠어.

한 마을에 도착해 외딴 지역으로 올라가는데 경사가 상당히 급해 자전거에서 내려 끌었어. 내가 숨을 헐떡이자 크리스티앙은 다시 차에 타겠느냐고 물었고, 나는 또 괜찮다고 했어. 차는 수풀이 가득한 언덕 위로 갔어. 이토록 외진 곳을 가

눈이 내린 프랑스 시골 마을 슈퍼 앞

는 게 이상해 지도를 보니 다른 방향으로 가고 있었어. 어쩌면 크리스티앙은 셀모를 다른 사람으로 착각했는지도 몰라.

"멈춰요! 멈춰요! 거기가 아니란 말이에요!"

내가 소리쳤지만 차는 멀어져 갔어. 나는 자전거를 끌며 타며 그를 쫓아갔어. 내 얼굴이 눈물과 콧물로 범벅이 되어 휴지로 코를 닦았어. 마침내 내 목소리를 들었는지 그가 내 쪽으로 후진해 와서 차에서 내렸어. 내가 운 것을 보고 울랄라, 놀란 표정이었어.

"거기가 아니에요."

내가 말했어.

"맞아요, 다 왔어요, 500m 앞이에요."

지도를 다시 보니 정말 그랬어. 나는 아무 말 하지 않고 자전거에 올라 마지막 힘을 다해 앞으로 나아갔어. 나는 훌쩍이며 마을 표지판을 지났고, 차는 나보다 앞서 성 앞에 도착했어.

크리스티앙이 내 가방을 차에서 꺼내 주었어. 이때 셀모가 바깥에서 나는 소리를 듣고 성문을 열어주었어. 셀모는 크리스티앙과 함께 들어오는 나를 반갑게 맞이하면서 내 얼굴이 눈물로 젖은 것을 보고 상황을 알아차렸어.

자전거를 창고에 넣고 내 것이 아닌 것 같은, 얼음 조각 같은 신발을 벗고 안으로 들어갔어. 내 머리칼부터 양말까지 모두 눈으로 젖어 있었어. 나는 운 얼굴이 부끄러워 고개를 숙이면서 이 방이 소박한 아름다움으로 가득 차 있고, 내가 프랑스에서 머문 집 중에서 '가장 널찍하고 아늑하다는 것을 알았어.

두 사람은 마치 우는 여자 어린애를 달래듯 그렇게 대했고, 나는 이 상황이 낯설었어. 셀모는 내 앞에서 프랑스어를 쓰는 것은 무례일 것이라며 크리스티앙과 영어로 말하기 시작했어. 크리스티앙은 차를 타고 가자고 했는데도 내가 자전거를 고집한 이야기를 여러 번 되풀이했고.

두 사람에게 걱정을 끼치는 것이 미안해 나는 웃어야 했어. 울다가 웃으면 엉덩이에 털이 난다는데도 나는 억지로 웃었어. 마음 같아서는 무표정하게 화롯가에 앉아 있고 싶었으나 두 사람의 영어 대화에 끼어들었어.

"괜찮아요, 가방을 들어주셔서 정말 크게 도움이 되었어요."

"괜찮아요, 오늘 이렇게 힘들게 왔는데 마지막 7km를 차를 타고 갈 수는 없었어요."

"괜찮아요, 눈 속에서 자전거를 타 보고 싶었는데, 정말 그렇게 되어서 좋아요."

크리스티앙이 돌아간 뒤 셀모는 음식을 만들어 먼저 약혼자가 사는 탑에 갖다 주고 와서 우리가 먹을 저녁을 만들었어. 독일식 돼지 피 소시지, 구운 감자, 양파였는데 정말 맛있었어. 셀모는 이 요리 이름이 '하늘 위의 천국'이라고 했어. 그는 사과 대신 다른 과일을 사용하는데, 감자와 사과의 조합을 프랑스어로 '하늘 위의 천국'이라고 한대.

그날 밤 셀모는 나를 서커스 수업에 데려갔어. 이 시골에서 서커스 텐트라니? 세계 최고의 서커스를 지휘했던 브라이언이라는 남자가 2년 전 여기에 텐트를 세우고 수요일 밤마다 서커스를 가르친대. 먼저 1시간 동안 준비운동을 하는데, 요가 수업처럼 제대로였어. 원을 만들어 각기 다른 세대가 서로를 마주 보는 가운데 숨을 고르며 동작을 해나갔어. 안 쓰던 근육을 스트레칭해서 너무 좋았어.

준비운동이 끝나자 아줌마 네 분은 돌아가고, 남은 사람은 선생님과 내 또래 여자 셋, 그리고 30, 40, 50대 남자 셋, 여기에 몸이 불편한 남자 한 분을 합쳐 8명이었어. 오늘 수업은 트램펄린이었어. 트램펄린을 뛰어서, 서서 착지, 앉아서 착지, 구르기, 손 안 대고 구르기, 회전하기를 차례로 해나갔어. 나는 트램펄린이 익숙지 않아 종종걸음을 치거나 넘어져 몸개그를 여러 번 했는데 그래도 그리 부끄럽지 않았어. 오늘 나의 목표는 몸 안 다치고 안전하게 서커스를 조금만 배우고 오는 것이었으니까.

집으로 돌아가기 전 브라이언에게 왜 서커스를 하느냐고 물었어.

"원래 무용을 했지. 그런데 무용은 너무 딱딱하고 제한적이고 시야가 좁아. 그런데 서커스는 너무 자유로운 거야. 연극도, 춤도, 묘기도 넣을 수 있으니까. 그래서 자유를 위해 서커스를 시작했어. 그런데 이제는 거꾸로 무용 쪽에서 서커스를 도입하려고 해."

우리는 집에 돌아와 바로 난로에 불을 피우고 벽돌을 뜨겁게 해서 이불 속에 넣고 데웠어. 나는 손이 차서 벽돌을 양손에 안고 잤어.

1월 10일

프로메누아 성

요르단에서 온 독일인 창업가의 프랑스 고성 살림

오빠, 나는 지금 프랑스의 작은 마을 성안에 있어. 이 성은 이름이 프로메누아(Promenois)인데 아예 검색도 되지 않아. 이 성은 중세에 세워진 것이고, 1970년대에 한 스위스 가족이 사들여 증조할아버지부터 손자까지 4대가 사용하는 성이야. 성안에서 댄스 수업 등을 하고 사람들을 초대하는데, 성안에 있는 방을 렌트해 주기도 한대. 나는 성안의 방에 딸린 샤워실을 썼어. 샴푸와 린스는 없는데 바닥 물기 제거제랑 스폰지는 있어서 아이러니했어.

성 옆에 딸린 행랑채의 방 하나가 셀모와 약혼녀 노라의 방이야. 노라는 지금 1주일 동안 성에 있는 한 탑 안에서 묵상 시간을 보내고 있어. 셀모는 그녀에게 하루 세 끼 식사를 가져다주고, 노라는 하루 한 번만 탑에서 나와 샤워를 한대. 노라는 공부를 너무 열심히 하다 병을 얻은 적이 있어서 이렇게 1년에 두 번은 묵상 시간을 가져야 한다는 거야. 노라는 프랑스와 독일 혼혈이야.

셀모는 독일 남부 뮌헨 근처에서 태어나 영국에서 대학을 나오고 국제관계 연구로 석사학위를 받은 뒤 요르단에 가서 아랍어를 배우고, 요르단 최초의 재활용 센터를 창업했대. 그의 사업은 매우 성공적이었대. 백인 남자인데 아랍어를 잘하고 성격도 좋아서 모두 그를 좋아했대. 요르단 공주부터 그의 집 앞길을 쓰는 청소부까지 다 친하게 지냈대.

그렇게 5년을 지낸 후 유럽에서 휴가를 보내고 요르단에 돌아가는데 공항에서 입국이 금지되었대. 그는 요르단에서 외국인 피난민을 돕는 일도 했는데, 요르단 정부에서 스파이로 의심해 못 들어오게 막은 거래. 다시는 요르단에 들어갈 수 없어서 다른 일을 찾다 마침 노라와 사랑에 빠졌고, 노라를 따라 프랑스에 왔대. 2년 전 이 성에 들어왔는데 성안에 공동체를 만드는 것이 앞으로의 꿈이래.

셀모는 지금 《어그리포레스팅(Agriforesting)》이라는 책을 읽고 있어. 농작물이나 목초지 주변에 나무나 관목을 심는 건데, 이것이 생물 다양성이나 토양 침식 방지에 큰 도움이 된대. 그는 2008년 금융위기처럼 앞으로 이런 경제 위기가 터졌을 때, 수십만이 일자리를 잃는 것 외에도 다른 더 큰 일이 있을 수 있다고 생각해. 어떤 경제 구조가 완전히 파괴될 수도 있다고.

또 지구온난화로 인해 기온이 3도 높아지면 어떤 일이 생길까. 지금 우리는 비

독일에서 태어나
영국에서 석사학위를
받고 요르단에서
창업해 성공한 후
프랑스 옛 성으로
들어온 친환경
운동가 셸모

행기를 타지만 후손들은 그러지 못할 수도 있다고. 이런 상황에 대비해 그와 노라는 무엇을 할 수 있을까 고민했대. 그래서 장기적인 삶을 위해 이 성에 이사 와서 공동체를 만들기 시작한 거래.

우리는 아침으로 그가 만든 검은 빵과 스프레드, 양유 요구르트, 강한 맛의 치즈, 블랙베리 잼, 그리고 그의 어머니가 만든 붉은 프룬 잼이랑 내가 사 온 크림 크라상을 먹었어.

1월 11일
프로메누아 성   **벽돌 데워 난방하고,**
              퇴비 화장실로 환경운동

중세에 지어진
프랑스 시골 마을 옛
성안에서 셀모
여동생의 코트를
빌려 입고

오빠, 내가 죽었을 때 묘비명이 이랬으면 좋겠어.

'에바 유, 환경운동가이자 교육자. 테크 리포터로서 자전거 여행 후 환경 보호 론자가 되다.'

이번 여행에서 나를 매우 강렬하게 두들긴 사람 둘을 만났어. 한 사람은 그리스에서 만난 에르미스이고, 또 한 사람은 프랑스에서 만난 셀모야. 셀모가 보여준 영상으로 인해 나는 환경운동가가 되기로 다짐했어.

https://www.youtube.com/watch?v=9GorqroigqM

이 영상을 보면 우리가 흔히 보는 자원이 생산과 가공, 판매, 구매, 버림의 단계로 가는 것을 볼 수 있어. 구매로 가는 바로 그 황금 화살표가 미디어에서 그리도 집중하는 것인데, 사실 우리는 그 밖의 것들을 봐야 해. 이 영상을 보고 나는 과거의 나, 쇼핑하는 나, 비즈니스 세계와 밀접한 나, 식당에서 음식을 남기는 나, 카페에서 종이컵을 받는 나, 비닐봉지를 쓰는 나, 과대 포장을 쓰는 나와 작별

하기로 했어.

나는 앞으로 내 컵이나 텀블러를 가지고 다니고, 장바구니를 휴대하고, 재활용 옷 가게에서 옷을 사 입고, 중고제품을 최대한 활용하고, 식당에서 남은 음식을 포장해달라고 하거나 내가 가진 도시락통에 담기로 했어. 그리고 전기를 절약하기 위해 노력하기로 했어.

이번 여행을 끝내면 선물을 사가려고 했으나 그보다는 나뭇잎, 식물, 엽서 등을 가져가야겠어. 누가 이번 여행을 통해 배운 것이 뭐냐고 물으면 지구에 대한 사랑이라고 할 거야.

나는 소비 축소를 주장할 거야, 가능하다면 무소비까지! 나는 이번 여행을 하면서 사람들에게 중고품을 많이 받았어. 내가 새로 산 것은 많지 않아. 필요하면 사람들이 다 내게 주었어. 나는 새롭게 무엇을 살 필요가 없었어.

프랑스에서 셸모를 만난 것은 큰 충격이었어. 그는 인생에서 지속 가능한 삶에 대해 고민하고 있었어. 지구온난화가 우리 삶에 미칠 영향을 걱정해 최대한 자원을 덜 쓰고, 전기를 절약하는 방법을 찾아 실천하고 있었어. 쓰레기 분리수거는 물론 음식 찌꺼기를 퇴비로 만들고, 퇴비 화장실과 샤워실을 만들고, 전기냉장고 대신 바깥에 자연 냉장고를 설치하고, 직접 양봉을 해서 꿀을 얻고, 밤을 주워 스프레드를 만들고, 손수 기른 닭이 낳은 달걀을 먹고, 허브와 채소도 직접 재배해서 먹었어. 꿀을 포장할 때도 분리수거된 병을 구해 병뚜껑만 새것을 사서 포장을 최소화했어.

그의 퇴비 화장실은 우리나라 재래식 화장실과 비슷해. 용변을 보고 그 위에 나무 톱밥을 뿌려서 냄새를 없애. 난방 역시 숲에서 거둔 죽은 나무를 잘라 불을 피우고 이 열에너지로 라디에이터를 작동시켜. 그는 탈취제도 직접 만들어서 써.

잘 때는 화롯가 근처에 둔 반질반질한 벽돌을 이불 안에 넣어서 전기장판을 그리 워한 나를 부끄럽게 했어.

그는 직접 렌틸콩과 메밀 농사를 지었어. 그는 친구가 만든 빵을 사서 먹었어. 이렇게 빵을 만든 사람이 누구인지 알면 먹을 때마다 행복해진대.

1월 11일

프로메누아 성

자원 소비 없이 가진 것과 아는 것 공유하는 사회

오빠, 오후 2시, 지금 나는 프랑스의 아주 작은 시골 마을에 있어. 차가운 공기 속에서 작은 나무의자에 앉아 내가 좋아하는 첼로 음악 을 들으면서 이 편지를 써. 이 집에는 지금 나밖에 없어. 주인은 외출하고, 바깥에 는 눈이 내리고 있어. 차마 엄마에게 전화해서 지금 눈이 내린다고 말할 수가 없었 어. 오늘 눈이 녹았다가 언 길을 나갔다 왔다고, 안개 때문에 앞이 5m밖에 보이지 않는 눈 내린 산을 지났다고 말할 수가 없었어. 엄마가 얼마나 걱정하실까 싶어서.

어젯밤 프랑스의 무도회에 갔어. 처음 도착해서는 당황했어. 무도회라면 좀 더 어두운 조명에, 좀 더 잘 차려입은 사람들이 많을 줄 알았는데, 마치 동사무소 다 목적실 같은 곳에서 의자와 책상을 밀어놓고 배우는 '전통댄스 수업' 같았어. 푯말 에 어울리게 어르신들이 많이 보였어. 와, 그런데 어르신뿐 아니라 20세부터 80세 까지 모든 세대가 다 같이 손을 잡고 춤을 추고 있었어.

한쪽에는 각자 만들어온 음식과 술이 있고, 음악이 있었어. 단호박이 제철인지 단호박을 넣은 맛있는 파이류가 많았어. 레페 맥주와 사이다, 물, 아이스티가 있고.

춤을 추거나 대화를 하면서, 혼자 심심해하거나 외로워하는 사람은 없었어. 프랑스 말을 못 하는 나는 가장 심심한 사람이어야 하는데, 짧은 프랑스어로 자기소개를 읊으면서 여러 사람과 친해졌어. 사람들은 상하이에서 자전거를 타고 온 나를 많이 응원해주었어.

사람들은 다 같이 원을 만들기도 하고, 둘이서 짝짓기도 하며 춤을 추었어. 여러 커플이 춤을 추는데 나는 80세 할아버지께 춤을 청했어.

이 멋진 무도회를 누가 언제 시작하게 되었는지 물으니 델핀이라는 여자가 2017년 6월에 시작한 거래. 그 여자도 나처럼 청바지에 티셔츠를 입고 참석했더라고.

내가 보기에 그날 옷을 가장 잘 입은 사람은 60세쯤으로 보이는 아줌마였어. 마치 소녀처럼 우아하게 금발 머리를 틀어 올리고, 완전히 검은 상의와 미니스커트에 구두, 그리고 물방울 보석 목걸이를 하셨어. 나중에 집에 갈 때 그 위에 베이지색 스웨터를 입고, 낙타색 고급 원단 코트를 입은 다음 밤색 중절모를 쓰는데, 그때 그녀가 부르주아 사모님이라는 것을 깨달았어. 그녀는 패딩점퍼를 입은 다른 아줌마와 손을 잡고 가장 적극적으로 춤을 주도했는데 그러면서도 도도한 표정은 변함이 없었어.

밤 12시에 차를 타고 집으로 돌아가면서 셀모가 말했어.

"마치 자본주의에 대한 저항 같지 않아요? 마을 사람들 각자가 가져온 음식과 음악으로, 돈 한 푼 내지 않고 이렇게 즐거운 밤을 보냈잖아요."

나는 셀모의 이 한 마디가 바로 가슴에 와닿았어. 나도 이런 공동체를 시작해야겠다는 생각이 들었어. 상하이에서 내가 진행한 '마수모' 역시 따로 돈을 내지 않고 서로 자기가 가진 것과 아는 것을 공유하는 자리였어. 내가 에콰도르에서 살 때도 이런 분위기였어. 1년 내내 우리가 사는 작은 교회 안에서 늘 얼굴을 대하는 형제자매 40명이 크리스마스와 새해맞이 등을 함께 준비했어. 같이 계획하고, 실행하고, 멋지게 끝내고, 청소했어. 돌아가면서 음식을 하고.

그때 우리를 묶어준 것은 종교였어. 지금 이 사람들을 함께 묶어주는 것은 프랑스야. 정부나 기업이 부추기는 것이 아니라 개인들이 자발적으로 시작하고 진행하는 행사. 나는 이것이 프랑스의 멋이고 힘이라는 생각이 들었어.

1월 13일
일란

딸이 셋이나 있는데
기니 피난민까지 데리고 살아

오빠, 지금 프랑스 일란이라는 곳에 있어. 아침 10시인데 아무도 안 일어나. 이 집에는 매튜와 부인 제네비에브, 그리고 기니에서 온 피난민 마무두가 살고 있어. 나는 여기가 너무 좋아서 하루 더 묵기로 했어.

어젯밤 1994년에 나온 영화 〈마고 여왕〉을 보고 너무 놀랐어. 개신교와 가톨릭 세력이 이렇게 피 흘리며 싸운 역사가 있다는 것을 영화로 처음 보았어. 분명 역사책에서 읽긴 했으나 이처럼 유혈이 낭자한 학살이 있었다는 사실은 몰랐던 거지. 가톨릭 세력이 프로테스탄트를 대량 학살하는 장면이 있는데, 믿기지 않았어.

어제 매튜가 말했어.

"지금 프랑스에서 성당에 가는 인구는 전체의 5%밖에 안 돼."

이 영화를 본 가톨릭 신자라면 현실 세계에서 종교의 역할에 의문을 품을 만

영화를 정말 좋아하는
목조건축가 매튜와
제네비에브

도 했어. 한국이 천주교를 받아들인 과정은 매우 순수하고 많은 순교와 희생이 있었기에, 한국의 가톨릭은 매우 조용하고 겸손하다고 생각해.

어제 베즐레 마을에 갔어. 이 마을은 2주 뒤에 있을 아주 큰 축제를 준비하고 있었어. 마을회관에는 온통 꽃장식으로 가득했어. 마을의 집들은 모두 돌로 지어졌는데, 무너진 성에서 가져온 돌로 만든 거래.

막달라 마리아 대성당의 앞쪽 부분은 정말 독특했어. 이제껏 본 성당의 장식과는 매우 다르게 탑 부분이 비대칭이고, 조각들이 압도적이었어. 이 마을의 성당은 바실리카라고 불리는데, 이렇게 불리려면 중요한 성인의 유품을 가지고 있어야 한대. 이 성당에는 마리아 막달레나의 성해가 있대.

미사 때 매튜는 제2 독서를 맡았어. 토요일 저녁 7시 미사였는데 성가대는 없고 신자들은 대략 20명 정도였어. 돌로 만들어진 예배당 안은 몹시 추웠어. 다들 코트를 입고 있었고, 나는 연신 '춥다'고 느꼈어.

호스트 매튜는 건축가인데 목조건축 복원 작업을 한대. 그가 떡갈나무는 정말 좋은 나무라고 했어. 시간이 흐를수록 나무가 더 단단해진대. 그는 또 영화를 너무 좋아해서 집에 TV룸이 따로 있어. 아마도 500장 이상의 DVD를 보유한 것 같아. 그는 엑스트라로 영화에 18번이나 출연했대. 이틀 동안 찍었는데 실제로는 딱 5초 나오더라고.

부부에게는 딸이 셋이나 있는데 필리핀의 고아도 어릴 때 입양했고, 기니 출신 17세 피난민 마무두도 집에 데리고 와서 같이 살아. 그러면서 카우치 서핑도 하고. 정말 인간에 대한 사랑이 넘치는 부부야.

점심을 먹고 나는 가야금 연주를 틀고 15분간 한국을 소개했어. 부부 이름도 한글로 적어드렸어. 부부는 매우 흥미롭게 내 설명을 들었어. 내가 느끼는 바로는 프랑스 사람들은 한국에 대해 아는 것이 별로 없는 듯해. 한국이 섬나라인 줄 알고 있고, 북한에 대해서는 잘 아는데 한국에 대해서는 정말 모르겠대. 내가 일생에 처음 만난 한국인이라고 했어.

1월 20일

파리   루브르박물관에 가면
경진영 가이드를 찾으세요

오빠, 드디어 파리에 도착해 루브르박물관에 왔어. 오빠랑 같이 2011년 1월 14일 여기 왔었지. 그때 우리는 전날 이미 베르사유 궁전을 본 다음이라 예술품 관람에 너무 지쳐서 내가 가장 관심 있는 그리스, 로마 유적 전시실만 보고 나왔잖아. 8년 뒤인 오늘 나는 혼자 루브르박물관에 왔어. 나는 한동안 이 홀 안에 가만히 서 있었어. 흐린 날 루브르 박물관에 와서 무척 기뻤어.

이번에는 '마이리얼트립'으로 가이드 투어에 참여하기로 하고 루이 14세 동상 앞에서 경진영 가이드님을 만났어. 그분은 정말 알찬 해설을 하셨어. 루브르박물관 가시는 분이라면 강력 추천!

www.myrealtrip.com

들라크루아의 '민중을 이끄는 자유의 여신', 이 그림을 보고 빅토르 위고는《레미제라블》을 썼대. 프랑스 국기를 든 여자를 별칭으로 마리안느라고 하는데 이 이름은 당시 프랑스에서 가장 흔한 시골 처녀 이름이었대. 경진영 님 가슴에 걸린 공인 가이드 마크에 마리안느가 그려져 있었어.

들라크루아 그림은 선이 희미해. 그는 선보다 색이 중요하다고 생각해서 선명

흐린 날 루브르박물관 풍경

한 색들을 사용했고, 이는 인상파 탄생의 계기가 되었대. 낭만주의는 낭만을 그리는 것이 아니라 진짜로 감정에 충격을 주어야 하고, 이성적으로 접근하는 것이라는 거야. 과거의 이상적 이미지를 타파하고 잔인하고 무서운 주제들을 사실적으로 그렸대.

안토니오 카노바의 '에로스와 프시케'. 8년 전 오빠랑 왔을 때 나는 이 작품이 가장 감동적이었어. 이 이야기는 내가 그리스, 로마 신화에서 가장 좋아하는 이야기이고, 남자친구랑 헤어진 지 3주가 된 시점이었으니까. 그리고 보니 재미있네. 8년 전 좋아한 것은 이상적인 아름다움을 추구하는 그리스의 고전주의 작품이고, 이번에 와서 가장 마음에 든 것은 사건을 사실적으로 보여주는 낭만파의 작품이라니.

들라크루아의 '민중을 이끄는
자유의 여신'

안토니오 카노바의 '에로스와 프시케'

아, 정말 이상적이고 아름다운 시간을 꽉 채워 보고자 하는 7박 8일의 비행기 여행과 사실적이고 감정과 신체에 큰 충격을 주는 8개월 자전거 여행의 비유가 잘 맞아떨어지네. 8년 동안에 나는 고전주의에서 낭만주의로 변했는지도 몰라, 하하.

그런데 정말이야, 이번 여행 전에 내가 지나갈 13개 나라 중에서 가장 기대한 국가는 그리스였어. 하지만 여행이 끝나가는 지금 내가 정말 끌린 나라는 프랑스 야. 나에게 아름다운 길과 좋은 사람들, 힘이 드는 것의 가르침 등등을 다 주었어.

1월 21일

파리

파리에서는 실수도
다 좋은 일로 바뀌어

오빠, 파리에서 너무 감사한 일이 많았어. 파리에서 여러 가지 실수를 했는데 하느님이 다 좋은 일로 바꾸어주셨어.

우선 호스트 스티브 집에 사이클링 바지를 놓고 왔어. 아, 이런 바보짓은 처음 이었어. 바지를 가지러 가는데, 스티브가 새벽 1시에야 돌아온다고 해서 나는 친구 집에서 밤 11시 30분까지 기다려야 했어. 이로 인해 나는 스티브의 집에서 하룻밤 더 자고, 아침 8시에 마리사의 집으로 짐과 자전거를 찾으러 가야 했어. 그런데 마리사의 집이 시내 중심에 있어서, 그 덕분에 어제 루브르까지 걸어갈 수 있었고, 오 늘 가는 길에 멋진 아침의 늠름한 에펠탑을 볼 수 있었어.

다음으로 파리에서 같이 밥을 먹기로 한 모로코 사람 레드완에게 불만을 표현 한 것. 레드완은 약속 시각에 1시간 15분이 나 늦었는데, 얼마나 늦어진다고 미리 말

에펠탑을 지나가며

도 하지 않았어. 나는 기약 없이 그를 기다렸고, 그가 오자 처음 본 사람이지만 웃는 얼굴로 맞이할 수 없었어.

레드완이 미안하다며 모로코 음식을 사주어서, 우리는 맛있는 음식을 먹으며 많은 대화를 했어. 그러고 나니 레드완에게 미안해져 한 번 더 만나야겠다고 생각했어. 바지를 놓고 와서 일요일 저녁에 할 일이 없어졌고, 레드완과 파리의 마지막 저녁을 먹으며 집중해서 대화했어. 덕분에 이슬람이라는 종교에 대해서도 잘 알게 되었고, 모로코에서 살다가 프랑스로 오게 된 그의 삶에 관한 깊은 이야기

1월 24일

후앙

무료로 자전거 수리해주는
아틀리에

사랑하는 오빠, 아침에 집을 나서면서 계속 바람이
새는 뒷바퀴와 전조등을 고치고 갈까 그냥 갈까 고민하자 카우치 서핑 호스트 시
릴이 자전거 가게까지 데려다주었어. 가게 아저씨는 내 전조등을 보고는 복잡해서
못 고친다면서 새로 사라고 했어. 와, 120유로, 엄청 비쌌어.

그때 독일 남자를 연상시키는 키 큰 금발 파마머리 남자가 들어와 주인과 대화
를 나눴어. 그는 영어를 잘했고 자기 아틀리에에 와서 자전거를 고쳐도 된다고 했
어. 지금 이 가게에서는 고치는 비용이 10유로래.

나는 인너튜브만 5유로에 사서 자전거 가게를 나와 그를 따라갔어. 150m 거리
에 있는 그의 가게 '기도리네 아틀리에'는 자전거를 수리하는 곳 치고는 너무 감성
이 넘쳤어. 3분의 2는 자전거 수리 공간이고, 나머지는 소파와 시든 꽃장식, 각종
음료, 수많은 사진이 차지하고 있었어. 이곳이 무척 마음에 들었어.

그의 이름은 팀이래. 팀은 내 자전거를 작업대에 올리고는 뒷바퀴를 떼어 공구
와 함께 내게 주었어. 내가 뒷바퀴 바람을 빼고, 인너튜브를 꺼내보니 펑크 패치 사
이로 바람이 새나가고 있었어. 그래서 그동안 자전거 타는 게 힘들었던 거야. 나는
새 인너튜브에 바람을 넣었어.

내 자전거를 공짜로 수리해준 '기도리네 아틀리에'의 팀

팀은 내 바큇살이 너무 약하다면서 튼튼하고 큰 중고 타이어를 바큇살에 씌워주었어. 이 바퀴가 너무 커서 내 자전거 몸체에 꼭 끼자 아주 빠른 속도로 빼내고 중고 콘티넨털 타이어로 다시 끼워주었어. 콘티넨털 타이어! 나는 이 독일회사 임원을 인터뷰한 적이 있어서 이 회사를 잘 알아. 정말 좋은 타이어를 내게 주어 너무 고마웠어.

팀은 또 내 전조등을 열고 미니 전구를 여러 개 갈아 끼웠는데, 역시 켜지지 않았어. 결국은 자전거 핸들 옆에 유에스비 충전용 전구를 하나 달아주었어.

와, 나는 정말 감동했어. 돈도 안 받고 이렇게 내 자전거에 좋은 부품들을 달아

주다니! 완전히 다른 접근 방식이었어.

　그가 커피를 마시겠느냐고 물어서 좋다고 하고, 이 공간에 관해 이야기를 나누었어. 아틀리에를 시작한 지 8년이 되었대. 목요일 오후에 사람들이 와서 자전거 부품을 팔거나 자전거를 수리할 수 있대. 그리고 자전거여행자가 있으면, 프로젝터로 그 여행자의 사진을 본다고 해. 와, 정말 멋진 곳이야.

프랑스 북부 고원 눈 속에서 풀을 찾는 양들

이렇게 멋진 공동체를 만들다니. 확실히 세상을 사는 데는 두 가지 방식이 있어. 돈을 벌기 위해 사는 것과 남과 나누며 사는 것. 자기가 쓰던 것을 남과 나누면 돈은 많이 못 벌더라도 세상의 쓰레기를 줄이고 진정한 관계를 만들 수 있잖아. 세상은 좋은 곳이구나, 하고 나는 깨달았어. 팀의 방식이 너무나 마음에 들었어.

나는 세상 어디를 가나 이처럼 나눔의 공동체를 만들어야겠다고 생각했어. 팀은 내게 엽서, 스티커, 배지를 건넸고, 나는 팀에게 작은 쪽지를 적어서 건넸어. 우리는 인스타그램을 교환했어.

나는 미소를 띠며 그곳을 나와 주행을 시작했어. 기분이 정말 상쾌했어. 뒷바퀴에 바람을 넣으니 자전거가 정말 잘 굴러갔어. 이건 하나의 변화였어. 내 성격은 무딘 칼로 아주 열심히 무를 써는 스타일인데, 시간과 돈을 투자해 칼을 간 거였어. 이 효과는 정말 만족스러웠어. 22일간이나 뒷바퀴에 바람이 새는 자전거를 타고 다니며 고생한 나 자신이 바보로 생각되었어. 질레종(gilets jaunes, 노란 조끼) 데모로 인해 막힌 거리가 있어서 약도보다 좀 더 돌아가야 했어. 나는 고원으로 올라갔어. 원래 오늘은 초반 언덕이 무척 힘들어야 하는데, 그리 나쁘지 않았어. 나는 안개 속을 계속 지나갔고, 가면서 예쁜 소도시들을 만났어.

1월 24일

디에페

프랑스에서 영국 뉴 헤이븐, 배 타고 가는 법

오빠, 어제 70km를 달려 마침내 프랑스 마지막 도시

이자 대서양을 처음 마주하게 되는 항구 도시 디에페에 도착했어. 관광센터가 5시에 문을 닫는데 겨우 20분 전에 달려가 배표를 살 수 있느냐고 묻자 여직원이 약도를 알려주었어.

나는 열심히 페리 터미널로 달려가 티켓오피스로 뛰어갔어. 이날은 페리가 오후 6시 30분 출발인데 나는 운 좋게도 시간을 딱 맞춰 온 거야. 자전거를 가지고 들어가면 일반 탑승객처럼 대기실에서 편하게 기다리는 게 아니라 추운 바깥에 서서 기다려야 해. 게다가 비가 내리기 시작했어.

표 검사하는 아줌마가 나를 딱하게 여겼는지 대기실에서 몸을 녹이고, 5시 45분에 오라고 하셨어. 나는 몸을 녹이면서 유라시아 대륙에서 마지막 위챗 모멘트와 인스타그램을 올렸어. 딱 15분간 인터넷을 하고 줄을 섰어. 역시 한국인은 유럽에서 비자가 필요 없어서 편해.

1레인은 자전거, 2레인은 일반 자동차, 3레인은 캠핑카이고 대형트럭은 따로 긴 줄이 있는데 1레인에 선 것은 나쁜이야. 바깥에 노출된 것도 나쁘고. 이윽고 배 안으로 들어가 자전거를 벽에 단단히 고정하고 짐을 챙겨 엘리베이터를 타고 7층으로 올라갔어.

3시간 동안 바에서 일기 쓰고, 자고 하다가 누군가와 말을 하고 싶어서 심심해 보이는 동양계 아줌마에게 말을 건넸더니 영어를 전혀 못 하서. 다른 여자분과 눈이 마주쳐 말을 걸었지.

"잠시 대화하실래요?"

"좋아요."

이렇게 만나게 된 나이마, 모로코 출신인데 영국 남자와 결혼해 영국 남부 해양 휴양도시 브라이턴에서 24년을 살고 런던으로 이사했는데, 프랑스에도 집이 있대. 두 딸은 미국 뉴욕에서 일한대.

큰딸은 영국 캠브리지 출신으로 기자이고, 다큐멘터리로 큰 상을 두 번이나 받았대. 하나는 아프리카 국가의 동성애 관련 사회적 이슈를 다룬 것이고, 하나는 5세에 암으로 죽은 아이의 가족 이야기래. 나이마는 원래 모자와 액세서리를 만들어 팔다 지금은 쉬고 있다고 했어.

그리고 나서 유라시아 대륙을 길게 횡단했으니 축배를 들어야 할 것 같아서 스텔라 맥주를 250밀리 마시고 일기를 쓰기 시작했어. 이렇게 해서 드디어 대륙을 떠나 섬나라 영국으로 간다. 아, 정말 영국이 섬이구나, 새삼 깨달으며.

영국 United Kimgdom

1월 24일

뉴 헤이븐 **도착하자마자 10대 남자애가 백라이트 깨트려**

사랑하는 오빠, 프랑스 디에페에서 출발한 페리가 영국의 항구 도시 뉴 헤이븐에 도착했어. 인터넷이 되자마자 나는 배에서 만난 나이마 아줌마의 조언대로 숙소를 찾았어. 맵스미 앱을 통해 비교적 저렴한 게스트하우스를 찾아냈어. 더 저렴한 곳은 5~6킬로를 가야 한다네.

찬 공기 속에 발을 디딘 영국은 2010년 12월 26일에 떠난 후 9년 만에 다시 만난 거야. 입국심사를 위해 여권을 내밀자 경찰은 영어를 하는지 물었고, 옆에 있던 여경은 짐이 가득 실린 자전거를 끌고 온 것을 보고 물었어.

"당신 미쳤어요?"

"네, 미쳤죠."

이 겨울에 자전거로 세계여행을 하며 이 페리로 프랑스에서 영국으로 건너온 사람은 없는 모양이야. 두 경찰은 나를 수상쩍게 여겨 10여 분 동안 쉴새 없이 질문했어. 내 여권에 찍힌 스탬프를 보고는 이런 여러 나라에서 무얼 했느냐, 과거 영국 도장을 보고는 영국에서 무얼 했느냐, 오늘 어디서 잘 거냐, 돈은 얼마나 있느냐, 무직인데 돈은 어디서 났느냐? 나를 간첩으로 의심하는 걸까? 그러다 질문이 내 여행에 대한 호기심으로 바뀌는 순간을 나는 알아차렸어. 마침내 두 사람은 좋은 여행을 하라며 격려해주었어.

나는 5~6킬로 떨어진 저렴한 숙소를 찾기로 했어. 영국은 차선이 거꾸로라 왼쪽으로 달렸지. 대로로 접어들어 두리번거리다 배에서 찾은 게스트하우스를 발견하고 한번 가보기로 했어. 오르막길이라 자전거를 안전하게 세울 수 없어서 바닥에 눕히고 깜깜한 문 앞으로 가니 '닫음' 팻말이 걸려있었어. 그대로 돌아와 자전거를 일으키는데 저쪽에서 소리가 들렸어.

"괜찮으세요?"

길 건너편에서 젊은 남자가 물었어. 빨간 카파 바지에 스포츠맨처럼 바짝 민 머리, 영문자 K가 수 놓인 검은 캡을 눌러쓰고 검은 파카에 귀에 걸린 이어폰이 래퍼 같은 모습인데도 청년은 정중하게 말했어.

"네, 괜찮아요. 호텔을 찾고 있어요."

"그러세요? 이 밤에 호텔 찾기는 무척 힘들어요. 제가 한 곳을 아는데 좀 더 가야 해요. 같이 가드릴까요?"

"네, 그럼 너무 고맙죠."

이 밤에 길에서 만나 유일하게 말을 거는 사람, 파울로 코엘료의 《연금술사》처럼 지표(指標)가 나타난 거야. 나는 그를 따라나섰어. 내리막길을 가는데 그가 내 자전거를 끌어주고, 나는 그가 들고 있던 와인 병을 받아 들었어.

샘이라는 그 소년은 17세에 칼리지 학생인데, 음악을 좋아해서 솔로로 노래와 랩을 하며 공연을 많이 했대. 영국에서 20번 정도 하고, 프랑스에서도 한 번 했다고. 그 정도 뮤지션이면 콧대가 높을 텐데 이렇게 밤중에 낯선 행인을 돕다니.

가는 도중에 비슷한 키의 남자애를 만났어. 그가 미동도 하지 않고 고개를 들고 서 있어서 동상 보듯 쳐다보고 지나가는데 샘이 아는 척했어. 댄이라는 그 애는 동상 같은 모습에서 벗어나 한 번 입을 열자 주체하지 못할 정도였어. 금발에 한 눈에도 외향적으로 보이는 그는 정말 개구쟁이였고 말이 많았어. 둘은 함께 어디 파티에 가려는 중이었대. 댄의 왁자지껄한 행동으로 인해 진지하던 대화는 순식간에 리얼리티 프로그램이 되고 말았어. 그는 샘에게 물어보지도 않고 내가 들고 있는 와인 병을 따서 한 모금 마시더니 내게도 마시라고 권했어.

그런데 또 한 여자애가 할머니를 모시고 왔어. 할머니가 페리 터미널을 찾으셔서 모셔다드리는 중이래. 댄은 능란한 몸짓으로 할머니를 '스위트 하트'라고 부르며 터미널을 가리켰어. 할머니는 고맙다고 하시고 혼자 가셨어. 어린 친구들이 남을 돕는 모습이 내게는 참 인상적이었어. 혼자 남은 여자애 역시 두 사람 또래에 금발이고 키가 작은데 파티에 가는 차림이었어.

"낸시, 너 댄이랑 사귀니?"

샘이 물었으나 낸시는 수줍은지 아무 말도 안 했어. 그저 댄을 따라 걸을 뿐이었어. 아마 둘이 정말 사귀는 모양이야.

그렇게 걷다가 댄이 갑자기 샘의 자전거 핸들을 빼앗더니 타도 되느냐고 물었어. 그러라고 하자 그는 회색 재킷의 후드를 올리고는 자전거를 타고 앞질러가더니 찻길에서 앞바퀴를 올리고 뒷바퀴로만 타는 묘기를 보였어. 나는 앞바퀴가 높은 데서 떨어지면 그 충격으로 공기가 빠지지나 않을까 걱정이 되었지만 댄은 아주 신이 나 있었어. 그가 그 동작을 여러 번 반복하자 나는 어차피 댄을 말려 무안하게 하지 않을 거라면 영상으로나 찍어두어야겠다고 생각했어. 내가 영상을 찍자 샘이 댄에게 말했어.

"한 번 더 해봐! 영상을 찍고 있어."

그러자 댄은 기고만장해서 한 번 더 묘기를 부리다 그만 자전거째 뒤로 자빠지고 말았어. 하늘을 보고 찻길에 누워버린 댄을 보고 샘은 폭소를 터뜨렸어. 자전거에서 파편들이 떨어져 얼른 달려가 보니 백라이트가 깨져 빨간 플라스틱 캡이 산산조각이 나고, 가방들이 한쪽으로 엉켜버렸어.

나는 처참한 기분이 되고 말았어. 모두 웃음을 멈추고 미안하다면서 상황을 수습하려고 했어. 나는 동반자인 자전거에게 진심으로 미안해서 얼른 일으켜 세우고 가방을 차례로 끼워 넣었어. 다행히 자전거에 거는 연결고리는 부서지지 않았더라고. 내 배낭의 고장 난 지퍼 사이로 초콜릿과 펜, 이제는 몽당연필이 된 색연필이 쏟아지고, 잡다한 물건들이 흩어진 것을 보며 애들은 미안해했어. 나는 펜과 색연필만 줍고, 초콜릿은 땅에 버렸어.

댄은 보상을 해주겠다고 했으나 내게는 전혀 위안이 되지 않았어. 나는 침착한 표정으로 자전거만 바라보며 괜찮다고 했어. 댄과 낸시는 내 표정을 보고는 더 있기가 곤란했는지 멀어져갔고, 샘만 나를 호텔에 데려다주기로 했어. 내가 직접 자전거를 끌고 말없이 세인즈베리를 지나갔고, 샘은 다시 미안하다고 했어.

"7개월 동안 여기까지 자전거를 타고 오셨는데 저 멍청한 녀석이 그 만……."

샘의 말을 듣고 가슴이 아팠어. 정말 이제껏 모든 나라에서 사람들이 내 자전거를 소중하게 다루어주었는데, 마침내 그렇게 힘들게 닿은 목적지 영국에서 처음 만난 남자애가 망가뜨리다니. 하지만 내 잘못이었어. 댄에게 그런 위험한 묘기를 허용한 건 나였으니까.

마침내 '프리미어 인' 앞에 도착했어. 크로아티아 이후 처음으로 가는 호텔이야. 뉴 헤이븐에서는 어떤 호스트도 내 신청을 받아주지 않은 거지. 호텔비는 무시무시한 63파운드, 11만 원이야. 이번 여행에서 가장 비싼 호텔비. 여기까지 같이 와준 샘이 고마워서 그가 보는 앞에서 말없이 계산했어. 샘이 뉴 헤이븐의 호스트는 아니어도 내가 보금자리를 찾을 수 있게 도와준 사람이잖아. 샘은 내 자전거를 방까지 가져다주고 파티에 갔어.

다음 날 눈을 뜨자 여러 가지 생각이 파도처럼 밀려왔어. 문득 댄의 행동이 수많은 식민지를 지배한 영국의 폭력성을 보여주는 것은 아닐까 하는 생각이 들었어. 친구의 와인이든 낯선 이의 자전거든 다 내 것이고, 내가 원하는 대로, 내 방식대로 다루어도 된다고 생각하는 폭력성. 프랑스에서는 고장 난 라이트 대신 새로운 라이트를 돈도 받지 않고 달아주었는데, 영국에서는 잘 작동하는 백라이트를 깨버리다니.

아이필드

진흙탕 헤매고 만신창이로
'검은 백조' 펍 안착

　　오빠, 오늘은 비가 내리는데도 자전거를 타야 해. 영국은 초원과 언덕이 참 많아. 침착하고 조용한 풍경이 많아서 나는 한국 노래 더블케이의 '아이고(But I go)'를 부르면서 언덕을 내려갔어.

　　"아이고 답답해, 아주 꽉 막힌 맘 어떻게 풀어가야 해야해야 해. 들어봐야 해야해야 해. 얘야, 뭐라 말 좀 해봐, 왓 유 세이."

　　다음에는 동방신기의 '아이 워너 홀드 유.'

　　"이제 나의 사람 아니라고, 떠나려는 사람 붙잡지도 말라고……"

　　먼저 고백부터 해야겠어. 오늘 내가 고생한 것은 늦게 출발했기 때문이야. 항상 이렇게 방심할 때 사고가 터지고 말아. 엄마 말대로 '방심할 때'. 하지만 나는 믿는 것들이 있었어. 내 속도, 내 자전거, 맵스미 앱이 보여준 자전거 루트.

　　그런데 정말 처참하게 실패했어. 맵스미에서 알려준 지름길을 따라 찻길에서 벗어나 흙길로 접어들었어. 날씨가 따뜻해 앞의 오르막길을 보고는 두 겹으로 입었던 레깅스 하나를 벗고 헉헉대며 올라갔어.

　　"야, 여기 정말 진국이다, 진국."

　　자전거가 자갈길을 지나는 소리가 둔탁하게 울렸어. 가장 낮은 둔덕에 자전거를 올려놓고 높은 곳으로 끌고 갔어. 헉헉, 풍경은 좋구나. 인적은 없고 황량한 바람만 부는 언덕. 마치 테스가 고되게 일할 것 같은 그런 흐린 날의 언덕이었어. 혹은 에밀리 브론테의 《폭풍의 언덕》에서 히스클리프가 캐서린의 이름을 부르며 포

영국 아줌마 둘이 사진을 찍어줄 때까지만 해도 고생은 곧 끝날 것이라고 여겼지

효할 것 같은 그런 언덕이었어.

둔덕은 계속 이어졌고, 몸을 구부려 자전거를 끄느라 허리가 아파 왔어.

"아이고, 아휴."

길 반대편에서 영국 아줌마 둘이 지나가기에 사진 좀 찍어 달라고 부탁했어. 이때만 해도 이 고생은 곧 끝날 거라고 여겼어. 진흙 길을 지나가며 가시에 다리를 긁혀, 저녁이 되자 종아리 뒤에 빨갛게 긁힌 자리가 쓰라렸어.

그런데 정말 끝이 없었어. 두 바퀴에 진흙과 마른 잎사귀, 지푸라기, 모래가 한데 엉켜 자전거가 움직이지 못하는 거야. 비닐장갑을 꺼내 바퀴에 붙은 것들을 일

목장 벤치에 혼자 앉아 미동도 하지 않고 앞을 주시하는 할머니

일이 떼어냈어. 다시 둔덕을 지나가 진흙을 떼어내고, 또 지나고 떼어내고.

그렇게 가다 보니 말이 뛰노는 목장이 나왔어. 흐린 하늘 아래 가장 높은 언덕 위에 할머니가 혼자 벤치에 앉아계셨어. 미동도 하지 않고 앞을 주시하며 홀로 앉아계신 할머니의 뒷모습을 10초 이상 가만히 바라보았어.

그리고 자전거를 목장의 톱밥 위로 끌고 갔어.

"나 오늘 정말 대박이네."

저절로 욕이 튀어나오려고 했어. 진흙에 톱밥까지 엉켜 또 장갑으로 떼어내야

했어. 일회용 비닐장갑이 다 찢어졌는데도 열심히 진흙을 뜯어냈어. 맨손에 진흙이 붙기 시작했어.

목장 앞에서 지도를 보니 50분을 더 가야 차도가 나오더라고. 등고선을 보니두 산 사이를 지나야 하는데 나는 당연히 할 수 있을 줄 알았어. 그래서 양들이 노니는 목장을 지나 진흙 길로 들어섰지. 그런데 완전 늪, 정말 제대로 된 진흙탕이었어. 아까는 진흙 깊이가 20센티 정도였는데 여기는 얼마나 깊은지 발이 푹푹 빠졌어. 정말 방법이 없었어. 너무 싫지만 포기할 수밖에.

결국은 다시 진흙을 빼내며 길을 돌아섰어. 뒷바퀴의 진흙은 패니어 사이의 홈으로 손을 넣어야 해서 더 힘들었어. 망연자실해 터벅터벅 걸었어. 내가 얼마나 고집을 부렸는지 포기하고 돌아가는 길이 너무 멀었어. 아, 맵스미는 정말 자전거는 배려를 안 해주는구나.

가까스로 포장도로까지 돌아오니 마음이 조급했어. 해가 지기까지 2시간이 남았는데 34km를 더 가야 했어. 나는 전속력으로 달렸어. 해가 지기 전에 반드시 목적지에 도착하려고 최선을 다했어. 절대 쉬지 않았어.

영국의 도로는 얄궂은 언덕이 너무 많아. 프랑스처럼 시야가 탁 트인 언덕 사이를 가는 것이 아니라, 우거진 숲속 언덕을 가는지 그늘 속을 달렸어. 등 뒤에서 멀리 초원의 지평선 속으로 해가 빨려 들어가고 있었어.

이제 6km 남았어. 이미 땅거미가 지고 집집이 노랗게 불빛이 켜졌어. 초록빛 나무는 다 검은색이 되고, 주위가 인디고 색으로 어두워지고 있었어. 그래도 이대로만 가면 안전하게 도착할 수 있다는 희망에 차 있었어. 그런데 맵스미가 알려준 그 길이 막혀버렸어. 다시 차도가 있는 곳으로 1.4km를 나가야 했어.

이제 완전히 어두워졌어. 나는 7자를 그리면서 두 번째로 긴 길을 가야 해. 어둠 속에서 자동차들이 자전거를 보고 멀리서부터 환하게 헤드라이트를 켜고 나를 피해 운전했어. 나를 보고 화들짝 놀라 빠앙 경적을 울리는 차도 있었어.

그런데 지도를 자세히 보니 그 길은 숲길이었어. 점선으로 된 숲길. 이 밤에 숲길을 지나는 것은 정말 불가능한 일이야. 이미 완전히 어두워졌고, 육체적으로 너무 힘들었어. 나는 결국 도로변에 서서 도움을 청했어. 내가 서 있는 쪽으로 들어가는 중형차가 멈추자 여자 운전자에게 부탁했어.

"라이트가 없는데 날이 어두워져 자전거를 탈 수가 없어요. 목적지가 8km 거리에 있어요."

"보다시피 이 차에는 애들이 타고 있어서 못 도와주겠네요."

"네에."

여자는 그렇게 가버렸어. 나는 할 수 없이 스스로 가기로 했어. 낮에 보았던 사거리까지 가기로 하고 핸드폰 불을 켰어. 마주 오는 헤드라이트 때문에 정신이 없는데, 핸드폰 손전등까지 들고 있어서 브레이크 잡으랴 핸드폰 잡으랴 정신이 없었어.

도중에 골프클럽 표지판이 나왔어. 클럽에는 라운지가 있을 거라 여기고 1km 가량 들어갔으나 사람이 없고 불이 다 꺼져 있었어. 다시 나와서 누구의 도움도 받지 않고 카페를 찾기로 했어. 가로등도 없는 깜깜한 어둠 속에서 핸드폰 전등을 켜니 배터리가 4%가량밖에 남지 않았어.

"네 불빛에 집중해."

나 자신에게 말했어. 다가오는 차량 불빛에 의지하면 차가 지나치는 순간 균형을 잃고 휘청거리다 차에 치이거나 숲으로 쓰러질 수 있었어. 차들은 이 깜깜한 밤에 고작 핸드폰 불빛을 켜고 가는 내가 한심하다는 듯 처음에는 천천히 오다가 나를 지나자마자 휙휙 사라져갔어.

그렇게 한참을 끈질기게 가다 보니 드디어 마을이 나왔어. 낮에 지나친 그 마을. 분명 사거리에 펍이 있었던 것 같아 한참을 가니 드디어 사거리가 나오고 거기 펍가 있었어. '블랙스완'!

저녁 6시 48분, 자전거를 바깥에 대고 안으로 들어갔어. 목조로 된 고급 인테리어에 걸맞게 품위 있는 영국인들이 금요일 밤을 즐기며 맥주를 마시고 있었어. 이 장소와 전혀 어울리지 않는 진흙투성이 자전거 복장에 헬멧을 옆구리에 낀 더

벅머리 동양 여자의 등장에 사람들은 흘깃 눈길을 주고는 얼른 얼굴을 돌렸어.

나는 패니어를 한쪽 구석 자리에 내려놓고 화장실에 갔어. 내 무릎 밑까지 오는 양말은 진흙투성이가 되어있었어. 오늘의 실수와 고난에 종지부를 찍지 못한 채 손을 씻는 자신이 미웠어, 만신창이다, 정말!

저녁 8시 54분, 내 연락을 받은 오늘의 호스트 버논이 흰 승합차를 운전해 데리러 왔어. 그에게 미안하다고, 내가 자전거를 타고 가고 싶었으나 너무 위험해서 그러지 못했다고 사과하는데 눈물이 나오려고 했어. 차에 타고 버논에게 어느 나라 사람인지 물었어. 버논이 말했어.

"나는 죄를 지었다."

무슨 말이냐고 물으니 영국이 대영제국 시절 다른 나라에 지은 죄에 대해 영국인들은 이렇게 말한다고 했어. 나는 그 말이 매우 인상 깊었어. 영국이 다른 나라들을 식민지로 삼아 끌어모은 재산으로 현재까지도 잘살고 있는 것을 나는 매우 못마땅하게 여겼거든. 특히 중국에서 아편전쟁을 일으킨 영국의 비윤리는 그냥 넘어가 주기 어려웠어. 그런데 그로부터 170년이 지난 지금 한 영국인이 영국이 저지른 잘못을 국가를 대신해 뉘우치는 것을 보고 놀랐어.

나는 오늘 일을 이야기했어.

"제 잘못이에요. 제가 오늘 늦게 출발해 목적지까지 가지 못해 이토록 번거롭게 해드렸어요."

"괜찮다. 내일 우리 집에서 여기까지 되돌아와 다시 자전거를 타고 우리 집에 와서 런던으로 출발하면 되잖니."

나는 아무 대답도 하지 못했어. 나는 오늘 일을 아예 '실패'로 여기고 되돌릴 생각은 하지 않은 거야. 나는 내일 60km 거리인 런던으로 바로 갈 생각이었어.

버논 집에 도착하자 부부와 개들까지
열성적으로 환영

아침에 일어나니 버논이 내 자전거를
깨끗이 닦아줘

버논의 집에 도착하자 요리하고 있던 부인 캣이 반갑게 맞이해주었어. 나는 '블랙스완' 옆 꽃가게에서 산 꽃다발을 선물했어. 그러면서 내가 자전거를 타고 오는 것이 이 꽃다발보다 더 나은 선물이었을 거라는 생각에 가슴이 아팠어.

"용감한 애구나. 상하이부터 여기까지 자전거를 타고 오다니."

캣의 말에 나는 부끄러워서 아무 말도 하지 못했어. 버논의 차에 내 자전거를 싣고 왔으니 나는 그런 말을 들을 자격이 없어. 나는 알았어. 스스로 떳떳하지 못한 채 이 부부와 정상적으로 대화할 수 없다는 것을. 그래서 다짐했어. 내일 일찍 '블랙스완'으로 자전거를 타고 가서 거기서 다시 이 집으로 오겠다고. 이 집에서 런던으로 출발하겠다고.

1월 26일

런던

드디어 목적지 도착!
뭐라 해야 할지 모르겠어요!

오빠, 어젯밤 캣이 빨아준 내 빨래를 다 걷어서 짐을 싸고, 사이클링 복장으로 갈아입고 오전 9시 17분에 라디오 음악이 흐르는 부엌으로 내려왔어. 라디오에서는 부드러운 목소리의 여자가 노래를 부르고 있었어. 창가에는 어제 내가 준 꽃들이 소담스럽게 꽃병에 꽂혀있고.

창밖으로 마당에서 뭔가 열심히 일하는 버논이 보였어. 고맙게도 그는 진흙 범벅이 된 채 굳어버린 내 자전거 바퀴와 기어, 브레이크는 물론 자전거 전체를 호스와 수건으로 깨끗이 닦고 있었어. 부품도 손보고, 체인에 정성껏 기름칠도 해주었어. 나는 정말 감동했어.

버논은 어제 그 '블랙스완'까지 나와 동행해서 왕복하기로 했어. 우리는 다시 돌아올 것이므로 짐을 하나도 들지 않고 가볍게 출발했어. 버논이 앞서서 가는 길은 상당히 멀게 느껴졌지만 아름다웠어. 가는 내내 어제 어둠 속에서 내가 이 길을 자전거로 갈 수 있었을까 나에게 물었어.

'블랙스완' 앞에 도착하자 나는 너무 상쾌했어. 괜찮아, 괜찮아, 실패한 게 아니야. 그 지점으로 돌아가 다시 시작하면 돼. 나는 소중한 교훈을 얻으며 버논과 함께 아이필드 마을을 둘러보았어. 그리고 버논의 집 앞으로 돌아와 거기서 다시 런던을 향해 출발했어. 오전 11시 10분, 일기예보를 보니 오후에 비가 내린대.

'버논, 고마워요. 당신은 나를 집에 초대해준 마지막 호스트예요. 나는 항상 그것을 기억할 거예요.'

버논과 함께 다시 '블랙스완'으로 가는 중

자전거를 달리면서 '진도아리랑'을 불렀어.

"아리아리랑 스리스리랑 아라리가 났네에에에, 아리랑 흥흥흥 아라리가 났네에."

이어서 노을의 '청혼'을 불렀어.

"You don't have to cry, 울지 말아요, 고개 들어봐요, 이젠 웃어 봐요. I will

make you smile. 행복만 줄게요. 언제나 그대 곁에서 영원히. Don't be afraid. 모두 잘 될 거에요. 기다림 속에 흘린 그대 눈물을 알기에 이젠 돌려줄 거에요, 그대 사랑을."

날씨는 안 좋아도 기분은 정말 홀가분했어. 가다가 나는 한 줄로 언덕을 가로질러 사냥을 나가는 20여 명의 영국 남자들을 보았어. 그들은 갈색, 검정, 짙은 녹색의 한 벌로 된 듯한 사냥복을 제대로 갖춰 입고 있었어. 조끼 혹은 재킷을 걸치고, 헌팅캡을 쓰고, 한쪽 어깨에는 가방 안에 넣은 장총을 짊어지고, 많은 사냥개를 앞세워 질서 정연하게 걸어가는 남자들. 이런 나라야, 영국은.

사실 나는 영국에 도착하고 모든 표지판이나 간판들이 벌거벗고 있는 것 같다는 생각이 들었어. 마치 벌거벗은 임금님의 거리 행진을 보는 것 같은 그런 안쓰러운 느낌. 이제껏 지나온 나라들은 다 위에 자기네 문자가 있고 그 하단에 영어로 표기했는데, 영국은 영어만 있으니까. 영어의 원조인 이 나라는 자기네끼리의 비밀 이야기도 다 영어로 해야 하는데, 그것을 세계 사람들이 모두 알아들을 수 있으니 벌거벗은 것 같지 않겠어?

12시 23분, 기차가 지나가면서 선로길이 막히자 나는 여기서 점심을 먹기로 했어. 친절한 버논이 내가 직접 샌드위치를 만들 수 있게 해주어서 아침에 곱게 싼 샌드위치를 꺼냈어. 버섯 스프레드와 딸기잼을 바른 샌드위치를 만족스럽게 먹고 사과도 먹었어.

다시 출발하자 버논이 말해준 뾰족한 산이 나타났고, 이게 내 마지막 언덕이겠거니 생각하며 내려서 자전거를 끌었어. 경사가 급한 산이었어. 토요일이라 런던에 가까워질수록 자전거를 탄 사람들이 꽤 보였어. 이윽고 '엡솜과 월턴 다운즈'라는 승마 공원이 나타나고 자전거 주행자를 위한 길이 있었어. 흙길이지만 나처럼 자전

런던의 건축물 중에 내가 가장 좋아하는 타워 브리지 앞에서

거를 탄 사람들이 지나다니는 것을 보며 무척 반가웠어.

런던 도착 20km 전에 드디어 거주지역이 나타나기 시작하자 해리포터의 프리벳가가 생각났어. 문득 버논을 '버논 이모부'라고 불러야겠다는 생각도 들었어.

횡단보도가 나타나기 시작하고 자전거를 위한 신호가 따로 있어서 고마웠어. 도시와 가까워졌어. 런던까지 15km, 이윽고 비가 내리기 시작해 가방에서 진홍색 우비를 꺼내 입었어. 비는 나를 막을 수 없었어.

한인타운을 지나갔어. 우연히 영국의 한인신문 〈코리안 헤럴드〉가 쌓인 가판대를 발견하고 신문 하나를 집어 들었어. 1월 21일 자 신문인데 헤드라인은 '런던에서 가장 많이 범죄가 발생하는 지하철역은?'이었어. 나는 신문을 가방에 넣었어. 아, 런던 속의 한인타운이라니, 한인타운을 지나는 게 이번 여행 중 처음이라 나는 무척 반가웠어. '씽씽노래방', '전주식당' 간판이 보였어.

이어서 전철 런던 튜브와 빨간 버스가 보이기 시작하더니 마침내 템스강을 마주했어. 아아. 하지만 런던에 입성하는 그 순간 나는 어떤 이질감, 혹은 허무감을 느꼈어. 런던마저도 내 목적지가 아니라 내가 지나치는 도시의 하나라는 생각이 자꾸만 들었어.

여기 도착 후 제일 먼저 쓴 편지는 내가 지나온 도시들과 뭐가 다르지? 특이하고 고급스러운 건축 양식? 런던 사람들? 나는 영국 윈체스터에서 교환학생을 한 적이 있어서 이 도시에 추억이 어려있고, 내 여행을 이끌어준 도미니크와 데이비드 부부와의 우정이 있기는 하지만 여전히 이 도시에서 나는 여행객일 뿐이야.

나는 이게 끝이 아니라고 생각했어. 반드시 인천공항에서 우리 집까지 자전거를 타고 가야 내 여행의 종지부를 찍는다고 생각했어. 이것은 내 콤플렉스이기도

영국에 있는 친구
치에랑 같이 템즈강
유람선을 타면서 점심

했어. 내가 중국 상하이에서 여행을 시작해 나를 중국인으로 아는 사람이 많았거든. 나는 정작 서울에서는 집 주변 4km 이상 자전거를 타고 나가본 적이 없어. 나는 한국인으로서 이 여행을 반드시 우리 집에서 마쳐야겠다고 다짐했어.

내게 친숙한 곳, 해리포터 장난감을 보며 즐거워하던 해로드백화점을 지나며 아, 내가 놀던 도시에 다시 돌아왔구나, 하는 생각이 들었어. 피카딜리 서커스로 가는 지점에 이르렀고, 나는 크리스토프와 '카르포'라는, 초콜릿을 파는 커피숍에서 만나기로 한 약속을 떠올렸어.

상하이에서 출발하기 전에 나는 이 자전거 여행에서 수행할 세 가지 약속을 사람들에게 전하는 영상을 찍었거든. 하나, 상해에서 런던까지 자전거 주행. 둘, 창업가 인터뷰. 셋, 세미나 개최. 이번에 런던에 도착하면 이 임무를 다 수행하고 난 뒤 그 소감을 영상으로 만들어 사람들에게 전해야겠다는 생각이 들어서 크리스토프에게 영상을 찍어달라고 부탁한 거야.

나는 크리스토프와 약속한 대로 4시 30분에 목적지에 도착했으나 그는 아직 출발하지 않은 상태라 30분 이상을 기다려야 했어. 자전거를 기둥에 묶고, 패니어를 들고 커피숍 창가 쪽에 자리를 잡았어. 런던에 도착한 내게 주는 상으로 플랫 화이트를 시켰어. 생각보다 그렇게 맛있지 않은 플랫 화이트를 마시면서 런던에 도착한 느낌을 국회의사당을 그린 모네의 그림 우편엽서에 적었어.

5시가 넘어서야 크리스토프를 만날 수 있었어. 우리는 함께 비가 제법 내리는 속에 피카딜리 서커스와 내셔널 갤러리, 트라팔가 광장을 지났어. 국회의사당이 보이는 템스강의 웨스트민스터 브리지를 향해 걸어갔어.

토요일 저녁이라 인파가 많은데, 나는 무거운 짐이 달린 자전거를 끌고 가야 했어. 크리스토프도 옆에서 같이 걸었어. 그는 자기도 나같이 이런 여행을 하고 싶고,

영국에서 중국까지 하루에 40km씩 걸을 것이라고 했어. 나는 그를 응원해주었어.

우리는 팔리아멘트 거리를 걸었어. 2010년 10월, 나를 보러 영국에 오신 아버지랑 같이 탔던 런던 아이 앞에서 사진을 찍었어. 나는 빅벤 앞에 섰어. 빅벤은 아쉽게도 보수 중이었으나 상관없었어. 보수 중이라 몸체가 가려졌지만 가릴 수 없는 웅장함이 나를 압도하고 있었어.

그리고 웨스트민스터 브리지를 걸었어. 검은 밤, 불이 밝혀진 국회의사당과 빅벤을 보자 저절로 환호성이 나왔어. 주변의 우산을 든 수많은 인파 중에 혼자 비를 맞으며 자전거를 끌고 가는 나. 이 대조로 인해 내 마음은 더 간절하고, 이 순

한국에 돌아와 다시 자전거를 타고 집으로 향하며 한강에서 바라본 서울

간이 더욱 소중했어.

나는 도착 소감을 찍으려고 한 자리에 멈추었고, 크리스토프가 영상을 찍어 주었어.

"제가 목적지에 도착했어요! 런던에 비가 오는 날이고요, 지금 아름다운 국회의사당이랑 빅벤 앞에 있어요. 와, 정말 뭐라고 해야 할지 모르겠어요. 오는 길에 힘든 일이 많았지만 제가 해냈어요. 7개월 24일, 239일 동안 자전거 위에서만 꼬박 8500km를 달려 런던에 도착했어요. 와, 진짜 긴 여정이었어요. 그리고 그럴만한 값어치가 있었어요."

나는 지금 또 다른
도전을 준비하고 있다

사람들이 내게 묻는다. 이 여행을 통해 바뀐 것이 있느냐고. 나는 처음에는 잘 모르겠다고 했다. 한국에 돌아와 일상에 복귀하면서 달라진 게 무엇인지 찾기가 어려웠다.

하지만 서울에 있다가 상하이에 갔을 때 깨달았다. 예전보다 자신감이 많이 커진 것을. 나는 유명한 중국 투자자나 창업가를 만날 때, 그 사람의 기사를 쓰는 것이 아니고, 내가 그 사람 말을 노트북으로 받아적거나 녹음하는 것이 아니면 일대일로 만나 대화하는 것을 무척 어렵게 생각하며 많이 긴장했다. 기자라는 신분으로서만 이런 대단한 사람을 마주하고 이야기를 나눌 수 있다고 생각한 것이다.

하지만 이 프로젝트를 하고 나서, 나는 이전처럼 그렇게 긴장하지 않고 자신 있게 유명한 중국 투자자나 창업가를 만나 이야기할 수 있게 되었다.

또 다른 변화는 이제 어느 나라든 여행을 갈 때마다 시크로드 세미나를 한다

는 것이다. 자전거 여행 중에 13개 나라에서 세미나를 하고 나니 이제는 안 하면 허전하게 된 것이다. 여행 후에 나는 서울에서도, 중국 베이징에서도, 일본 오사카에서도 세미나를 열었고, 며칠 후 베트남 호치민에서도 세미나가 예약되어 있다.

나는 사람들에게 내가 왜 5년간 IT업계 기자로 일하다가 자전거 여행을 결심하게 되었는지, 어떤 식으로 여행 준비를 했는지 이야기하고 여행 중의 에피소드에 대해 말한다. 자전거 여행이 끝난 후, 내가 이 세상 사람들에게 느낀 고마움을 전하고 싶기도 했고, 비행기로만 세계여행을 할 수 있는 게 아니라 자전거를 타고 다니면 환경에 해를 끼치지 않고 더 다양한 지역을 두루 볼 수 있다는 점을 강조하면서 당신도 할 수 있다는 용기를 주고 싶기도 했다.

무엇보다 여행하면서 현지인에게 받기만 하는 게 아니라 주는 게 중요하며, 내가 다른 사람에게 줄 수 있는 가장 좋은 것은 내 이런 경험을 솔직하게 공유하는 것이라는 생각 때문이다.

또 다른 변화는 미디어가 우리에게 심어주는 세계를 보는 시각에서 벗어나, 내가 직접 여행을 만들어가면서 세계를 보는 시각을 달리 가지게 되었다는 것이다. 나는 현지인들이 알려주는 정치, 경제, 문화, 역사 문제를 통해 그 나라를 새롭게 보게 되었다.

이제는 내가 구심점이 되어 내가 하고 싶은 메시지를 세상에 던지고 싶다. 한국이 대기업과 한류, 그리고 화장품으로 유명해졌다면 나는 한국에 이런 꿈을 가진 여자가 있다는 것을 알리고 싶다. 나중에 통일이 되어 자전거로 한국에서 출발해 유라시아를 횡단하는 사람들이 많아졌으면 좋겠다고 나는 말한다.

내 앞으로의 꿈을 묻는다면 나는 4~5년마다 새로운 나라에 가서 그 나라 언어와 문화를 배우면서 사는 것이라고 말한다. 나는 지금 또 다른 도전을 준비하고 있다. 그게 어느 나라가 될지는 모르나 그곳에서도 내 열정을 다할 것이며, 거기서도 누군가에게 편지를 쓰고 있을 것은 분명하다.

자전거 여행은 물론 또 하게 될 것 같다. 인생에도 어떤 순환이 필요하다고 생각하는데, 열심히 일하다가도 간혹 일을 떠나 자전거를 타고서 자연이나 익숙지 않은 곳으로 빨려 들어가는 그런 경험이 필요하다는 생각이 든다. 결혼한 뒤에도, 나중에 아이를 낳은 뒤에도 함께 자전거 여행을 떠나고 싶다.

둔촌동 집에서
유채원

유라시아 일주 자전거 편지

초판   1쇄 발행 2019년 10월 3일
지은이   유채원(글·사진)
펴낸이   박국용
펴낸 곳   도서출판 금토
            경기도 용인시 수지구 태봉로 17, 205-302
전화   070 -4202 -6252
팩스   031-264-6254
e 메일   kumtokr@hanmail.net

1996년 3월 6일 출판등록 제16-1273호
ISBN 979-11-90064-02-6 03810

값 15,000원